"十四五"时期国家重点出版物出版专项规划项目

中国一日·美好小康
——中国作家在行动

上册

中国作家协会创作联络部 编

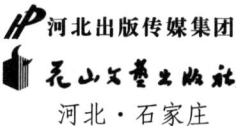

河北出版传媒集团
花山文艺出版社
河北·石家庄

图书在版编目（CIP）数据

中国一日·美好小康：中国作家在行动：上下册 / 中国作家协会创作联络部编. --石家庄：花山文艺出版社，2023.2

ISBN 978-7-5511-6281-4

Ⅰ.①中… Ⅱ.①中… Ⅲ.①中国文学－当代文学－作品综合集 Ⅳ.①I217.1

中国版本图书馆CIP数据核字(2022)第168762号

书　　名：	中国一日·美好小康——中国作家在行动（上下册） Zhongguo Yiri Meihao Xiaokang Zhongguo Zuojia Zai Xingdong Shangxiace
编　　者：	中国作家协会创作联络部
策　　划：	郝建国　李　爽
责任编辑：	刘燕军
责任校对：	杨丽英
美术编辑：	胡彤亮　陈　淼
出版发行：	花山文艺出版社（邮政编码：050061） （河北省石家庄市友谊北大街330号）
销售热线：	0311-88643221/34/48
印　　刷：	河北新华第一印刷有限责任公司
经　　销：	新华书店
开　　本：	700毫米×1000毫米　1/16
印　　张：	31.75
字　　数：	390千字
版　　次：	2023年2月第1版 2023年2月第1次印刷
书　　号：	ISBN 978-7-5511-6281-4
定　　价：	98.00元（上下册）

（版权所有　翻印必究·印装有误　负责调换）

文学的"中国一日"

中国作家协会书记处书记　邱华栋

"中国一日——中国作家在行动"全国作家大联动主题实践活动，是中国作家协会于 2020 年在"深入生活、扎根人民"主题实践活动中新创意和实施的一个文学项目。这个新的文学项目，是受到当年邹韬奋和茅盾先生创意的"中国的一日"征文启发而设立的。1936 年邹韬奋请茅盾出任《中国的一日》主编，面向全国征稿"意在发现一天之内的中国的全般面目"，是发现社会不同职业、各行各业人们眼中的"中国一日"；2020 年的今天，中国作家协会设立的"中国一日——中国作家在行动"全国作家大联动主题实践活动，以邹韬奋和茅盾先生当年的"中国的一日"为题眼，联合中国作家协会 46 家团体会员单位，选派广大作家，以同一个主题，在同一个时间节点和时间段，深入和下沉到全国各地，书写一天的所见所闻。2020 年是中国"决战脱贫攻坚、决胜全面小康"的收官之年，所以我们以"美好小康"为主题、"11 月 3 日"为时间节点，以 11 月 1—21 日为周期，联合中国作家协会 46 个团体会员单位，选派了 46 名作家参加"中国一日·美好小康——中国作家在行动"大型文学主题实践活动。46 名作家分别下沉到各省（自治区、直辖市）的脱贫攻坚主战场，书写其中一天的所见所闻，书写全国各族人民在中国共产党领导下开展轰轰烈烈的"决战脱贫攻坚、决胜全面小康"的伟大实践，书写脱贫攻坚主战场人民群众的获得感、成就感和幸福感。

这是文学的行动。

这是作家的使命。

这是文学与时代同行、作家与人民共情的具体实践和真切写照。

作家和文学，就该自觉地、责无旁贷地为时代放歌，向人民致敬！

我们欣喜地看到，在中国作家协会的团结引领和号召下，46家团体会员单位给予了积极的、热烈的呼应和强力支持，广大作家更是纷纷报名，主动请缨，要求到脱贫攻坚的主战场去，切身投入到脱贫攻坚的伟大实践，见证脱贫攻坚的盖世奇迹，记录脱贫攻坚的巨大成就。最后挑选出的这46位作家，都不辞辛苦地到脱贫攻坚的最前线去，夜以继日地跟脱贫攻坚的同志们同吃、同住、同劳动，跟脱贫攻坚的村民们座谈、采访、采风，最后为大家捧出了这部沉甸甸的《中国一日·美好小康》。

这是中国作家践行"脚力、眼力、脑力、笔力"的心血结晶和"深入生活、扎根人民"的劳动成果，是文学为时代画像、为人民立传的美好蓝本。在这部沉甸甸的《中国一日·美好小康》里，我们不但可以真切感受到中国作家对这个时代和人民的激情和深情，听到中国作家对这个时代和人民的歌唱和表白，更可以看到一个沸腾的中国创造了一个怎样沸腾的时代，可以听到一个蓬勃的中国跳动的是怎样一颗蓬勃的心。时代的体温，人民的力量，中国共产党的初心，都能够在这部《中国一日·美好小康》里得到很好的呈现。

感谢花山文艺出版社的领导和全体同志对"中国一日——中国作家在行动"全国作家大联动主题实践活动的大力支持，46位作家的作品能够汇集成册，顺利出版，不但凝聚着你们的劳动与心血，更凝聚着你们对这个时代和人民的爱与责任，我们向你们致敬！

2020"中国一日·美好小康——中国作家在行动"，是中国作家协会"中国一日——中国作家在行动"全国作家大联动主题实践活动的开端，今后每一年，中国作家协会都将在一个时间节点和周期设立一个主题和内容，与中国作家协会46家团体会员单位联动，开展"中国一日——中国作家在行动"全国作家大联动主题实践活动，使这一活动长期化、深入化、品牌化，让活动产生更大更好的影响。

上册 目录

种书香……………………………………	◎高林有	001
得胜村的诗和远方…………………………	◎张艳荣	013
此心安处……………………………………	◎李天笑	020
青春的南房村………………………………	◎张文宝	030
又见红村红…………………………………	◎赖赛飞	040
千年惠明……………………………………	◎纪江明	052
中国红，在朱村……………………………	◎逄春阶	069
龚店村脱贫记………………………………	◎罗爱玉	083
罗仕林的个人简历…………………………	◎红　日	095
深山里的传奇………………………………	◎王　妭	104
幸福疆界……………………………………	◎邢永贵	119
金色光芒……………………………………	◎蔡诗峰	129
二龙山村的笑容……………………………	◎崔英春	137
走进"铁路小镇"……………………………	◎赵克红	153
情系苍土……………………………………	◎邵　悦	156

会说话的红土地……………◎周　习　168

今日阿吼村………………◎龙志明　180

琼布丁青的格桑花…………◎孙　劲　196

修水脱贫记………………◎徐春林　205

在蒙山听瑶歌……………◎吴文奇　219

庄里的事…………………◎郝随穗　230

三剑客……………………◎胡　杰　239

那山，那坝，那旗…………◎谢沁立　249

歇枝金凤唱梧桐……………◎张　奎　258

种 书 香

◎高林有

一

听说我要下村采访,头一天晚上马宝顺就发来微信:您能抽空到我家来一趟吗?有事找您。我说好,明天下午2点见。

我要去的地方,宝坻区牛家牌镇辛庄子村,天津市作家协会的帮扶村,马宝顺是村里有名的种植大户,帮扶组的重点帮扶对象,种红薯出了名,人称"红薯大王",心里一定有话说。

马宝顺是村里的种田能手,艺高人胆大,当年承包了120亩地,还经营一个农资服务部,不为赚钱,让村民们图个方便。种地是行家里手,一点儿不愁,肥大水勤不用问人,愁的是常年一季小麦一季玉米单一种植,收入不高,"赵老二顶房檩——怎么也顶不上去了"。去年春节,帮扶组登门拜访出谋划策,建议他拿出一部分土地种点儿经济作物。种什么呢?帮扶组咨询走访,给马宝顺提供了一个"生态白薯"的优良品种种植项目。这个红薯品种,不招虫害,不用打药,块头大,营养价值高,没有一个虫子眼儿，价格高出一般红薯一两成。马宝顺心想这回遇到了财神，打算先种 40 亩试试。从购种苗到播种，从田间管理到收获，帮扶组跟踪服务一帮到底。

一晃霜降节气到了，红薯开始收获，刨开黑黝黝的土地，一颗颗红薯跃出了地面，红灿灿亮闪闪一眼望不到边。亩产 8000 多斤，40 亩就是 30 多万斤哪，确实比单种粮食收入多。头一年种植，市场销售从头来，帮扶组又来了，四处联系买主，连朋友圈儿都使上了，作家协会的干部、作家们还伸手援助订购了 5000 多斤，最后 40 亩的红薯全部售出一斤没剩。马宝顺感动地对我说，帮扶组真帮扶，我们不致富都对不起他们哪！

一年过去了，又到了红薯收获的季节，马宝顺又有什么心思呢？

第二天下午 2 点，我到达村委会。门前是文体活动广场，新建了一个塑胶篮球场，篮板是有机玻璃的，两位村民蹲在那里正在画线，闪着蓝光的地面像一池湖水。帮扶组成员小王远远地跑来，我说走，先去马宝顺家。平整的水泥路面从脚下延伸，铺满大街小巷，"晴天一身土、雨天两脚泥"的现象不再出现了。天然气管道像一条金色的彩带在墙上盘绕，家家户户安装了天然气取暖炉，告别了煤球炉子满屋灰尘的困扰。村民们门前的杂物和臭烘烘的旱厕不见了，取而代之的是花草和碧绿的蔬菜景观。一户村民的房子后面，金灿灿的稻谷堆成了山，少说也有几万斤，几位村民忙碌着，有说有笑，继续把刚运来的稻谷往上堆，眼看就要超过屋顶。小王告诉我，这是农业种植大户王双印和李彬家，他们承包了村里 900 亩土地种水稻，耕地、耙地、插秧、收割全都是机械化，连田间管理也用上了无人机，今年水稻又获丰收，心里乐开了花。

拐过了一条街就到了马宝顺家,他站在门口正向我们招手。他50多岁,个子不高,穿着皮上衣,戴着马球帽,黑红的脸膛,透着憨厚和朴实。他笑着把我们领进他临街的红薯仓库,就在他家对门。仓库有三四间房子那么大,里面整齐地码放着装满红薯的大纸箱子,一层层足有半人高。他顺手抱起一颗硕大的红薯,看样子有七八斤重,丰收的喜悦溢于言表。马宝顺说现在种地和以前不一样,一要讲科学,二要讲良心。他今年选了6个好品种,西瓜红、小蜜薯、龙薯九、烟薯等,适合各种人的口味。他还采用了地膜覆盖技术,播种和管理各个关键工序都录像公布,使用的有机肥、无公害农药也都有发票,让大家心明眼亮,吃着放心。他接着又给我们介绍各个品种的特点,兴致勃勃,有声有色。因为品种好,在地头刚刨出来就叫人买走不少,这是剩下的几万斤,每天都有人上门拉货。说话间就有电话打进来,商量着订货送货的事。他深有体会地说,改革开放初期人们靠胆量致富,他大着胆子承包了120多亩地,当时犹豫没底,现在看来做对了。再后来是产业致富,单一种植打不开眼界不行,人们试着种水稻、种藕、种茭白、种红薯,养猪、养羊、养牛,多种经营,也都致了富。如今呢,得靠技术致富、科学致富、诚信致富,说白了靠的都是文化,把科学和智慧种进田里,让庄稼也冒着书香气。

仓库门口,一辆小型拖拉机,一台播种机,一台耙犁机,还有他的坐骑——一辆东南菱帅牌小轿车。马宝顺种地的机械化程度不低,确实富了。帮扶组组长老姚带着作家协会的干部也赶来了,他们相处3年多亲如一家。我悄声问马宝顺,找我们还有别的事吗?他恍然大悟似的说,哎呀,光顾了说红薯了,差点儿忘了大事。他指着家门口的对联说，你们是文化人，心里有话写在文章里，我们村里人把一年的心思都写在对联上。每年春节作家协会都组织书法家来村里送福写对联，问他写什么词，他每次都说随便，今年不行，他要自己出词，说我们墨水多，帮忙参谋参谋……屋里喝茶，咱慢慢聊。

　　院子好大，400平方米不止。四间正房，红墙灰瓦，瓷砖铺地，壁纸上墙，宽敞洁净，满屋阳光。院落右面一拉溜平房，厨房、厕所、储藏间一应俱全；左面是个小花园，菊花盛开，白菜碧绿，清香诱人；院墙上一幅瓷砖壁画映入眼帘，青山绿水，松柏参天，"福居宝地"四个大字引人注目。

　　马宝顺忙着给大家沏茶，香气弥漫，好像进了书斋。坐在沙发上，我们聊起来。马宝顺的爷爷是志愿军战士，牺牲在战场；父亲解放初期就是初中毕业生，是村里有名的文化人，当了一辈子村干部；他本人科学种田成效斐然，人称"红薯大王"；女儿天津师范大学毕业，在一所中学任教；书香门第一点儿不假。我们的对联就由此开始讨论起来。

　　我们聊起了佛印大师和苏东坡的"向阳门第春常在，积善人家庆有余"；聊起了苏轼《三槐堂铭》的"仁者必有后"和"忠厚传家久，诗书继世长"……大家你一言我一语热闹非凡，马宝顺灵机一动说，有了！上联"书香门第春常在"，下联"诚信人家庆有余"。老姚补了个横批"勤劳致富"，博得满堂喝彩。

二

　　2012年3月30日傍晚，春寒料峭，小雨淅沥。

河北沧县县城车水马龙，天黑路滑，突然发生一起车祸：一辆货车把一位骑电动车的女人撞倒，性命保住了，左腿被截肢，落下终身残疾。伤者是捷地乡大龚口村24岁的李雪，她是宝坻区牛家牌镇辛庄子人，下班回家的路上祸从天降。

漏屋偏逢连夜雨，李雪的命运苦似黄连。2005年与本区一个男青年结婚，生了一个女儿，4年后离异；2010年带着4岁的女儿再次远嫁沧县，第二个女儿出生不久，不幸又遭遇一场车祸。2013年第二任丈夫与她离婚，身心俱伤的李雪，流着眼泪带着两个女儿又回到了辛庄子村，与父母生活在一起。

七年过去了，李雪过得怎么样呢？

夜幕降临，繁星点点，忙碌一天的辛庄子村被静谧与清香所笼罩。我们推开临街的一扇大门，这就是李雪的家。一拉溜三间房，屋里摆设简单，外间是厨房，地上放着米面，桌上的炊具等家什整洁有序，看得出女主人是一个勤劳和对生活充满信心的人。两个孩子在里间屋写作业，李雪的母亲哄着李雪弟弟的女儿玩耍，我们坐在堂屋的炕上聊起来。

"我苦我累我委屈我不幸，说这些有什么用呢？人一生下来就要面对任何命运，无论遇见什么难事都要活下去，我要照顾父亲母亲，我要把两个女儿抚养成人，肩上的重担逼着我活下去，好好地活下去，两个女儿就是我每天的阳光。再说，村干部为我申请了低保和残疾人困难补助，学校为两个孩子办理了助学金，一些社会公益组织伸出援助之手，帮扶组的干部经常来慰问鼓励，为了这些好心人，为了大人孩子，我也要活得高高兴兴的。"

李雪满面红润，说话直爽，没有抱怨，没有眼泪。虽然只有一只脚，却能把厄运踩在脚下。她们全家7口人，弟弟外出打工经常不回家，一个女儿也交给她照料，家里的耕地没人管只好流转出去，每年有8000多块的流转费贴补家用。她虽然不能外出做工，却把家里操持得井井有条。她是家里起得最早的，孩子们上学天不亮就得走，她要把早饭做好。她也是家里最忙的，做饭、洗衣、收拾屋子、缝缝补补，哪里都是活儿。有时她还做拉花手工，累得浑身像散了架。母亲双膝长骨刺，不吃止痛药路都走不了，家里的重活都是李雪承担起来。洗衣服遇上用水高峰，自来水水位低，洗衣机流不进去水，她就用水桶接水往洗衣机里倒，满桶水30多斤提不动，她就半桶半桶地接，洗一次衣服要接20多桶水，那只残脚骨头扎肉刺心地痛，她能忍。出门进门迈台阶或是雨天路滑，她不知摔了多少跤，她也能忍。做拉花长时间低头，颈椎疼，脑袋天旋地转，她还能忍。好容易有点儿空儿，还要给三个孩子检查作业辅导功课，再忙再苦也不能忘了培养教育孩子，孩子是父母的责任和希望。

我问她，生活这么艰难心理压力有多大？她一笑，"嗨，比起失去双脚的人，失去双手的人，失去双眼的人，我这点儿事算不了什么。人就得往前看，往高看，不然的话自己把自己的路给堵死了。"

她的一言一行，她的所作所为，深深地打动着一个人，就是她的大女儿王建君。潜移默化中，在王建君幼小的心灵打下了坚强的烙印。王建君4岁时，父母就离异了，在母亲身上她得到了母爱也得到了父爱，母亲的坚强胜过大男人。母亲生妹妹时，小建君才5岁，她时刻守在母亲身边，端饭倒水，洗衣刷碗，打扫屋子，像个小大人。母亲出车祸时小建君刚满6岁，妈妈卧床不起，她心疼得哭成了泪人，为了减轻妈妈的痛苦，她无微不至地在床边伺候妈妈,腾出手来还哄着襁褓中的妹妹。一个应该在蜜罐里无忧无虑享受天真快乐的孩子,过早地成熟起来,帮助家里承担起不应该承担的负担。每当想到这里,李雪愧疚难忍。

小建君人小懂事多,从不和其他孩子攀比。不吃零食,不要手机,生活节俭,从不跟妈妈说想吃什么、想穿什么、想要什么,一包薯条是奢侈品,一身校服家里外面不离身。外公外婆生怕委屈外孙女,攒点儿零钱悄悄给建君,建君一分也不舍得花,都用在了添置学习文具上。有一年春节,母亲带着她到集市上逛,让她选一件好看的衣裳,虽然建君真的看上了一条裙子,但她摇着头对妈妈说,一件也不对她心思。

历史上村里出了许多文化名人,受到乡亲们的敬重。改革开放后,全村又有60多个孩子考上了大学,有的还是北京大学的高才生,崇文勤劳形成村风。村民陈海安家三个孩子都是大学毕业,生活无忧;赵宝忠的两个孩子考上了大学,有了好工作。村里的精神文明实践站的"书香宝坻、文化兴村"活动,就是让文化进入每个家庭,让每个人提高本领。因为有了文化才有本领,有了本领才有报效国家的机会。李雪经常讲这些身边的故事,鼓励孩子们刻苦读书,掌握立身报国的本领。

孩子们也争气,每天把工夫花在学习上,不贪玩,不出去乱跑,一门心思读书。拿小建君来说吧:她从小读书就十分用功,考试一直是年级的前三名,"学习标兵""三好学生""成绩优秀奖"等奖状贴满了她的卧室,成为家里一道亮丽的风景。她学习的自觉性很高,自制能力很强,不用家人督促,回到家之后就主动写作业,不写完不休息。为了学习,她很少请假,有一次发高烧,不得已向老师请了半天假,回家后边输液边看书,养成了一股弄不明白不罢休的韧劲儿。在学校，她不仅学习优秀，在班级事务上也是老师的"好帮手"，连续好几年担任班长，现在还是数学课代表，不仅带头学习，学校的各项集体活动也积极参加。

小建君自制能力很强，学习生活很有规律，墙上贴着她的作息时间表。

学习优秀积极上进的小建君，成为家里的骄傲和希望，再苦再累的李雪也心甘情愿，懂事好学的孩子是她的精神支柱。看到母女俩的笑容，姥姥姥爷也心情舒畅起来。姥爷学习吹小号，成为村乐队的骨干，忙得不亦乐乎；姥姥逢人就夸，她有一个争"囊气"的外孙女，将来一定有出息。虽然面对不幸，但是顽强与抗争让李雪一家变得快乐幸福。

正说着，小建君写完作业从里屋跑出来坐在妈妈身边，身高和我的孙女相仿。我问她学习到这么晚，累不累。她说不累。又问她，有什么业余爱好。她说喜欢读书。再问，是否还有想读的书而手里却没有的。她说有，《钢铁是怎样炼成的》《三国演义》。我说没问题，你把地址写给我，过两天给你寄来；喜欢写作也把文章寄给我，咱们结对子一起学习提高。

于是，我的笔记本上留下了一行清秀的笔迹：宝坻区牛家牌镇护路辛庄子村，王建君。我相信，暴风雨可以把弱苗摧垮，也可以让海燕的翅膀更加坚韧有力。

三

辛庄子村新街区2排3号，是村民赵宝旺的家。2019年3月他获得"第四届'身边道德·感动宝坻'十大人物"荣誉称号。2020年11月4日下午，我们登门拜访这个令人感动的家庭。赵宝旺不在家，打电话说一时回不来，我们有点儿失落。这时，有一位50岁开外的妇女骑自行车也来村委会找赵宝旺，帮扶组组长说，她就是赵宝旺的老伴儿刘翠兰。

她领着我们来到她家，门口很宽，可以开进汽车，院子很大，北面西面南面都盖了房子。刚进大门口，一位60多岁的女人从屋里走出来，手里端着一个大便器，把污物倒进墙根处的下水道。刘翠兰告诉我们，她是赵宝旺的姐姐，62岁的赵春玲。西房里屋的炕上躺着一男一女两位老人——赵宝旺的父亲，89岁的赵永珍；赵宝旺的母亲，87岁的闫素花。两个人身上都盖着棉被，屋里没有一点儿异味。桌子上摆满了各种药品，盒装的瓶装的胶囊的，满满当当。地上的箱子里都是开塞露。墙上贴着一张表格，写着老人服药的时间、药名和剂量。

两位老人病得不轻。闫素花目光呆滞语言受限；老伴儿赵永珍尚有一些意识，指着女儿和儿媳，断断续续地说："二十年啦，没有他们舍得花钱、细心照顾，我们早进了骨灰盒了。"

母亲闫素花是合作化时期的老党员，曾经被评为县里的劳动模范，深得儿女们的敬重。二十年前突发脑血栓，抢救及时脱离生命危险，但从此行动不便。十年前病情加重瘫痪在床，吃喝拉撒全靠家人床边照顾。父亲赵永珍的身体更是糟糕，前前后后做了七次手术，把家里的积蓄花得一干二净，成了一台烧钱机器。

62岁时小便不通，做了前列腺手术，花了33000元，这是第一次；66岁时第二次手术，切除后背的脂肪瘤，又是好几千元；72岁时发现胃癌，整体胃切除，消化全靠肠道直来直去，费用70000多元，医生说最多能活三五年；第四次小肠疝气手术，花销10000元；第五次，去年春节前大腿骨折，花了20000多元；第六次，今年8月，在卫生间不慎摔倒，骨盆和手腕骨折，又是20000多元；第七次，前些日子在屋里拿东西没站稳摔倒，把股骨头大转子摔掉一块，花得虽然不多，但不能下地了。加起来是多少钱？连赵宝旺都记不清了，他只知道家里有钱就拿，没钱就找人借，不惜一切代价也要让老人活下来，从不放弃。

赵宝旺兄弟姐妹四人，老大赵宝旺，弟弟赵宝忠，姐姐赵春玲，妹妹赵春辉，生活都不富裕，而且全是当爷爷奶奶的人了，家庭事务都不少。治疗费用和照顾病人的双重压力，一个接一个地落在每一个家庭成员面前，压力最大的还是赵宝旺。他是家里的老大，在兄弟姐妹们中要有表率；他还是一名村干部，执行《村规民约》，落实村精神文明创建活动，不能光耍嘴皮子，要实打实动真格的，村民们眼睁睁地看着你呢，孝顺父母你们当干部的是怎么做的？

一天晚上，他找到弟弟赵宝忠，语重心长地说："爹娘给了我们生命，辛辛苦苦把我们抚养成人，现在正是尽孝报恩的时候。儿女儿女，为什么把'儿'字放在头里？家里有了困难做儿子的就要第一个往前冲。我的意思是，老人的所有医药费咱们哥俩掏。"赵宝忠说："孝敬父母不需要任何理由，各尽所能不能往后捎，我同意大哥的意见。"姐姐、妹妹听说后十分不忍，说也要让她们尽到孝敬的义务啊。赵宝旺说："钱的事就这样定了，你们甭管了；如果有时间你们可以来家里伺候伺候老人吧。"这件事在村里引起强烈反响，村民们无不交口称赞。

然而，照顾两个病卧在床的老人，除了花钱之外，更重要的事就是每天二十四小时不能离人的伺候，吃喝拉撒睡，擦洗按摩喂，不能有一丝一毫的马虎。赵宝旺虽然是个五大三粗的男人，可是照顾起父母来，却是心细如丝。每天早上，他自己还没来得及洗漱，要先照顾父亲母亲翻身、穿衣服，收拾床铺，检查夜里老人有没有尿到被褥上，打扫房间，给两老洗漱。然后给母亲打针、给父亲喂药，一切停当再照顾他们吃饭。父亲还好点儿，自己可以动筷，母亲要一口一口地喂。有的药饭前吃，有的要随饭吃，有的药饭后吃，赵宝旺一次也不会弄错。最熬人的是陪老人睡觉，老人不习惯穿尿不湿，赵宝旺一宿接尿六七次，不到两小时就起一次，一宿也睡不了多少觉。第二天他还要去村委会上班，一天没有一点儿空闲的时间，有时工作忙半夜才回家。

赵宝旺任劳任怨毫无怨言，成为全家人的榜样。弟弟、姐姐、妹妹，老伴和弟媳，还有自己的儿女、侄儿们，看在眼里疼在心上，都争着抢着照顾两位老人。赵春玲、赵春晖也经常来看望照顾两位老人，送营养品，收拾房间，洗衣服、晒被褥，有时还替回不了家的赵宝旺值夜班。弟弟赵宝忠也是个勤劳厚道的人，把和哥哥两人承包的鱼塘一人顶起来，分担哥哥的负担。赵宝旺还在两位老人房间的墙上贴了一张表格，清楚地记着两位老人每天需要吃的药、打的针，包括药名、药量、服用时间、注意事项等。现在，家里每个成员对这张表都已牢记在心，连在外工作的儿子、女儿和读大学的侄儿都非常清楚，人人能单独给两位老人喂药、打胰岛素，个个成了称职的护工。赵宝旺和妻子刘翠兰，弟弟赵宝忠、弟媳王俊花、姐姐赵春玲、妹妹赵春辉这辈人是第一梯队；儿子赵翔宇、女儿赵玉静、大侄子赵翔昊、二侄子赵翔民等是第二梯队，不用指派不用排班，男女老少齐上阵，每天都是"供大于求"。

二十年如一日，两代人齐心协力，把两位老人照顾得细心周到、无微不至，让两位老人心情愉悦，舒舒服服，如枯木逢春。闫素花在床上躺了近二十年，没有生一块褥疮，生命力依然顽强。被医生判了"死刑"的赵永珍，现在又活了十五年，满面红光。孝顺之心感动了上天，让两位老人创造了生命的奇迹。

赵宝旺的大女儿赵玉静，文静秀气，稳重大方，从16岁就开始照顾爷爷奶奶，如今37岁，孩子都已经上中学了，照顾爷爷奶奶从未间断。她家住铧尖村，在武清区打工做物流工作，每天上下班路程80多里地，一有时间就骑上电动车看望爷爷奶奶，一个星期至少两三趟，给奶奶洗澡、理发、擦身子、剪指甲、陪老人说话。赵玉静跟我说，孝顺是最好的家风，看淡金钱是最高的境界，眼下有些人为争老人遗产骨肉相残，伺候老人却不耐烦，甚至虐待父母。你也不换位想想，谁也有老的时候，谁都有得病的时候……金银满箱也有花完的时候，只有精神财富永不枯竭。她的孩子已经16岁了，她这样做，就是要把父辈的好家风一代一代传承下去。

得胜村的诗和远方

◎张艳荣

中国作家协会组织2020"中国一日·美好小康——中国作家在行动"全国作家联动大型文学主题实践活动,我作为辽宁省作家参加了此项活动。2020年11月3日,晴空万里,秋高气爽,我来到了盘锦得胜村。在去得胜村的路上,映入眼帘的是开阔的稻田,尽管水稻已经收割,但那一望无际的辽阔仍然震撼人心。

得胜村在乡村振兴战略实施中迈出了坚实的步伐,现代农业发展提速增效,与国内知名企业组建盘锦大米、盘锦河蟹产业联盟,形成产业示范区、专业合作社、旅游企业、农家乐的发展联动模式,实现龙头企业加盟、土地规模经营、优良品种推广和农民增收的一举多赢。得胜村成为全国率先实现乡村振兴奔小康的示范村。得胜村党支部正是通过积极发挥战斗堡垒作用,把党支部锻造成为农村经济社会发展的旗帜和引擎,从而带领全村党员群众走上乡村振兴的幸福路。

得胜村早已经实现了认养稻田和认养果树的美景。认养水稻的城市人可以通过互联网,观看到自己认养稻田里河蟹和水稻的长势。景色是这样的：稻花飞扬，河蟹在稻田里攀爬。绿色的稻田里，爬着螃蟹，这叫一地双收。稻农在稻田地里劳作，在和煦的阳光下侍弄水稻。得胜村只是把部分水稻种植换了一种种植方式，田园牧歌般地变成了一种稻作文化。认养稻田步入正轨后，品尝到了得胜村大米的人，觉得好吃，人们口口相传，每年的认养稻田供不应求。更多的人觉得这件事挺有情趣，既能吃到放心的绿色大米，又能间接地参与到水稻的种植中。认养果树也一样，认养几棵苹果树，或者认养一片苹果树，都可行。从春天开花，到秋天结果，一切都尽收眼底。一棵树保底结多少斤苹果，不够的斤数，给认养人补齐。认养果树的人，就等着秋天收获果实。得胜村不光有苹果园，还有桃园和草莓园。苹果的销路更是不成问题，完全打开了销路，附近的批发商，都知道得胜村苹果种植已经形成了规模，果实收成的时候，批发商开着大货车到村里来收购。得胜村在种植业得到了长足发展的同时，养殖业也得到了有规模、有效率的发展，如特色养牛场、养鹿场和养鸡养鸭场，这又增加了农民的另一份收入。

得胜村的优质大米、新鲜河蟹和绿色水果，有的以电子商务为突破口，利用互联网，优化村企业，利用互联网增强与外界的沟通。目前得胜村人要的是信息和速度。以前犯愁，河蟹上市了，怎么能让客户及时吃上新鲜河蟹？现在好了，网上订单雪片般飘来。通过物流河蟹几个小时就能运往全国各地，直接送到大酒店的餐桌上。大米也一样，因为得胜村有了自己的大米加工厂，大米品种更加多了，满足不同的消费需求，都能在网上展出。线下，得胜村农产品参加乡里市里的农产品博览会，村民在博览会上与客户直接签订单。

得胜村走的是一条农业加乡村旅游业并进的路子。

得胜村因得胜碑而叫得胜村。提到得胜碑，就得往远处说了，遥远到历史深处，文雅到人文情怀。村里屹立一座至今1400余年的大碑，名为得胜碑。据说是唐王东征时在此立下的碑，抚摸碑身，仿佛能听见当年战马嘶鸣、战旗猎猎的声音。更令人珍惜的是村里还有明代夯土长城。历史悠久，便有灿烂文化。文化底蕴深厚，来自历史和地域，正是："唐王征东传千古，得胜立碑美名扬。"

走进得胜村村委会，给人的感觉是井然有序、窗明几净。正面是得胜村村民委员会和村支部委员会办公室，右面是得胜村大舞台，屏幕上滚动着时事新闻。这个大舞台预示着得胜村人心有多大，舞台就有多宽阔。

村委会后面是文化活动中心，这里有巾帼学堂、老年活动协会和农家书屋。巾帼学堂是妇女儿童业余时间学习和活动的欢乐之家，受到辽宁省妇联的表彰。老年活动协会被盘锦市确定为"养老助老示范单位"。在日趋老龄化的社会，得胜村人走在了时代前列。农家书屋不大，但书墨飘香，书籍题材和内容，可以用琳琅满目、涉猎广泛来形容。这个农家书屋的建立，在当前电子工具浅阅读的风气中，无疑注入一股"读好书、读圣贤书"的墨香清泉。

走进得胜村庄严的党史馆，真是让人震惊的同时又耳目一新，不禁让人赞叹，一个村子，建有自己的村党史馆，是何等的理想信念支撑，激励得胜村人砥砺前行。提到村党史馆，那就要提到义务讲解员陆万长，大家都亲切地叫他陆老师。他是谁？他是服务群众的好党员，他是盘锦好人，他是全市优秀共产党员，他还是年近七旬的退休教师。村党史馆里大多数时间是陆老师讲解，随着他声情并茂的讲解，观众身临其境，感受过去的峥嵘岁月。党史馆由7个部分组成：《硝烟烈火》《探索前行》《春潮之歌》《得胜新姿》《薪火相传》《如沐春风》《再展辉煌》有效生动地衔接，展现了70多年跨度的得胜村党建历程和辉煌的革命成果，使之成为红色教育基地。党史馆每年都吸引数万人前来参观学习，最多的时候一天就要接待五批参观学习者。

特色农家乐饭店，是农民在自己的村里开的饭店。食材基本都是就地取材，蔬菜是自己家园子里种的，鱼是自己家水塘里养的。就说前段时间吧，十一小长假，正是稻香蟹肥的时间。游客慕名而来，农家乐旁边就是稻田，田里爬着河蟹。游客可以自己去稻田里抓螃蟹，吃的大米也是自家地里产的，不打农药的大米。

盘锦有大米、河蟹、芦苇荡、红海滩、丹顶鹤，这先不必说，得胜村给我们徐徐揭开盘锦另一面神秘、富饶而别具一格的文化乡村的面纱。

去年我到得胜村来，正是金秋十月。千亩苹果园一望无际，硕果累累，郁金香葡萄已经爬满藤架，丰收的喜悦如花儿一样在金秋里绽放。这几片苹果园，春季赏花，秋季摘果。每年得胜村都在九月底十月初举办特色采摘节，何为特色？以文化为主题，以民风民俗为铺陈。得胜村有非物质文化遗产皮影戏，村里的皮影戏传承人，传承了老戏的同时，也创新新戏，得到了老百姓的喜爱。特别在暑假期间，学生们在老师和家长的带领下，走进得胜村，贴近农村生活的同时，还可以亲自表演皮影戏。得胜村有得胜碑唐王征东古老传说，有明长城遗址……这些古老的传说、名胜古迹，融进采摘节里，是何等意味深长，既让人领略了大自然风光，也让人见识和了解了历史文化。真应验了那句话，绿水青山就是金山银山。推开农家院的木门，咯吱，曾经熟悉的推门声离我们已经是那么久远了，如今耳闻却那样触动心弦，因为久违了，唤醒了儿时的记忆。推门的瞬间，仿佛看见小时候的自己，忽闻母亲喊你回家吃饭。城市钢筋水泥的高楼大厦阻挡了我们的视线，阻碍了我们贴近泥土的呼吸，使我们忘记了乡愁。如果你想逃离喧嚣，如果你想重温乡愁，那就来得胜村民俗民风的农家小院吧，可作为短暂休憩的驿站，在小院的月亮下，数着星星，可小酌几杯，权当陶冶情操。月亮门，小庭院，墙上爬满了倭瓜秧。园子里长着小葱、辣椒和小白菜，粉红色的指甲花开满了一溜墙根，两棵茂密的桃树遮住了西屋的窗户，毛桃已经压弯了枝头，风吹过，熟过头的毛桃散落一地。掰开一颗毛桃，入口酸甜，绝不是嫁接培植桃的味道，而是小时候的味道……可用燃气，也可自己抱柴做饭，西屋是床，东屋是炕，睡床或炕都由你做主。到了得胜村，触景生情，每一棵芦苇和每一株稻穗都令人激动不已，让你有种热烈拥抱的冲动，拥抱什么呢？拥抱天空，拥抱大地和大地上的芦苇花。细想来，把生活过成诗和远方，是那么奢侈又那么简单。放眼得胜村的苹果园、芦苇荡和稻田地，是于繁华喧嚣中的精神回归，让禁锢的眼泪肆意地流淌。

徜徉在得胜村的乡间，芦苇的浩荡，白杨的挺拔，果实的丰硕，阳光灿烂，小桥流水。村里的人们在希望的田野上劳动着，他们脸上洋溢着幸福的笑容，生活像芝麻开花节节高。这样喜悦的情景怎不令人怦然心动？人物与乡间风景交相辉映，蓦然回首，哪一道才是最亮丽的美景呢？

得胜村也曾是我定点深入生活的地方，每一次到得胜村来，村里都有新的变化和新的发展。经过近两年的深入生活和潜心创作，2020年我的长篇小说《繁花似锦》终于出版。《繁花似锦》入选中宣部"2020年主题出版重点出版物"；入选2018年中国作家协会定点深入生活项目；入选2020年辽宁省作家协会"金芦苇"重点推介作品；入选2020年《中国出版传媒商报》助力全面建成小康社会主题图书；入选文学好书榜2020年6月书单；入选2020年8月文艺联合书单。

长篇小说《繁花似锦》主要以具有典型性的东北基层乡村的得胜村为背景和蓝本，从展示新时代农村面貌为切入点，回顾了改革开放以来，得胜村逐步实现小康，生活繁花似锦的经历。故事分为三个层次：一、新时代农村繁花似锦的新气象。二、以知青周铁铁、秋叮叮以及当地青年范潇典为代表的中坚力量，满怀着对黑土地的挚爱，他们或在返城后心系奋斗过的农村，又重新回到曾经播撒希望的土地，为理想继续奉献；或在改革开放时期，进城务工，学习到先进的技术和理念之后反哺故乡。他们这批先行者，在改革浪潮的冲击下，抓住时机，奋斗不息，带领全村走上共同富裕的道路。三、新时代以来，新一代年轻大学生党员，自觉接过前辈的接力棒，在乡村振兴战略的指引下，生态兴农，科技兴农。他们全面开发种植、养殖等领域的新产品，建成生态产业示范区，并且与专业合作社、旅游农家乐等发展联动模式，采用互联网认养稻田、手机抖音宣传、线上直销等新技术手段，将家乡的健康有机产品介绍到全国。得胜村在以老一辈为代表的建设新农村的"摆渡人"和以新一代大学生党员为代表的"接力人"的共同努力下，在乡村振兴战略的指引下，带领全村人民群众走上了乡村振兴的幸福路。

迎风飘摆的桃树枝和苹果枝仿佛预演着春华秋实，诗和"远方"离我们多远啊？只隔一片稻田，只隔一片苹果园，触手可及。辽河的支脉绕阳河在村边流淌，风吹过绕阳河，仿佛飘来了稻花香和苹果香。行走在稻田地，还有些收割的稻子成堆地堆在地里，向人们展现着沉甸甸的丰收。这样的山乡巨变和新乡村的美景，怎不令人心潮澎湃？诗和"远方"离我们并不远啊。绕阳河从宽阔的稻田蜿蜒流过，稻花飘香辽河岸边，千顷稻浪和源远流长的辽河载着人们的目光，抒写着希望田野上的诗句，大地飘散着泥土的芳香。

新时代，新经验，新征程。得胜村正用广阔天地谱写一部现实主义题材的鸿篇巨制，太阳照耀在得胜村的绕阳河上，河水滋润着万亩稻田，在浩渺的天地间，如水墨画，描绘、展现一片一片田园风光。得胜村在保留古朴民风的基础上焕然一新，俨然走在社会主义新农村的康庄大道上……

此心安处

◎李天笑

2020年11月3日，在中国作家协会组织的2020"中国一日·美好小康——中国作家在行动"全国作家联动大型文学主题实践活动中，我作为黑龙江省作家，来到了富裕县民乐村，采访驻村扶贫工作队队长樊玉明。

富裕，汉语解释为富足充裕。而齐齐哈尔市富裕县，不能顾名思义，不仅不富，反而是国家级重度贫困县。民乐，字面理解为人民安居乐业。而富裕县的民乐村，也没有村如其名，反而穷得让人乐不起来。

乐不起来的民乐村、富不起来的富裕县，在一场改变中国乡村面貌的伟大社会实践中，迎来了村如其名、县如其名的曙光。

2017年，脱贫攻坚战役以前所未有的力度在全国各地轰轰烈烈地打响。黑龙江省妇联响应国家助力脱贫攻坚的号召，一支由三人组成的驻村工作队来到了富裕县民乐村。樊玉明，这个从牡丹江农村走出的东北汉子，再次投身农村这片广袤的黑土地。

六月的乡村，尽是生机勃勃的绿。樊玉明的心，也挣脱了城市水泥的禁锢，舒展得如迎风起舞的叶子一般。一路上，一行人说说笑笑，车已开到了村口。开过村里满是坑坑洼洼的泥土路，看见路边许多年前记忆中的泥土房和一脸漠然的村民们，樊玉明的心收紧了。"相由心生"，村民们脸上没有笑容，看什么都视而不见，对什么都提不起精神，这哪里是幸福生活该有的表情呢？"要让民乐村的村民发自内心地乐起来，要让民乐村的路畅通起来，要让民乐村与全国新农村一起富起来"，此刻的樊玉明觉得，民乐村，就是他要深深扎根的另一个家，他要用心，焐热这片土地。

村里没有闲置住房，当晚，驻村队员租住到了外出务工的一个老乡家里，这一住，就是一年。这一年，52 岁、身高 178 厘米、体重 195 斤的樊玉明，穿着驻村队统一的工作服，迎着每一个黎明的曙光、正午的阳光和黄昏的落日，跑遍了村里每一户人家，熟悉了每一个村民，帮村里人处理大大小小的杂事，被村民亲切地称为"老樊"。

小病不打"120"，就找樊玉明

"2018 年 5 月 28 日，按照昨晚跟县残联潘主任的约定，今天早上七点钟，开车来到民乐村一屯西头常德珍家，接她去县里检查申报残疾证。到达村口，正赶上等去县城大客车的常德友、去富路客运站的常德才儿媳，拉上他们，正好五个人一车。"——这是樊玉明日记里的一段，也是樊玉明三年多的日常生活中无数次重复的一段。

常德珍，66 岁，与 84 岁的婆婆共同生活。她单侧股骨头坏死，2017 年更换了股骨头，家里十分贫困。尽管如此，她一直孝顺婆婆、照顾婆婆，并被村民评为"最美儿媳"。"老吾老以及人之老"，樊玉明同情常德珍，也敬佩常德珍，他决心帮助婆媳俩走出困境，而且要一帮到底。他先是帮助她们办理了低保，又根据常德珍的身体状况，决定帮她办一张残疾证。办残疾证需要去县里体检，常德珍腿脚不方便，樊玉明二话不说，背起常德珍就走。去医院体检、去残联填表，楼上楼下，来来回回，50多岁的老樊跑得一脑门子汗。常大姐过意不去，要给老樊车钱，老樊不要；要请老樊吃饭，结果饭钱还是老樊付的。低保证、残疾证办下来，婆媳每月多了160元收入，生活有了保障。老樊觉得还不够。回哈尔滨探亲期间，他跟同学讲起常德珍的事，说她急缺一个冰柜，同学立刻委托老樊代买一个冰柜送给常德珍。这个冰柜，成了常德珍婆媳家的"大件儿"，婆媳俩再也不用借邻居家的冰柜一角存储食物了。我去的时候，婆媳俩的房子正进行危房改造，在别人家借住。常德珍说："我们家可困难了，我身体还不好，都快活不下去了，幸亏国家把老樊派来了。老樊跟我非亲非故，把我当亲姐，村里都知道，我白捡了个兄弟，老樊一来，就都喊，你兄弟又来啦！"老樊高兴地说："我也白捡了个姐！"

常德才，常德珍的亲哥哥。他身患严重的皮肤病，全身水肿，双腿溃烂，家里住的房子四面透风。危房改造，常德才的老伴儿觉得家里困难重重，无力参与，老樊多次上门做工作，最后老两口没花一分钱住进了新房。也许是精神的力量，常德才的水肿在住进新房后居然消了。常德才的老伴儿说："老樊哪，背着老常去县医院看病，老常太沉了，背也背不起来，把老樊累的。这几年他还经常给老常买药，治脑血栓的，擦皮肤的，啥都买。这村里，多少人都吃过老樊给买的药，数都数不过来。"

村里人有句顺口溜:"小病不打'120',就找樊玉明。"老樊的电话号码,贴在家家户户的墙上。驻村三年,老樊最关心关注的,就是村里的病人和残疾人。村民江余宝的老伴儿患胰腺癌,老樊联系省医科大给她做了诊断;村民何翔的老伴儿去哈医大肿瘤医院做甲状腺手术,老樊帮忙联系好主任医师直接住院;村里有人生病,老樊知道了,一定上门送钱慰问。疫情防控期间,村民孟召民脑出血在哈尔滨住院,老樊去医院探望,医院不让进。老樊说:"我是驻村第一书记,他是我的村民,我不看看不放心。"医院领导被感动了,破例让老樊进了病房。

老樊说:"病不可怕,怕的是心冷没人问。我不能给他们治病,但能给他们关心和帮助。我回哈尔滨给他们买点儿药,钱也不多,让他们感觉有人想着,有人关心。"三年下来,樊玉明帮助村民看病买药22人次,累计花费9000多元;帮助村里的5人办理了残疾证,每人能领到每月80元的残疾补助款。

"带好村里的病亲戚、穷亲戚",老樊用一点一滴的努力,帮助村里270多户贫困户一户不落地走上了脱贫路。

老樊的"晋升"路

2017年6月1日,老樊来民乐村,身份是工作队队员。

白天,他逐一走访村里的贫困户、一般户;晚上,就在宿舍里潜心研读从中央到地方各级政府的扶贫政策。老樊的驻村日记本中,有两本是专门记录各项扶贫政策的。日子长了,老樊成了工作队的"活地图"和老百姓心中的"扶贫政策百事通"。

2018年,村里迎接国检验收进入最后阶段,天气乍暖还寒,村里工作人员没日没夜地忙得不可开交，老樊每天起早烧锅炉，半夜"打更"，给村委会工作人员端茶送水，前前后后48天，天天满脸满身都是黑的，被村民戏称为"锅炉工"和"更夫"。在大家的共同努力下，民乐村通过了国家脱贫验收，群众满意率100%。

2019年7月，受绍文乡党委指派，经村民代表大会选举，老樊高票当选为村委会主任，并被任命为村党支部书记，成为全省第一个副处级"一肩挑"。驻村干部"一肩挑"，于老樊而言，不仅是乡里、县里对他的高度认可，更是民乐村村民对他实实在在的接纳。

他刚刚当选，就进入雨季，民乐村遭遇2013年以来最严重雨灾。老樊坐不住，直接冲进雨里，帮助村民排涝，哪个屯堵了就去哪个屯，整整23天，每天都是全身湿透，泥水满身，因此落下了风湿的毛病。值得欣慰的是，全村庄稼没有因为雨灾而减产，村民没有一家因为大雨出现事故。

上任后的樊玉明，充分利用村支书的新身份，多次跑县里协调修路，到2020年，民乐村自然屯主要屯路基本硬化和绿化，并安装了路灯，孩子们雨天上学再也不用担心了，村民摸黑上厕所也自此成为历史。有了路灯，老樊又自费买了绸带和扇子，村里的广场舞队伍也建起来了。村民胡凤琴说："岁数大了，走夜路总像脚底有坑似的，这下好了，晚上不只能出来散散步，俺们也跟城里人一样，可以跳舞健身了！"

村里的党建、村规民约、集体"三资"专项治理、扫黑除恶专项斗争等各项工作也都在樊玉明的主持下压实落地。

2020年6月1日，驻村三年整，老樊又有了新身份：第一书记、工作队队长。虽然民乐村已经整体脱贫，但离富裕还有很大的差距。如何提高老百姓的收入水平，老樊想到了以奖代补。从省妇联争取的专项款没到账，但晚一天就影响养殖，他跑到齐齐哈尔市农科院，用赤诚和信誉打动了院领导，赊回了20万元的鸡雏和鹅雏。全村家家户户都分到了鸡雏、鹅雏。除了鸡、鹅养大了可以卖钱，贫困户还可以得到500元的以奖代补补贴款。老樊还组织村民发展菜园革命，贫困户每亩能得到补贴1000元。

不仅在村里"步步高升"，省妇联也将老樊任命为省妇女儿童发展中心副主任。老樊是事业编，当了副主任对工资待遇没有影响，村里的"官"就更没什么福利待遇了，但老樊还是高兴，"证明我的工作组织上和人民群众都认可！"

没"架儿"的"官"

"老樊没架儿，不像个官！"

"跟老樊说话不用考虑，有啥说啥。"

"老樊没把自己当干部，跟老百姓一样！"

省城来的副处级干部，在淳朴的村民眼里，已经是相当大的"官"了。相处下来，这个大"官"，反倒成了村民们随叫随到的司机、帮工、跑腿、心理调解师、政策解读员。

省妇联驻村工作队队员王强说，刚到村里，跟老樊开车下屯，正开着，车就停了，老樊摇下车窗跟路边的村民打招呼，10分钟的路程，小车停了五六回。王强纳闷儿，就问老樊："你找他们有事吗？"老樊说："没事儿呀。"王强更纳闷儿了："没事老跟人打招呼干啥呀？"老樊说："咱们是省里下来的，要是跟老百姓打个招呼,他们就觉得很近,贴心。"从此以后王强自己出门办事,也主动跟老百姓打招呼,感觉跟村民拉近了距离,开展起工作更顺畅了。

在村里,老樊抽5元一盒的烟,穿工作队统一的工作服。走在村路上,看见垃圾,老樊捡起来拿着,扔到附近的垃圾箱里。有些乱扔垃圾的村民说,有专门的垃圾清扫员,老樊你捡啥?老樊说:"环境得大家爱护,不能只靠一两个清扫员。"从此,村民们不仅不乱扔垃圾了,看到垃圾,也主动捡起来扔进垃圾箱里。

除了捡垃圾,老樊还捡人。低保户王玉文患重度脑梗,晕倒在路上,老樊路过,把他送回家里。王玉文的妻子邢玉环说:"得亏了老樊哪,别人谁都不敢捡,怕赖上。"

村民乔永彪,老伴儿双目失明,自己还患了阿尔茨海默病,走丢是常事,老樊捡了他9次并送回家里。

村民孟三嫂说,爱人患有心脏病,有两回走在路上突然摔倒休克,都是老樊在路上捡到他并把他送回家。家里玉米补苗,老樊早上4点钟就来帮忙。说到这,孟三哥忍不住插话:"老樊是真会干,一看小时候就干过农活儿!"

会干农活儿的老樊的确出生在林口县农村。1979年5月2日,这个改变老樊一生命运的日子他至今记忆犹新。14岁的老樊夹着一床旧棉被,怀揣着5元钱和26斤粮票,踏上了去县城的求学之路。由于家庭贫困,年轻的老樊经常每天只吃一顿饭,饿得发晕,但在只有求学才能改变贫困命运的信念支撑下,老樊考上大学,走出了农村,走进了省城。驻村后,老樊对村里的学生格外关注。村民周传兵的儿子一度产生了厌学情绪,老樊听说后,几次上门做思想工作。孩子在一篇作文中写道:"一天,家里来了一个自称村上工作队的人，给我开导，使我迷途知返……"村民张浩的儿子学习成绩优异，但是家庭条件差，老樊的一个朋友听说后，主动资助孩子读书，不但孩子备受鼓舞，父母的干劲也更足了。

老樊闲不住，没事儿就在村上溜达。村民白生玉家着火，老樊第一个发现，从邻居家找根水管上去灭火，弄得自己全身湿透。上县里办事，顺路帮村民贴个手机膜，交个话费，买几样菜，捎几个村民进城，都是常事。村民孟召武说，去大庆妹妹家，正好老樊回哈尔滨，就搭个车，想着到大庆市高速口再想办法，没想到老樊一直给送到妹妹家小区楼下。老樊说："村里老弱病残，我不给他们跑，谁给他们跑啊。别看小车破，老百姓接受。真要开个干干净净的宝马、奔驰，老百姓也不敢坐呀！"三年来，老樊的老爷车，接过亲，送过殡，拉过考生，载过病人，晃晃悠悠跑了10万多公里。

老樊的爱与痛

从2017年进村，到2020年当上第一书记，看着村民们宽敞明亮的新房建成了，村民们的腰包一点点地鼓起来了，脸上的笑容日渐灿烂了，老樊的心也乐开花儿了。

2020年，脱贫攻坚进入巩固提升阶段，距离老樊离开民乐村的日子也越来越近。

"樊书记，别回哈尔滨了，留下吧！"

"老樊，再待几年再走吧！"

每一次入户，村民们都会情不自禁地对老樊说出挽留的话。

驻村三年，老樊黑了、瘦了，更像村里土生土长的人儿了。

老樊也曾经有好几次想过要回哈尔滨。家里不只有日夜牵挂的妻子，更有一个放不下的儿子——乐乐。乐乐身高180厘米，体重176斤，24岁。乐乐不会说话，严重自闭，生活不能自理，他的全部世界，就是爸爸、妈妈和一只拉布拉多犬。爸爸驻村三年多，难得回家一次，乐乐的世界，一下子少了最重要的三分之一。

老樊的日记，经常会记起儿子乐乐。"驻村回家的两天，儿子兴奋得后半夜睡不着觉。我的心中既感到兴奋，又感到惭愧。""两天半的团聚，对于驻村干部的我是多么短暂和珍贵啊。看着妻子不舍的眼神，儿子不舍地搂着我不愿意放手，关上家门，眼眶里湿湿的。"

乐乐是樊玉明心上最深沉的爱和最扎心的痛。

三年多来，樊玉明是省妇联7名驻村队员中唯一没有轮换的。老樊下乡驻村，为了照顾乐乐，身为警察的妻子提前退休了。村里远，开车回哈尔滨要五个多小时，老樊年龄大了，身体眼神都有些跟不上，妻子担心他，不让他经常回去，加上村里事情多，老樊最长52天没有回家。老樊常说，苦了妻子了，既要照顾儿子，还要惦记他。老樊还说，小家短暂的分离，是为了明天更好的团聚。退休以后，他会加倍补偿妻子和儿子，把失去的时光追回来。

在老樊心里，民乐村就是他的家，民乐村的村民就是他的家人，让家人过上好日子，过上幸福的日子，与他身在哪里并无关系，即使卸去在民乐村的一切职务，他依然是民乐村的村民，他的心将始终牵挂民乐村，他的目光将时刻关注民乐村，民乐村的乡村振兴之路，他还要参与、还要奋斗。他还打算带着妻子和儿子常回来看看，村里的那些"亲戚"们也会常常联系。

"放心吧，我永远也不会换电话号码！"

这是老樊对全村百姓的承诺。

接续奋斗新征程

贫困之冰,非一日之寒;破冰之功,非一春之暖。老樊说,驻村干部虽然是"飞鸽"牌的干部,但要干"永久"牌的事儿。既有国家政策,又有妇联这个娘家,没有理由不好好干。三年来,经过多名驻村干部和村"两委"的努力,民乐村发生了巨大的变化。光伏发电、大马力农机、水稻种植、庭院养殖、小园经济产业项目纷纷落地;富硒鸭稻有机米示范田、"旱改水"无公害水稻示范田、巾帼脱贫示范基地陆续建成;新硬化道路、亮化路灯、自来水井房、文化活动广场、妇女儿童之家、爱心超市投入使用;贫困学生、贫困妇女、受灾家庭、70岁以上老人穿上了新衣、盖上了新被;庭院经济、小园种植补贴收入,所有建档立卡贫困户无一返贫,人均年收入达到5000元以上。

看着村民脸上的笑容,回想起初到村里的情景,老樊想,由全面脱贫到乡村振兴,未来的路还长,还需要接续奋斗、努力前行。发现培养年轻人,才能让民乐村持久发展。在老樊的传帮带下,31岁的李长超、32岁的衣汉超这两个踏实肯干的年轻人迅速成长,他们将接过老樊的担子,带领村民走上乡村振兴之路。

采访结束,老樊送我到村口。车子启动,老樊的身影渐行渐远,冬日的阳光洒在他身上,一片灿烂。我忽然想起老樊日记里的一段话:"我所能做到的就是让国家的扶贫政策落地、落实,让农民兄弟感受到国家对贫困人民的关心,同时鼓励农民兄弟振作精神,靠自己勤劳致富,走向小康。"

我想,这也是当下奋战在脱贫攻坚一线所有驻村干部的心声。

青春的南房村

◎张文宝

南房村像个"孤岛"。

这话,是南房村老百姓说的。

夏天里,一场大暴雨后,南房村不少房子被大水包围,成了"大海"中一座"孤岛",白茫茫一片。大水齐腿深,老百姓十天半月出不了门,靠村支书带着人扛着方便面,涉水过来救急。

南房村很偏僻,在江苏省灌南县百禄镇,东边与盐城市响水、西南边与淮安市涟水搭界,靠着咸涩的灌河,盐碱地白花花一片,不长什么东西。

因为穷,南房村在全省、全市、全县、全镇出了名,是灌南县最后五个脱贫的省定经济薄弱村。

一条326省道,隔开了同属灌南县的两个村,南房村和三口镇三口村,一南一北,却是判若两个世界。三口村小楼挨着小楼,庄稼地绿油油,一派五谷丰登的景象;而南房村呢,如同一个娘胎里出来,都是红瓦平房,庄稼长得蔫不唧的,少了许多生气。

2020年11月3日,中国作家协会组织2020"中国一日·美好小康——中国作家在行动"全国作家联动大型文学主题实践活动，我作为江苏省作家参加此项活动，来到南房村，所见所闻，颠覆了全部印象，让我直呼震惊。田野上一片斑斓，稻谷飘香；葡萄园绿如湖泊，闪动的一片片叶子，仿佛能闻到那甜美葡萄的香味；工业园内车来车往，繁荣发达；社区是一个大花园，新建的一座座别墅前，村民喜气洋洋，排队认购新房。

我们坐的小车底盘，被水泥路上晒的成片黄豆荚塞住了，走不动。一个高个子、身体壮实的"大男孩"，拿起草叉，三两下从车底扒出黄豆荚，打通了道路。

"大男孩"模样的人，是南房村党总支部书记陈勇。

照着陈勇手指的地方，我走近一座不高、白墙黑瓦的两层小楼，走进村部，走进一个村庄那些过去沉重、峥嵘、捧不动的日子……

陈勇33岁，年轻人勇气可嘉，初生牛犊，顾虑少，有朝气，敢想敢干，意气风发，踢开了南房村穷光蛋、四面漏风的破门，把小康的春光洒进乡村。

2017年2月，陈勇在百禄镇高港村当村支书，2018年5月8日，来南房村当村党总支部书记。

年轻人心中天高云淡，装的美丽图景多，想的脚下羁绊事情少，跃跃欲试，龙腾虎跃，要闯一番天地，干一番大事业，踌躇满志，来到南房村。

苏北不算富裕，但天气和苏南一样，艳阳高照，树绿水清，烟细风暖。

上任第一天，南房村就给陈勇劈头盖脸浇了一盆凉水，凉透了。

村部水泥小路两旁都是杂草，简陋的小楼里，有几张破旧的桌椅，落满一层灰尘，窗玻璃上蒙着尘土，看不清外面，看上去就是那种很萧条、没有生气、没有人管的样子。

村部大门前河沟里，洋柴、芦苇长得又粗又高，风一吹来，你推我挤，哗哗响，好像在凄楚地抱怨南房村的贫穷、邋遢……

陈勇拿起南房村账簿翻看了一下，2016年村集体经济收入3500元，2017年村集体经济收入0元。

有一个笑话，小偷都瞧不起南房村，多少年以来，村里没有人家遭过偷盗，一是路不好，进得了村，出不去；二是人家穷得叮当响，没有值钱东西可偷的。

陈勇曾经找八个群众给村中心路两旁除草、栽树和清扫，大家都不愿意干，嫌没有钱，说村里欠他们前几年做工的钱。陈勇自己拿了800块钱，发给八个人，一人100元，才把活干了。

南房村穷啊！661户人家，有建档立卡低收入户211户、397人，贫穷人口比例相当大。

贫穷了，就会什么都穷，小伙子30岁，穷得找不到对象；路边的大树小树也穷，长得精瘦，绿叶无精打采地摇晃，对村里的贫穷似乎耿耿于怀。

南房村也有人不怕贫穷，就是陈勇！

他来这里前早有准备，与"穷"的恶魔较量、战斗，不会被逼退、吓倒！

是啊，有福气的事谁不会来干？只有在困难的荆棘窝中，不怕疼痛，带着老百姓，杀出一条脱贫致富的路，才算真本领，显示出人生的意义和价值，要不然的话，领导让他来这里干什么？

听说县委组织部有"党费暖基层"项目，陈勇喜得脸上像朵花，盯住不放，跑啊汇报啊。领导看到南房村太穷，连"农家书屋"都没有，松口补贴60万元建村部。

陈勇是灌南县田楼镇人，盐城师范学院毕业，做过"村官"，爱人在盐城响水县干个体户。每天早上，他开着雪铁龙世嘉小车，20分钟赶到南房村，借上村干部电瓶车，到村民家和田头转一转。

看到村里幼儿园的孩子们没有玩具，他拿来儿子玩的自行车，给他们骑着玩。在水泥场地上，孩子们一窝蜂地抢夺自行车，哭的喊的，有的孩子摔伤了腿，陈勇抱起孩子，心里发疼，不是滋味。很多孩子的父母外出打工，由爷爷奶奶照顾，缺少温暖，像一棵野草，自生自长，太可怜了。他找到扶贫工作队提出想法，不久，幼儿园修建了塑胶跑道、滑滑梯。他说："再穷不能穷孩子，从小培养孩子，改变他们以后的人生。"

村支书是上问天文地理，下管鸡毛蒜皮。陈勇遇到村里各种各样的人，有人提无理的诉求，他根本不答应，还吵过架。他看不惯有的人为占巴掌大一点儿土地，斤斤计较，吵来吵去，他劝了几句话，对方不听，还满口理由地说："我们这边就是这摊子。"有人看他是外地人，好欺负，说要找理由打他啥的，他淡淡地笑了笑，以柔克刚。这样，他得罪了一小批人，赢得了大多数老百姓的尊重。

天天忙村里的事，陈勇回到家里，还常接老百姓电话。有时候，他和他们大声喊几句。有个老百姓特地选大年初一凌晨给他打电话，爱人不耐烦了，让陈勇不要再当书记，没节假日没白天黑夜地干，老百姓还不理解，有啥意思？

同学们在一起吃饭闲聊啥的，总开玩笑说"村官"陈勇，"怎么灰头土脸，鞋子、裤脚太脏了"。陈勇开始不好意思，后来就释然了，很开心。同学说："你一个月工资多少？"陈勇说："4000元。"同学哂笑说："这点儿工资，付出这样大的劳动，还干啥嘛。"

陈勇不为所动，觉得自己从工作中能获得满足感，实现了一些有价值有意义的事情。

2019年，一年当中，他只有半天因肾结石疼痛没在村里工作，其他时间都扑在拆迁建社区、土地流转的事情上。

经过近一年的努力，村里所有做的事情都公开，征求大部分群众的意见，公开给大家看。慢慢地，没人再为这些事和陈勇啰唆一句话。还有，老百姓知道他是农村人，看他不像来村里"镀金"的，相信他的人多了，慢慢走近他、支持他。

陈勇年轻，有的是力气，不怕跑腿，每家每户走访，发现了新的贫穷原因，是人自身出了问题。

不是吗？中国很多地方，穷山恶水，看样子根本不适合人居住，可有人照样改变了它，成了米粮仓。

人，贵在精神。

人穷了，土地都会带样子，风一吹，尘土飞扬。

南房村好多人没有觉得穷，习惯了，一天三顿吃青菜，照常过一天；一件汗渍斑斑的衣服，穿上身，不轻易脱下来，照样过了春天，再过夏天和秋天，活得自在、舒服。其实，心里怎么想，是酸是涩，自己心里有数。

穷困养懒人。

村里没有产业，老百姓没有打工的地方，有的人除了种自己家的几亩地，剩下的时间就是赌钱。他们有一点儿时间，就打麻将，平时买衣服、做什么事情没钱，坐在麻将桌前，钱就有了。有的懒人每天十点钟做饭，一盘豆腐菜，能喝上一瓶酒，喝到下午三四点钟。

越穷越爱赌，越不想干活挣钱；大钱赚不到，小钱不想赚。懒人不喜欢做事，经常闹事啥的，占扶贫项目或者村里的小便宜，村干部拿此也没辙。

陈勇最大的理想就是，改变村里人那种懒散、赌博等不求进取的民风，打造积极进取、欣欣向荣的局面；完成乡村振兴目标，让老百姓住得下来，留得下来，让老百姓住的环境美丽，在家门口完成就业，提升幸福感。

脱贫致富"等""靠""要"是不行的，需要自己双手干出来。

一组马文波是个懒汉，膀大腰圆，浑身有的是力气，就是不想做活，靠政府，吃救济。他整天赖在麻将桌前，菜园里的草长得多深，不问；两个孩子正是长身体的年龄，一天到晚吃青菜，不见一丁点儿荤腥的，也不问。他的爱人气得丢下孩子，外出打工，不回家。

他穿脏了衣服没女人洗，春、夏、秋三个季节，赤着上身，光着又粗又圆的膀子，像耍大刀的。

帮人帮心。

从思想上引导贫困户，让他们知道贫困是丢人的，用自己双手劳动才能致富。

陈勇帮扶马文波，影响村里懒人，改变"等靠要"，改变民风。

他到马文波家里，见家前屋后都是鸡屎，乱糟糟的，不像一个家。

高高大大的懒汉，光着膀子，肌肉鼓凸。陈勇看着，心里好笑，觉得有点儿滑稽，长得五大三粗，还当贫困户。陈勇问马文波家里一些情况，他不吭声，担心陈勇来检查什么，拿掉贫困户帽子，享受不了国家政策。

陈勇问:"你想干点儿什么?"

他说:"没事情做。"

陈勇说:"我给你介绍点儿事情,做不做?"

他眼睛闪着怀疑说:"你肯相信我?"

这个世界上没有天生的穷人,没有谁想当穷人,让人看不起。穷人各有各的苦衷。

陈勇相信,马文波有女人和孩子,不想过好日子是假的。既然这样,如果有了活计,给他干,他就会卖力地干,挣钱。陈勇相信这个懒汉。

村里电灌站打水,要有一个承包人,发包时,陈勇想到了马文波,找到他说:"你能不能承包电灌站?"

起初,他不敢争着抢承包,还嫌钱少,不吭声。

陈勇说:"你在家里没什么事,守着几亩地挣不了多少钱,把电灌站承包下来,不影响种地,还有钱赚。"

他笑了笑,有点儿心动了。

陈勇趁热打铁,问他"你怕不怕吃苦",又说"能不能打好水,在于你自己",还给他摆出优惠条件,增加他信心,"别人承包是三年,你可以先承包一年,感觉好了,跟村里签三年合同"。

他开口说话了:"我试一试。"

懒人被人尊重了、信任了,想要高调表现一番。

马文波给一组、二组、四组打水。小麦一年打三次水,每次打上一天一夜,水稻打上八次到十次水,第一次打上三天三夜。一次,正是供水旺季,河上一小截水泥渡槽塌了,老百姓急坏了。马文波朝陈勇要了两个帮手,下午开始干,跳到河里,用土一点点垫起渡槽，晚上八九点钟修好了。村民睁大眼睛，重新打量马文波，都说："以前看他不怎样，让他承包电灌站不放心，现在看来可以的。"

懒汉发现自己的双手能把事情做好，再做事情更有信心了。

村里流转土地，把零散的土地集中连成一片，给大户规模种植。陈勇找到马文波说，想流转他和几个农户零星土地。他一口回绝，不同意。陈勇没有生气，反而很高兴，一个懒人逐渐变了，知道土地是命根子，就不会荒废土地，懂得耕种。陈勇又有了一个大胆想法，利用马文波承包电灌站的便利条件，让他再承包110亩土地。他对马文波说了想法，"懒汉"低下头，十秒钟没说话。

陈勇问："你有什么担忧？"

他说出了担忧，承包需要钱，一亩地920元，一个人哪能照顾这么多的地，如果雇工还要一笔很大开支。

陈勇给他破解担忧，卸包袱，告诉他说，不像别的承包户要先交租金、后种地，他可以先种地，后交租金，流转老百姓土地的资金，村里来做担保。

陈勇做老百姓工作很有一套，说说笑笑，谈天说地，十分自然，让马文波慢慢地拐过弯来。陈勇不侃大道理，像说玩笑话，他说，你老婆为什么在外地打工，不回家，是因为家里没什么经济来源，如果种100多亩地，一年有10万到15万元收入，她怎能不回来跟你过日子呢？

懒汉不好意思，自嘲地笑了。

他怕种地多，种不好，亏了本。

这天，马文波看见陈勇又赶来，老远就打招呼。每次，陈勇只要一来，准会有好事。

这次，陈勇带来好消息，给马文波和种植大户开"小灶"，请来连云港农科院专家讲种水稻的管理、防治病虫害的技术。

懒汉的顾虑被一点点地化解掉了。

他成了村里数得上的种植大户。

他懂得了科学种田，跑了几十里路，到东辛农场买来优质的华粳5号种子。

懒汉没有闲工夫打麻将了。

女人回来了，夫妻俩一块儿下地，锄草、打药、施肥；孩子放了学，小鸟一般喜悦，朝家奔跑，锅里碗里的鸡鱼肉蛋，热气腾腾地等着他们。

马文波知冷知热，上身穿上了衣服，不再光着膀子。

懒汉变了，成了一个勤快人。

2020年7月22日，晚上，刮龙卷风。老百姓先前在路边搭了很多棚子看守庄稼。大风过后，有的棚子刮没了，有的刮倒了。陈勇在镇里值班，担心村里棚子倒了，砸到人，急忙赶到村里。马文波家是龙卷风经过的地方，陈勇首先赶了过去。马文波见陈勇来了，惊讶地说："你怎么来了？我家没事情。"

陈勇赶到别人家看看，马文波跟着一起去，愿意帮助困难中的乡亲。

他敲响了每家每户的门。

上半年，马文波卖小麦，收入6万元；11月初，水稻收割登场了，初步估计，能卖18万元。

懒人靠自己挥汗如雨，辛勤劳动，步步登高，脱贫致富。

马文波告别"穷窝"，住进了花园一样的社区，别墅带小院，

150平方米，绿化、燃气管道、污水管网、电力设施、沥青路面、党群服务中心、幼儿园、卫生室、文化广场，样样齐全。

我见到马文波时，他正开着拖拉机撒麦种子。他本事大着哩，十八般武艺样样精通，操作家里5台拖拉机，耕地、脱粒、挖沟、种地、运东西。

见过这样的懒人、懒汉吗？马文波穿着黑色的外衣，翻开的领子是黄色的，颜色反差如此大，鲜艳醒目；浅蓝色的衬衣上，带着星星点点的小月牙儿，素净好看。

懒汉做人体面了，有了尊严，有了幸福感、满足感。

南房村不再是"孤岛"，仿佛一夜迈进小康社会，河流清澈，绿树成荫，花团锦簇。镇里工业园在村里范围内，有19个工厂，其中有2个厂是村里的，150个村民在里面打工；村里市级扶贫产业园，按季节招临时工，最多一天招200人，摘葡萄、打包、装箱、托运。2019年，全村人均收入16580元，集体收入74万元。

南房村正年轻、青春，理想与幸福的光芒还在前头。

我走出村子时，看到马文波追着陈勇笑着说："陈书记，明年我要种两三百亩地，帮我想想办法啊。"

又见红村红

◎ 赖赛飞

同一个人心目中,也有无数个横坎头。

今天是 2020 年 11 月 3 日。清晨,大批的游客还在路上,四明山在晨雾里神奇地变幻着。我在横坎头徜徉——中国作家协会组织 2020"中国一日·美好小康——中国作家在行动"全国作家联动大型文学主题实践活动,我作为浙江省的作家参与,揣着小意外——不久前的黄金周,横坎头有位老乡来到象山。虽然最终我们没能见上面,但从他不打通我电话不罢休的执着可以断定,他是看大海吃海鲜来的,如同晒幸福来的。最终约定,我将在这个秋天果蔬充分成熟之际再往四明山,去尝他家的油盐饼。

横坎头坐落在四明山之北、四明湖之南。

四明山号称"周围八百里,二百八十峰",腹地落在余姚,是浙东一带离天空最近的地方,同时为浙东抗日根据地的中心——1943 年,中共浙东区委进驻梁弄横坎头。嗣后,浙东行政公署、新浙东报社、抗日军政干校、浙东银行总部相继进驻,包括党政、经济、文化教育中心,横坎头最终成为根据地的强大心脏。

横坎头行政村800多户2400多人，分布在6个自然村（横坎头、紫溪、牛轭丘、百丈岙、大岭下、半山）总计7.3平方公里的山区。2018年我在此盘桓过——青峰幽谷相间，犹如美的迷宫。

近几年，横坎头年接待游客量60万人次以上。

现在去横坎头，多沿余梁线，经四明湖畔，进四明山门，横坎头在望了——就在梁弄镇区南首两公里。

在我心目中，首先是红色的横坎头——被誉为"浙东红村"，像它所在的梁弄镇被称作"浙东延安"，拥有鲜明的红色基因。穿过村庄的梁让大溪边上，矗立至今的红色旧址群，古朴庄重的外表包裹着永恒炽热的内容，由血与火的历史凝结而成。

又有绿色的横坎头，藏在连绵森林、茶园、果园、花园里，从重重大山里奔涌出来的溪水，清澈甘甜。

另有金光闪闪的横坎头：从浙江省历史文化名村、农村基层党风建设示范村、民主法治示范村到全国文明村、中国美丽休闲乡村……浙东（四明山）抗日根据地旧址则已成为国家4A级旅游景区、全国重点文物保护单位、全国百个红色旅游经典景区、全国爱国主义教育基地等，并入选首批浙江省职工疗休养基地。

还有数字的横坎头，像攀登的梯子。2003年底，横坎头村集体负债45万元……2017年，村级集体经济收入260万元，农村居民人均可支配收入27568元，分别比十五年前增长20倍和17倍；2018年，村级集体经济收入528万元，居民人均可支配收入31280元；2019年，村级集体经济收入740万元，居民人均可支配收入36284元；2020年，村级集体经济收入预计突破1000万元，居民人均可支配收入突破4万元……

这些数字铸就横坎头发展史上醒目的年轮，也铸进横坎头人的记忆深处。

而作为山外人，更多彩多样的横坎头则是从每个横坎头人身上感受到的：怀抱理想，英勇无畏，克己奉公；有时坚如磐石，有时充满激情；善良的，勤勉的，踏实的……一座村庄的奋进与成就都写在他们的脸上，写进他们的寻常日子里。

对于来象山找我的横坎头老乡，我也还以突然袭击。来到百丈农家，晚餐时间尚早，见七十出头的黄彭勋站在二楼阳台观景，端着白色搪瓷杯，脸上有隐约笑意。从他的目光望过去，对面的百丈水库被立体的绿所环绕，像个大聚宝盆。他应该有这一刻的安闲用来回味：客人似涓涓细流汇聚过来，使一家子忙活了十六年。他说，开饭店前，他整日坐在余姚某工厂逼仄的门卫室发呆。可能，早年的脸上有苦闷。

而现在一年忙下来，有个七八十万元收入。这个数字他说了好几年，有所保留的口气。他更愿意诉说的是感念，感念生他养他的四明山：从没像现在这样意识到，每一棵树、每一粒果、每一滴水都赐福于自己。绿水青山就是金山银山！因此，感念不尽的是党与政府，要想富，先有路，就有了路。2003 年，投资2000 万元的余梁线建成，进村的路从此平顺开阔。接下去的十多年，四明山大通道不仅全线建成，而且成为浙江省的最美公路之一。双休日尤其节日一到，山间公路也像市区道路一样堵车。

感念村里的党员干部，如果不是当时的村支书张志灿非要他回来开餐馆，认定村里正在发展红色加绿色旅游，游客会不断涌来，他家成不了村里的第一家农家乐。那时夫妻俩合起来的年收入不过两千来元，全家挤在小出租屋里。他当时看着张志灿一次次屈着长腿坐在门卫室的小板凳上几乎是"又哄又求",不免纳闷儿:既然那么好的商机,为何偏找上我家?对方的理由十足:你家有现成的厨师,你家就在现成的景区。后来,他才知道,这些村干部,何止是未来的商机,就是自己手里的商机也忙得顾不上。就拿每年春天来说,樱桃成熟,村干部们忙于指挥人群车辆。等忙完,往往游客也散了,自家樱桃熟过头或淋雨裂了、掉了。

现在,全村人都在景区,每个村人都是风景。村里农家乐、民宿、特色门店、展示平台等不下20家,采摘基地更是大大小小遍布全村。

他的身后,妻子、女儿两位烹饪高手像田螺姑娘一样在准备食材。都是地道家常菜,才令人惦念。

一路穿过徐永祥的爱侬果园、何达峰的果乡园——也都是地道的四明山汉子,面庞健康色,眼神明亮。

时间前推,徐永祥还是个上海少年,2003年才悄悄种下人生中第一棵樱桃树。到2018年,徐永祥的爱侬果园已经达到20亩,成功做出了订单农业品牌。三年不到,爱侬果园又扩大到了60亩,订单式经营更新换代:通过手机,客户群遍布天南地北,都是回头客,或者慕名而来。徐永祥的想法是,从前吃樱桃要到横坎头,现在四明山樱桃红遍,他们需要做的就是吃优质樱桃要到横坎头。他的果园里,各种新奇特品种超过50种。当着我的面,他兴致勃勃地挖开大球盖菇基质,白色菌丝在底部的金黄竹丝里清晰可见,散发出特别的香气。

2018年我初见徐永祥时,他身上仿佛带着果园的泥土气息,现在开着越野车的他身上有了研究者的书卷气。一块土地、一个人意气风发给人带来的感受妙不可言。

他一边回答我，一边在红村水果专业合作社樱桃种植群里发消息说，有位浙大教授进村进行太秋甜柿的种植培训。光进这个群的种植户就有 20 多个，难怪村里的精品农业越做越精。

何达峰则在余姚市打拼多年，成功拥有了印刷企业。看到家乡面貌一年一个样，虽事业有成，但也挡不住他选择回乡创业。

果乡园在半山的坡地里连成大片，采摘游一直是重要的创收方式。

对于这座果园的前尘往事何达峰非常清楚：有人承担了风险，让后来者站在成功者的肩上。

为了蹚出一条脱贫新路，吸引村民种樱桃致富，从 2003 年开始，村委班子成员顶着压力做了三次特别动员。

第一次，在经济十分困难的情况下流转了村民近 80 亩山坡地，做好了土地平整、灌溉水源等基础设施，召开承包大会。

无果。

第二次，村里再次筹资在地里种下樱桃苗，长势良好，即将挂果时再次召开承包大会。

再次无果。

第三次，村里招募了外地行家承包樱桃园用以示范，大获成功。樱桃品牌打响，村里趁机组织苗木供应、进行种植培训，仅横坎头的种植面积迅速扩大至上千亩，樱桃一下子在四明山红得漫山遍野，形成了有名的樱桃节。

在半山长大的何达峰接手樱桃园后，将规模扩大到了 150 亩，品种扩展到新品种樱桃、余姚杨梅、象山红美人、红心猕猴桃、台湾凤梨、太秋甜柿等名特优小水果。2020 年 11 月，果实销售一空，新品种初长成，农村指导员——宁波市农业农村局的王建军以及余晓华来到基地。王建军是林特业方面的教授，检查完台湾菠萝的果实情况，嘱咐何达峰加强光照，并利用侧芽及时扦插。

说起上半年的特殊情况，何达峰一脸庆幸：当地疫情控制得力，樱桃成熟季节未受到影响，保证了收益。

选择徐永祥、何达峰这两位介绍，是因为他们代表了村里的精品农业发展水平——全村800多农户都有自己的果园。他们组织起来，提高品质，发展新品，保证销路，种植群就此产生。农户还成立了红村农产品展示展销中心，除了展销，还要联系组织培训，及时提供信息，把关果品质量，发展更多客户。

这些人是绿色横坎头甜蜜部分的酿造者，同时酿造了自身的充实与幸福。

来到新时代文明实践站，我想起2018年所发生的一场动静相当大的搬迁：村民夏再龙创办的宁波鸿环土工有限公司在发展十五年之后面临迁址。

记得是2018年7月炎夏，载重卡车一遍遍地启动，装载着巨大的机器，整整60车。还有100多名工人，跟着机器一起转场到余姚工业区。

2003年，通过读书走出了大山的夏再龙——村里为数不多的研究生，辞掉收入稳定的工作，离开杭城温馨的家，响应村里发展需要的召唤，人到中年时转型创办企业，为村民就近提供了大量的就业岗位，也为村集体提供了及时的支持。

此时的村中心、热闹地，当年冷落荒芜。十五年过去，村里再次有需要，他毫不犹豫地启程离开。一来一去，就为自己是红村人，是革命者的后代。

所有人平静地看待工厂的搬迁，这种动静已经平常。很难相信，征用拆迁这种至今影响巨大的事情在这个深山小村里一直进行着。

要想改变命运,先对自己下手。

粗略统计,2003年至2004年横坎头道路修建涉及80户村民的土地;大溪改造,涉及拆迁及土地征用57户。2005年,"红色一期"腾迁涉及前期27户,后期22户,为安置他们又征用土地多户。2006年至2007年,盆景园建设涉及100多户土地征用。2017年开始,白水冲一带山水绿活项目,涉及200多户山林土地等;环村线路建设,涉及180户山林土地。近几年涉及企业落户等征地或拆迁30多户……总计700多户次,相当于全村人挪动了一遍。

村民黄志尧就是早期从浙东区委旧址拆迁过来的。老人虽然搬时痛快,搬后却总爱在旧址群周边转悠。今天,午休中被打搅的他急忙将今年刚开的牡丹花照发送到我的手机里,更多的是他给年轻人讲课的照片——儿子事业有成,定居杭州,二老种着樱桃,树下撒点儿菜籽,多有闲暇,一再要求当志愿讲解员。他身后的门楣上,贴着自撰的春联:重要回信天天读,红色基因代代传。横批:越过越红火。临别,他意犹未尽地说,他们有幸活到古稀之年,才见识、享受到了这好时光!感谢党、感谢国家对老区人民的关怀!

相比夏再龙,"90后"黄徐洁曾留学德国,后来也回到了村里。黄徐洁说,是她心中的村庄让她回家,也是时代发展在村庄的印记吸引了她。2018年,她在横坎头开办了"横坎头农家"。她虽然年轻,却很踏实,农家乐从一层,开到两层,再开到三层,恰好用了三年时间,能一次容纳300人就餐。多的时候,一天收入达到2万元。

任明娅家的农家乐取名初心私房菜馆,也开办于 2018 年。她家与红色旧址一路之隔,原先开着灯具加工作坊,对旅游发展有不利影响。看到游客日盛,村里提出转型,她与丈夫谢光中合计,都是党员,没什么好说的,原地创新业。

自菜馆开业后,他们家不仅比原先的收入高,更重要的是快——现做现收。今天只有自家人在吃午饭,我们进来,被当作游客婉谢。谢光中说,太红火了,怕掌厨的妻子累着,决定休息两天,因此没去配菜。冰柜里余下的不够新鲜,不能烧给客人吃。我看了一下,楼上楼下摆不了多少桌,多的时候一天竟然也有一万六七千元的收入。

在高高的史家弄山塘附近,矗立着更高的 5G 基站,塔的下半截被鸟看中,搭了个观光巢——住在里面可以浏览整个横坎头甚至四明湖。听村干部说起,有了 5G,远程医疗就快了。

遇见原村委会主任黄水夫时他正从地里回来,一脸的轻快。他还住在山塘坝上,守着他的三亩猕猴桃,一年稳稳创收好几万元。至于这方塘,毕竟上了年纪,不想捕鱼,让游客去搞定,因此鱼到底长多大了他心中没数。6 小时 100 元,鱼获归游客,他喜欢这种幸运不确定花落谁家的事情。前天,一个游客钓了一条鱼上来就有 50 多斤,物超所值,游客赢定了。有时,游客只钓走几条小鱼,他赢了。他在村里的住宅则被"横坎头农家"租用。

我说,你的收入真够多样化。他无法否认。

一年比一年大变样,困顿只在我们老一辈的记忆里,现在村里是找不见了。他说。

但我看到的情形远不只如此——横坎头村现届村班子平均年龄在 38.3 岁,均匀分布在 20~50 岁不同的年龄段上。年轻的村支书兼村主任黄科威出生在四明山更深处的大岚，2018年来横坎头挂职，现在落地生根。

面对村里的现状，他的期待巨大而直接：乡村治理要的是群众能从治理中得益，这样群众才会自觉积极地参与到治理中来，治理才会全面铺开，真正到位。

进村我先到村委会，那时黄科威准备着与余姚市人民法院的同志见面，签署红村法官工作室合作备忘录。他介绍，法官驻村，开展法治培训、法律咨询、事件调解，不仅方便周边群众，重要的是可从源头上解决矛盾，减少案件的发生。这也是乡村治理在法治方面的创新。

他的语速极快，称得上敏捷思维。我私下询问招呼我们的黄云锋——三年不到，他已经从后备村干部成长为村委委员。他说，更忙了，说完指指黄科威，悄没声儿一笑。看得出，黄科威忙得痛快。

那天等到夜幕降临，黄科威才忙完手头的事情，来到与村委会一路之隔的我们入住的宿舍。看着他步履匆匆，仿佛再次看到了老区人、老区党员干部扎实苦干下的理想与激情——任何时代都可贵的精神风貌。

他用笔在白纸上画下三道线，代表他的三大理想与行动。

第一步是集体经济增收。目前抓会务培训产业。我想起这宿舍，正是与新希望集团签订下的"希望的田野·横坎头田园综合体"落地后的二期，一期就是新时代文明实践站，合起来有近万平方米，包含村史馆、新希望绿领学院、剧场、4D影院、教室、会议室等。白天看到正在施工的区域是被疫情耽误了几个月进度的建设工程。对面是落成不久的安置房，首批将住进60多户高山迁居户。他这阵子跑了学校、企业，对接红色教育、新农民培训、学生社会实践、公司团建、时尚体育运动、影视拍摄的进入，成效明显。第二步是美丽乡村建设。像精品农业，之所以帮助村民引进台湾凤梨，是因为看中它种植难度不大，全年可观赏可采收。目前稀缺的太秋甜柿，美味，耐储耐运，可以在山上种植。横坎头山多地不平，现有的田地都是村民的摇钱树，要进一步增收，需要向山地进军。同时加大村庄建设与美化，新建成四好公路，从紫溪到大岭下，方便群众，又添一条观光道。修葺美化原石墙农舍，形成风貌区与那时光农舍区。在村中景点安置十二生肖等美丽乡村景观作品；发挥村民的想象力，各家各户门前屋后也都有了个性化小品。自身做强了，第三步才是引进民间资本，做大康养产业、引进学校丰富各类教育……

为了实现理想，对党员干部的自身建设狠抓不懈。在党建全域亮显工程、前哨支部、联六包六等的基础上，要求每项工作分管干部与各自然村的联系干部紧密合作，村务村事、群众意见收集整理后，集中讨论决定，齐头并进实施，真正发挥坚强战斗堡垒作用。对于村民自治，在道德银行建设的基础上，加快民间组织建设。近年来，生产上有红村水果专业合作社，文艺上有红韵之声艺术团，还有横坎头村乡贤理事会、红村消防队……

如果前面三项措施是让乡村治理化作实实在在的利益，用足用好红色、绿色资源，包括巨大的客源流量，努力使游客从停留一小时延长到一天、几天甚至反复到来，成为村民、村集体不尽财富来源与积累的同时，也让红色基因广泛传播。后者是将每个村民都纳入对应组织，在党组织的领导下，通过补充组织紧密联结，充盈网格化管理，真正实现干群一心、休戚与共、共同前进。

2003年，村里编制了《横坎头村村庄总体建设规划》《横坎头村精神文明建设规划》。2018年，村里又研究制订了《横坎头村打造全国乡村振兴样板村三年行动计划》。这份新计划明确指出：以打造全国乡村振兴样板村为目标，按照"产业兴旺、生态宜居、乡风文明、治理有效、生活富裕"总要求，坚持党建强村、生态立村、旅游旺村、文明亮村、民主治村、产业富民，进一步传承和发扬红色基因，加快富裕、文明、宜居的美丽乡村建设。

念头总是冒上来，晚上脑子也停不下来，有时睡不着。从黄科威的话里，从他写在白纸上的一道道墨迹，分明感受到这个红村新的领头雁，正接过重担奋力向前——以热爱、以忠诚、以勇气、以才智、以辛劳、以年轻……

四明山秋天的夜晚格外宁静清凉，梁让大溪和无数无名小溪奔流不息。

我最后还是忍不住问，三年计划的最后一年，疫情之下，今年原定增收的目标能实现吗？

能。他回答得毫不犹豫。这使我想起那些老乡们的表情，即使在2020年，他们也没有错过春天，更没有错过秋天。

既然目标是打造全国乡村振兴样板村，就要提供得出乡村治理可供复制的经验！

这是他的补充，我记下了这句。

采访结束后，换我睡不着了。想起半下午时，来到红色旧址群门口——我以为那时人们都回程了，却与分别来自杭州与苏州的游客团相遇，还有来自新四军研究会的游客。附近卖特产大糕的店铺也正热气腾腾。我从阿洪大糕店买了些东西当茶点。大妈听说我来自海边，非得附赠我红薯，也是特产。她说，自己多的时候一天可以卖50盒。对面那家叫倚红大糕的夫妻店则有上百盒可售。

我用身份证在纪念馆进口刷了一下便顺利进去了。导游在前面讲解的声音不断传过来,好像历史在重现。当年浴血奋战的队伍重归四明山了,以集合后永不解散的方式。

最后,我在音乐声中开始入梦:先是清晨,村委会门前的广场上,穿戴整齐的村民在练太极剑,矫健飘逸。所配音乐为《望星空》的二胡独奏,有无限的深情厚谊。我以为是表演队,他们却说只是锻炼身体而已——每一个不曾起舞的日子,都是对生命的辜负(尼采语)。临近傍晚走过的风貌区,只有凉风穿过小巷,吹动着墙头、墙外、院内的花草。

黄云锋说,工作日的白天,村人都在外头上班或下地。不少人家在镇里、市里也买了商品房,哪头好跑哪头。以前只有外流,现在回流了,所以才愿意对老房子重整美化。

走至横坎头106号,一排石墙老瓦屋,庭院宽大,花草新鲜。钢琴声通过尺许宽的门缝传出来,能听出是《致爱丽丝》。从背影看,弹琴的是位大婶,手法不算太娴熟,所以琴声分得开,像在秋天的晴空里,在干净的石板地上滚动,使我想起人间所有甜美的果实……

千年惠明

◎ 纪江明

浙江景宁是全国唯一的畲族自治县，全县总人口17.22万人，其中畲族人口1.99万人，占11.5%。畲族多居住在高山和偏远山乡，交通不便，山多田少，产业基础薄弱，脱贫攻坚任务异常艰巨。

浙江省委、省政府对景宁的民族经济发展都非常关心，历来高度重视，2008年出台了《关于扶持景宁畲族自治县加快发展的若干意见》，2012年出台了《关于加大力度继续支持景宁畲族自治县加快发展的若干意见》。为贯彻落实省委文件精神，浙江省农业厅相继出台了《关于加快景宁畲族自治县现代农业发展的扶持意见》《关于进一步加大力度扶持景宁畲族自治县发展现代农业的意见》。景宁县人民政府、县农业局出台了《加快惠明茶产业发展试行办法》《景宁畲族自治县农业产业扶持政策》，把"惠明茶"作为景宁具有地方优势特色的第一大产业培育提升，大力扶持惠明茶产业。

一场以惠明茶为引领的脱贫攻坚、致富奔小康战役在畲乡大地打响了。

惠明茶的由来

唐龙朔元年（661年）深秋的一天，76岁高龄的惠明禅师从江西大庾岭一路辗转，在秋风送爽中，策杖登上了南泉山。沿着崎岖陡峭的山路，惠明禅师歇歇停停，走了将近半天，转过一道山弯后，眼前豁然开朗。惠明禅师心中掠过一阵欣喜，他寻找了近一年的清修之地到了。

惠明禅师俗姓陈，江西鄱阳人，南朝陈宣帝的嫡孙，其父为浔阳王陈叔俨。陈祯明三年（589年），即隋开皇九年，惠明3岁时，南陈被隋灭亡。隋开皇十八年（598年），12岁的惠明于江西永昌寺出家。隋大业二年（606年），隋炀帝封惠明的堂姐陈婤为贵人。一人得道，鸡犬升天，20岁的惠明奉诏脱僧籍入伍从军，后多征战，累军功至三品将军（一说四品）。唐武德元年（618年），唐灭隋，再次经历亡国之痛，32岁的惠明心灰意冷，重入永昌寺为僧。黄卷青灯过了三十年，62岁的惠明到黄梅东山寺师从禅宗五祖弘忍。唐龙朔元年（661年），禅宗五祖弘忍秘传顿悟禅法和传灯信物给惠能，并让惠能连夜离开。75岁的惠明率数十人追赶惠能，以期夺回袈裟，以便重新确定继承人。惠明在大庾岭率先追上惠能，后者向惠明传授佛法，惠明顿悟禅机，并当场拜惠能为师，旋即向北云游，寻觅修禅之地。

清同治《景宁县志》记载："敕木山，县东南十里，高接云霄，为邑之镇山，远望可数百里。相传宋时乡人梦山神献大木于朝，故敕其名。惠泉山，又名南泉山，高亚敕峦，俯视郊原，咸归眉睫。"

历史上，敕木山和南泉山所在地曾经三易属邑。隋以前属临海郡；隋开皇九年（589年）置处州设立括苍县；唐景云二年（711年），刺史孔琮奏请分括苍县东建立青田县；明景泰三年（1452年），浙江巡抚孙原贞以"山谷险远，矿徒啸聚"为由，析青田县沐鹤乡和柔远乡之仙上里、仙下里等地始置景宁县。

日出日落，惠明在南泉山待了三年，"结庐修禅"，日子过得非常清贫。饿了以山中水果、野菜充饥，渴了采制山中野茶烹煮而饮。不过，虽然生活清贫，却不孤单。草庐后山坡有几株野生茶树，惠明将其枝杈砍削，松土施了草木灰，使茶树重新抽枝发芽，采摘后烘制成饼。南泉山杳无人烟，偶有上山砍柴、采药的人过来，到草庐来讨水喝。刚开始，山民们喝不惯，苦得龇牙咧嘴的。后来慢慢地就习惯了，苦涩化成了甘醇，喝了后还特别提神。惠明将茶饼赠予这些衣衫褴褛却像石头一样淳朴的山民，还将修剪、施肥等驯化野茶树和制茶的方法传授给他们。

唐麟德元年（664年），惠明离开南泉山，到袁州蒙山创建了圣济寺，成为禅宗圣济派的开山祖师。唐咸亨三年（672年），86岁高龄的惠明在圣济寺圆寂。

惠明离开了，把驯化的茶树和种茶制茶的技艺留了下来。唐咸通二年（861年），乡人建寺于南泉山。所谓穷不过三代，参与筹资建寺的人中，很多是当年喝过惠明茶水的山民后人，经过几代人胼手胝足、铢积寸累，成了富户乡绅。因感念两百年前的惠明禅师，他们取寺名为惠明寺。

此寺建成后，成为历代文人墨客郊游首选之地，诗咏不绝。十里八乡的香客纷至沓来，顶礼膜拜。僧侣们进一步拓垦后山山坡，广植茶树，茶叶除供自己饮用之外，也用来接待香客。明成化十八年（1482年），景宁置县三十年之际，惠明寺茶列为贡品，年贡芽茶两斤。

明万历三十四年（1606年），畲民雷进俗四兄弟从福建福州府罗源县迁至景宁包凤开垦种植。随后雷进俗随第四子雷明玉又迁往南泉山，在山头的大降一带开垦田园。清顺治七年（1650年），惠明寺因明末清初的连年战乱，年久失修，僧众散匿，无人料理。僧人清华云游到南泉山，准备化缘修缮寺庙。清华与雷明玉邂逅，两人颇为投缘。清华邀请雷明玉到寺旁定居，并签订了一份协议，大意是："顺治七年庚寅岁，僧清华对明玉公知（说）：我惠明寺单马独寺，无人做伴，和尚清华以雷明玉公出来坐（住）在上村铁炉砻，耕田落叶。吾惠明寺山场上下左右分你明玉公子孙以作柴火之山，山外有吉地安厝穴，不用山价之理，倘来到我地方犁钞，我寺院赐你作用也，僧雷二姓即是本家人一样，日后永不得言说异乎序，万无一失。"

清华给予了丰厚的条件，加之原住地非常逼仄，雷明玉欣然率领全家迁至惠明寺旁开基立业，取村名惠明寺村。

经过近200多年的拓垦和耕耘，以惠明寺为中心，出现了五个畲族自然村落。畲民们与惠明寺的僧众在敕木山、南泉山上日出而作，日落而息，和谐生活。清光绪二十三年（1897年），雷李年、雷汤连、雷书松、雷四兴四人代表雷氏族众，准备建造雷氏宗祠，以安置祖先神位，春秋两祀。但村中房舍拥挤，找不到地基，于是向惠明寺僧人求援。寺院住持首善念及清同治初年惠明寺修造殿宇禅房时，雷姓畲民热心协助，或搬运木石，或帮作泥水，任劳任怨，不取分文，于是出面与惠明寺最大的施主张姓地主协商。寺院在征得张姓地主同意，在寺院管辖的后山冈，抽地一块，横量四丈，直量三丈，送与雷姓建造祠宇，以妥先灵。

正因为雷、僧一家，畲、汉亲和，清雍正、道光、嘉庆年间，惠明寺屡次修缮，一直香火不断。僧侣们除在寺院以茶待客外，还走出寺庙，到山外烧茶布施。清乾隆年间《景宁县志》记载："县东梅庄路旁为惠明寺脚庵，康熙己丑（1709年）僧会斐然建，拨租给僧于此，烧茶以济行人。"明清时县置僧会司，设僧官一人，称僧会。景宁县僧官斐然在惠明寺山下路旁建了一间庵，让僧人在此烧茶，供路人饮用。

而惠明寺周边的畲民们，因经常到寺院帮工，学会了种茶、制茶，将茶树引种到自家的菜园里，炒制后自饮和待客。惠明寺茶从寺院禅茶向民间菜园茶发展。

荣获巴拿马金奖

1914年8月15日，由美国开凿并控制的巴拿马运河完成试航。

为庆祝巴拿马运河开通，美国政府决定于1915年在旧金山举办巴拿马太平洋万国博览会，并向中国等35个国家发出参展邀请。

中国接到邀请后，即派工商部官员赴美，预定会场地址，择基2万余平方英尺。国内开始紧锣密鼓地筹备，成立了中国筹备巴拿马赛会事务局，先期举办国内出品展览会，优胜劣汰，以此来推动和检查各省的出品征集进度和出品质量。

1914年1月，景宁县知事秦琪接到浙江省征集参赛物品的指令，指令明确告知"事关考绩，慎勿漠视"。秦琪不敢懈怠，成立了景宁县赴赛出品事务分所，任命叶桐为负责人。

叶桐出生于鹤溪镇的书香世家，祖父叶凌霄，清同治贡生，潜心史诗，县志褒其"气格得陆剑南之遗"；父亲叶乙照，清光绪贡生，教书育人，县政府褒其"义声载道"。叶桐毕业于浙江省立第十一中学（今丽水中学），担任县赴赛出品事务分所负责人时，年仅24岁。

叶桐一共遴选了12种产品赴省里参赛，分别是景术、石斛、茯苓、香菌、茶叶、黄豆、赤豆、铁砂、生铁块、锡矿石、樟脑、樟树油。

在这12种产品中，茶叶是叶桐自己采制的。少年时代，叶桐在县里的务本学堂读书。学堂教师每年都带学生去惠明寺郊游，寺僧泡茶给师生喝。老师们都说："这是正宗惠明茶，要品尝一下。"叶桐听见老师和寺僧谈话，得知寺僧每年选择寺旁的好茶树，烘制茶叶，赠送给县里的官吏和施主。每年春末夏初，惠明寺周边村庄农户都把茶叶摆到门口出售。

事实上，叶桐的祖父、父亲就偏爱惠明茶。叶桐成年后，也喜欢上了喝茶，每年都去惠明寺周边村里收茶，供家里泡饮。鉴于此，叶桐决定将茶叶列入参赛选报展品。时值3月，春寒料峭，但茶叶已经抽芽。叶桐去惠明寺附近收茶，数量不足，又到澄照漈头村去收。对茶片细致地筛选，然后装入刻有花纹的锡瓶，并将茶叶命名为"惠明茶"。

叶桐对惠明茶充满了自信，知事秦琪却心中没底。向省里报送时，将惠明茶排到了景术、石斛、茯苓、香菌之后。1914年4月报送，参加6月的省展览会。经遴选，景宁的12件产品，入选6件，茶叶、黄豆、赤豆、铁砂、生铁块、锡矿石，茶叶上升到第一位。

1915年2月20日，巴拿马太平洋万国博览会在旧金山开幕，中国美术、文艺两馆开馆。3月9日，中国馆开馆。经赛会评委会评选，惠明茶荣获"一等证书和金质奖章"。

时值北洋政府时期，派系林立，军阀割据，社会动荡。浙江实业厅发出的惠明茶获奖消息和领奖通知直到1918年1月才传到景宁。景宁县知事派人到省政府领奖，却空手而归，省里明确指定要叶桐亲自去。叶桐得知后，非常高兴，为此专门做了一件新衣服去，还在杭州拍了一张照片。

惠明茶获奖后，一时间声名鹊起，采自寺院、菜园的茶叶，"全邑输出额岁约达四五万斤"。

但寺院、菜园的茶叶毕竟零星种植，产量低，形成不了气候。1942年，叶桐放弃待遇优厚的教育职务，转而投身实业，筹办了景宁县合作金库和鹤溪镇合作社，担任理事长兼经理，努力发展惠明茶。

"我在办理鹤溪镇合作社时，曾拟发展惠明茶，数次到惠明寺发动社员垦山植茶，一面拟定装茶铁皮瓶式样及面上图案，曾将博览会原褒章寄与上海制瓶厂联系。平样瓶采用扁平样式，图案是画一白鹤飞翔溪上，远处云雾中丛山约略露出宫殿式屋顶，意义含鹤溪惠明寺。另一面，把褒章正反面印上加说明。哪知伪政府非但不帮助，而且出来阻挠。伪县长对我强下命令，说：'无主山可垦，有主山不准。'当时惠明寺村四周山地，除寺山共有外，其余尽给各姓民族占有。因受此打击，停顿下去。"

这是叶桐《惠明寺茶叶史》里的一段话，此文写于1973年4月，时年82岁。耄耋之年回首30年前的往事，心中仍然充满了愤懑、无奈和不甘。当年叶桐激情满怀，一方面发动大家垦山种茶，一方面设计了惠明茶的包装，以期打响金奖惠明茶的品牌。没想到一腔宏愿受到了伪县长的粗暴干涉,叶桐借惠明茶获奖的东风以实业振兴家乡的理想遭受沉重的打击。

1945年,叶桐转任县水利工程处处长,主持治理鹤溪河道,修建永平堤。1948年2月,叶桐偕夫人潘福琴变卖家产水田35亩、稻谷1万斤及房屋一座,创办桐琴小学,重新转入教育事业。

惠明茶的恢复

1995年版的《景宁县志·文物·古遗址》载:"惠明寺遗址,在张春乡惠明寺村。寺建于唐咸通二年(861年),因僧惠明得名。清嘉庆、同治间二次修建,今存山门、石道、天井及两侧残墙,址后尚存一株境内仅有的白茶树。"

惠明寺最后一修为清同治元年(1862年),据惠明寺村村民回忆,惠明寺红墙青瓦,曲径通幽、气派典雅。

130余年时光漫漫,当年气势恢宏的寺院成了"遗址"。事实上,惠明寺的遭遇,一定程度上是惠明茶的投影。20世纪五六十年代,茶叶成了生产队的"副业"。虽然村集体有茶山、茶场,但由于经验不足、管理不当,加之"吃大锅饭",茶叶生产陷入低迷。

直到1972年,茶叶生产开始回暖。1972—1973年,丽水地区农业局连续发放茶叶良种,鼓励茶叶种植,惠明寺村茶场等都收到了茶籽;1974—1975年,丽水地区科委两次下达"茶叶良种繁育"任务,并拨付经费给惠明茶场,开展"恢复名茶惠明茶优质高产""恢复惠明寺名茶"等项目;1974年、1977年、1978年,丽水地区农业局三次下拨茶叶技术改进费给惠明寺村所属敕木山大队,用于扦插育苗等。

与此同时，茶叶人才的培养和引进也开始了。

毕业于浙江农业大学茶叶系的罗建标、吴锡金先后进入云和县林业局、土产公司（景宁县于1962年并入云和县，1984年恢复）。罗建标后任林业局特产股股长（丽水地区各县茶叶业务归农业局主管，唯云和县归林业局）、景宁县农业局副局长，分管经济特产，为恢复惠明茶生产第一责任人。吴锡金专业从事茶叶生产、加工、收购、评审工作，后获评景宁县高级农艺师。从1972年开始，罗建标、吴锡金等人组建科研小组，开展恢复惠明茶的实验研究，并经常下茶场指导。

1972年，云和县林业局组织畲族、汉族农民100多人赴遂昌县学习建立梯田式高产茶园的经验，仅惠明寺村就有8人参加。这8人学成回来后，对惠明寺村的集体茶叶基地进行了整饬和开发。

1974年开始，景宁县农业部门到绍兴、新昌、泰顺、上虞等地聘请20多位茶叶师傅，担任惠明茶叶辅导员。上虞县茶叶师傅屠仲高受聘到惠明茶场，指导开辟茶叶基地。屠仲高扎根基地9年，勤勤恳恳，言传身教，培养了一大批技术人才。

1974年7月，中国茶叶科学所所长刘家坤，副所长胡海波、王立，研究员杨锁生一行到惠明茶场考察。这是中国茶界专家首次考察惠明茶场，意味着恢复惠明茶的工作引起了国家层面的重视。随后，浙江省茶叶公司、省农业厅、浙江农业大学茶叶系的专家不时到景宁指导。

1975年，丽水地区农业局举办为期一年的茶叶技术培训班，各重点茶场选送优秀青年参加，学习茶叶种植与茶园管理技术，享受脱产学习并发放工资待遇。惠明寺村推荐21岁的雷月东参加，他回来后成为惠明茶场的技术骨干。

就在丽水地区、县农业部门致力于惠明茶恢复生产时，民间有识之士积极投身惠明茶历史文化的搜集、整理。

雷石才是惠明寺村的第一个中专生，早在1965年，就和公社干部一起写了一份要求扶持惠明茶生产的报告到省里，可惜第二年"文革"开始，报告如石沉大海，没有得到回复。1968年，雷石才分配回张村教书，开始利用业余时间钩沉惠明茶文化。

1973年，雷石才到叶桐家里寻求惠明茶资料。时值"文革"，叶桐因为担任过景宁县"县第二届参议会议长"、"戡乱救国"委员会副主任等职务，受到"管制"。雷石才上门说明来意，但叶桐三缄其口。雷石才两个月内多次上门，耐心解释，执着与诚意终于打动了叶桐。一天晚饭后上门，叶桐先给雷石才吟了一首《惠泉山》的诗："缥缈峰头朔雪寒，天然石室色琅玕。烟霞晓起铺如海，曾向岩头试一看。"雷石才听了，心中一阵欣喜，这首诗描写了南泉山的雾海美景，恰好是惠明茶的产地，叶桐吟此诗，说明他准备开口了。

果然，叶桐告诉雷石才："美洲巴拿马运河开成时，开世界博览大会，当时中国是参加了这次大会的，景宁县也有若干土产赴赛，唯惠明寺茶叶得到金质奖章……"叶桐还用毛笔把这几句话写了下来交给雷石才，接着，又拿出珍藏的1933年版的《景宁县续志》，让雷石才翻阅《物产篇》。雷石才找到了关于金奖惠明茶的记载和严用光的惠明茶歌。雷石才如获至宝，赶紧捧着书跑到景宁照相馆付钱拍了照片。返回叶桐家后，雷石才恳请叶桐写一个惠明茶获奖的具体情况。叶桐这回没推托，爽快地答应了，让雷石才第二天来拿。第二天，雷石才拿到了叶桐手书的《惠明寺茶叶史》。

第二年，即1974年，叶桐去世。正是雷石才的锲而不舍，才有了《惠明寺茶叶史》，那段被岁月蒙尘的获奖始末终于被记录下来。1999年，景宁畲族自治县县长雷文先手书奖匾，称雷石才"恢复和发展一九一五年美利坚巴拿马太平洋万国博览会得金奖的中国惠明茶的首创者之一"。

1978年10月，浙江省茶叶公司在杭州天目山召开全省名茶总结会议，从商品名、采制标准、干茶形态、产品包装等做了规定，"金奖惠明茶"终于正式定名。

1979年5月，浙江省召开名茶评比会，在全省参加评比的31个名茶样品中，惠明茶获第二名。1980年，丽水地区农业局发布第1号文件，正式宣布惠明历史名茶又创新问世。

至1981年，全县（景宁域）茶园面积11869亩，分布鹤溪镇、张春乡、际头乡、漈照乡、梅岐乡5个乡镇17个村茶场（基地）。

惠明茶成为惠民茶

20世纪八九十年代，是革故鼎新的年代，先看几件大事。

1982年，商业部在长沙召开全国名茶评比大会，惠明茶被评为"全国名茶"。

1983年，所有生产队实行家庭联产承包责任制。

1984年，国务院批准以原景宁县区域建立景宁畲族自治县。

1986年，商业部在福州召开全国名茶评比大会，惠明茶再次被评为"全国名茶"。

1991年，在杭州国际茶文化节上，惠明茶被评为"文化名茶"。

家庭联产承包责任制"解放"了生产力；畲族自治县的建立拓展了景宁的发展空间；连续的载誉归来，让惠明茶产业的发展由寺院茶、菜园茶步入商品茶阶段。从1992年开始，农产品包括粮食、茶叶等逐步取消了统购统销，市场经济的春风终于吹进了畲乡大地。

政府层面的政策、资金扶持一直在延续。20世纪80年代，浙江省农业厅拨款70万元扶持惠明茶，发展万亩惠明茶基地；1999年，县政府推出"万名畲民万亩茶"扶持项目，新增茶园3000余亩。

农业主管部门专业人才的培养也在延续。第一代的茶叶专业高级农艺师罗建标、吴锡金除了依旧奋斗在茶产业第一线外，还撰写了大量的惠明茶研究论文。而第二代的茶叶专业人才不断成长，接过了前辈的衣钵。

景宁畲族自治县农业农村局茶叶首席专家、高级茶艺师包佐淼，景宁郑坑人，1962年生，1980年招工进入云和县农业局工作，1982年到惠明寺茶场，师从屠仲高，学习茶叶的种、采、制等技术。正所谓名师出高徒，包佐淼边工作边学习，理论与实践相结合，迅速成长为技术骨干。从业39年，包佐淼一直从事茶叶栽培管理、品种选育、茶产品加工等一系列技术研究及推广普及工作。他积极探索总结符合景宁茶产业发展的理论与实践技能，并深入茶区开展茶树嫁接、苗木繁育、标准化示范基地建设、产品加工等技术研究与示范，同时为景宁惠明茶"景白1号""景白2号"本地良种的特性所需的不同地理环境、不同海拔、不同的适应性种植技术以及开展如何防止茶叶倒春寒等自然灾害总结出相应的科学栽培管理措施。由包佐淼主讲的惠明茶标准化生产技术、白茶加工技术、生态茶园建设技术等各类培训班累计达到100余期，培训茶农5000余人次，"传帮带"了一大批技术骨干和新型茶农。他还曾获得省、市级科技成果3项，作为技术骨干参与省级以上科技项目5项，获奖十余次，撰写景宁县的惠明茶叶相关论文十多篇并发表省级以上刊物。

包佐淼除了平常到基地、加工厂现场指导之外，如果发现茶叶病虫害等问题，就利用微信、电话、农民信箱或农业农村局的病虫情报等渠道进行宣传并提出相应的防控技术措施，使茶农第一时间得到信息，尽可能把损失降到最低。由于包佐淼与茶农在长期的工作中建立了良好的友谊，大家都亲切地称呼他为"包师傅"。

在各级政府的大力扶持和"包师傅"等技术专家的无私奉献下，一大批惠明茶生产经营主体如雨后春笋般涌现出来，它们以公司＋农户模式、专业合作社模式，形成惠明茶的产业链，勇立潮头，搏击市场。

浙江奇尔茶业有限公司创办人叶有奇，1959年生，曾在张春乡三支树村当知青，后在供销社、食品公司、县政府办、中保公司等单位工作。1994年，任中保公司经理时，为贯彻扶贫精神，完成扶贫任务，他成立景宁畲族自治县惠明茶开发有限公司并担任董事长。公司采取承包荒芜茶叶基地、与农民合作开发、支持农民自主开发等模式，以惠明寺村为中心，开辟基地1000亩。茶青统一由公司收购加工，利用中保全国网点销售，助力景宁畲族自治县脱贫。1997年，景宁全县脱贫。1998年，中保公司扶贫工作结束，惠明茶开发有限公司解散。

1998年8月，叶有奇毅然从中保公司提前退休，自筹50万资金创办了景宁畲族自治县奇尔茶业有限公司。公司接盘原惠明茶开发有限公司的 1000 亩茶叶基地。1999 年，公司积极配合县政府的"万名畲民万亩茶"项目，向农户发放苗木、肥料等，并提供技术服务，鼓励农民开垦茶园。2000 年后，陆续在国内各大中城市设立分公司和办事处，北到内蒙古，南到广东，东北到黑龙江，西到新疆，以利扩大销售。

完成了基地开辟和销售网点布局后，叶有奇将注意力集中到茶叶产品的创新开发上来。

惠明寺边上的茶园里，原有两株白茶，相传是惠明禅师驯化种植的。1958 年公社曾挖掘一株到别地栽种，结果死了。剩下的一株被村民保护起来，只可远观不可近前。1970 年，县茶叶辅导员按绿茶的方法进行过培育，种子不发芽，扦插不成活。2002 年，叶有奇决定攻克白茶培育的难关。他请来浙江大学茶学系教授骆耀平，采用嫁接法培育，嫁接了 200 多株，结果只成活了十几株。叶有奇却很高兴，虽然成活率低，但证明了嫁接法可使白茶繁育。

叶有奇毫不灰心，继续带领公司技术员与县茶叶专家吴锡金开展"头脑风暴"。2003 年，吴锡金根据多年种茶经验，在嫁接苗根部放置一杯水，然后再罩上塑料罩，人工创造嫁接苗成活所需要的生长环境，首批嫁接了 8 株，全部成活。2004 年再次实验，成活率达到 95%。"茶叶劈接罩袋增湿法"使困扰景宁 30 年的惠明白茶繁育推广难题就此得解。这项白茶繁殖技术和塑料罩外观设计后来都获得了国家专利。叶有奇紧紧抓住机遇，开展白茶育苗，以每株 0.6 元的价格（市场价 3 元）优惠销售给农户，并组织技术人员免费为购苗农户进行培训。"奇尔"公司白茶基地发展 600 多亩，景宁全县发展 12000 亩。刚开始那几年，白茶每斤可售 8000 多元。时至今日，白茶的价格仍然是绿茶的两倍。

到 2012 年，惠明茶种植达到 4.8 万余亩，分布全县 24 个乡镇。农民们已经从当初"不想种、不会种、不好种"的畏难羁绊中走了出来。叶有奇让"奇尔"的脚步慢下来，不再快马扬鞭扩大基地和增加产量，而是稳扎稳打，悉心经营基地和茶厂，追求更高品质的产品，打造知名品牌，以此为示范引领，促使惠明茶产业走向品牌之路。"奇尔"先后通过 ISO 9001 国际质量管理体系、绿色食品、有机茶和 QS 认证，荣获浙江名牌产品、浙江省著名商标、浙江省知名商号、浙江省诚信示范企业、浙江省示范茶厂、浙江省食品加工示范企业等称号。

2015 年，浙江奇尔茶业有限公司率先加入丽水市生态农业协会，并获准使用区域公共品牌"丽水山耕"。在"奇尔"的引领下，一大批惠明茶企业走上品牌发展之路，蓝师傅、玉簪、漈头、敕峰、蓝氏、六江源、雪花漈、敕木山、迈挺、惠明寺、白云间等茶叶商标纷纷注册。20 多家茶叶企业和合作社加入丽水市生态农业协会，并获准使用区域公共品牌"丽水山耕"。

蓝香平和他创办的景宁畲族自治县金榜茶业有限公司是其中代表之一。如果说叶有奇和浙江奇尔茶业有限公司是第一代茶人和茶企的话，那么，1973 年出生的蓝香平和"金榜"是新生代的茶人和茶企代表。

蓝香平是敕木山行政村九重阳自然村人，父亲是敕木山茶厂厂长，属于"茶二代"。初中毕业后，蓝香平种过柑橘、茯苓、香菇，做过收茶青、炒茶叶的个体茶商。1999 年，蓝香平到景宁畲族自治县惠明茶厂任技术辅导员，两年后担任厂长。2003 年，景宁畲族自治县惠明茶厂升格为景宁畲族自治县惠明茶业有限公司，蓝香平任副总经理。2009年，蓝香平创办景宁畲族自治县金榜茶业有限公司，注册了"蓝师傅"商标。

公司建立1270亩茶叶生产基地，积极与浙江大学茶叶研究所、中华全国供销合作总社杭州茶叶研究院、丽水市农科院等单位合作，开展生态茶园的病虫害绿色防控技术应用，在基地内安插诱虫板，安装太阳能杀虫灯，种植生态树，引鸟筑巢、吃虫；开展机械割草，人工除草，种植绿肥控草，以草铺园控草等绿色控草技术，杜绝使用化学除草剂。

公司新建惠明茶加工厂2700多平方米，与浙江大学茶机研备中心联合，率先设计惠明茶工艺标准连续化生产线，科学地完善了惠明茶产品加工的连续化、精细化，被评为浙江省标准化名茶厂。

绿色种植，科学加工，品牌赋能，使得景宁畲族自治县金榜茶业有限公司大步前行。公司产品获第三届中国国际茶业及茶艺博览会金奖，第七届"中绿杯"中国名优绿茶评比金奖，上海百年世博中国好茶叶评比金奖，中国上海国际茶叶博览会名茶评比金奖，浙江绿茶博览会评比金奖，第九届、第十届"中绿杯"中国名优绿茶评比特别金奖。

蓝香平本人被评为浙江省高级农艺师、评茶师，惠明茶技艺非物质文化遗产代表性传承人，惠明茶制作技艺技能大师，丽水市五养（茶艺）技能大师，丽水市茶产业技术创新与推广服务团队专家，景宁畲族自治县第一届"畲乡英才"，2019年浙江省"百千万"高技能培养人才。

正是有了省、市、县各级党委和政府的支持，农业部门技术专家的倾力而为，叶有奇等第一代茶人的奋勇开拓，蓝香平等新生代茶人的品牌引领，惠明茶从南泉山出发，走向全县，走向浙江，走向全国，甚至漂洋过海，走向世界。

当年的一人一茶一山峰，发展到今天的6万名从业人员、7万亩茶园遍布畲乡，年产值近5亿元，"惠明茶"成了"惠民茶"。

这是历史孕育的神奇，是岁月赋予的惊喜，更是畲乡人民智慧的结晶。

中国红，在朱村

◎逢春阶

  朱红，即中国红，对朱村来说，这不仅仅是颜色，不仅仅体现在字面上，更是一种象征。朱村是名副其实的"红"村，战争年代是革命堡垒；和平时期，朱村挖掘红色资源，践行"水乳交融，生死与共"的沂蒙精神。近年来，乡村振兴的曙光悄然洒入这片红色热土，在决胜全面小康、决战脱贫攻坚过程中，人民的获得感、幸福感、安全感不断增强。是2020"中国一日·美好小康——中国作家在行动"全国作家联动大型文学主题实践活动让我认识了朱村。我根据一天所见所闻所感，呈现自己眼中的"中国一日"。

——题记

金色的早晨

拉开窗帘推开方窗,一股寒气涌入,我这才发现,满目的银杏叶是褐色的,要达到金黄的效果,还得有个过程,等待霞光一点点退去。喜鹊叫声清脆,看不到它们在哪根枝条跳跃。远处有鸡鸣和狗吠。这是 2020 年 11 月 3 日凌晨 5 点 15 分,我在临沭县曹庄镇朱村办公室三楼扶贫干部住过的寝室里感受到的。

26 年前,我曾作为扶贫队员住过小村,那个小村叫东吴家漫,在潍坊峡山水库边。记得冬天早晨第一件事是看看煤球炉火灭了没有。而今,朱村的寝室里有了空调,还有专职保洁员呢。61 岁的保洁员马志芬 5 点 30 分已拖完了所有办公楼的楼道、楼梯。她挂着拖把对我说:"一个月保洁工资 600 元,早早打扫完,我去搞柳编,也能赚点儿。"

下楼,见一辆白车开过来,是村妇联主任王济彩。咋这么早?小王答:"这不弄人口普查嘛,昨晚忙糊涂了,褂子丢这里了。接着填表,早弄完早利索。"我看到街道上的红标语"大国点名,没你不行",这个标语就是王济彩他们弄的。

7 点钟,我来到村西桥头王兆山馒头老店时,老王已经蒸出三笼馒头,第一笼是 3 点蒸的。61 岁的王兆山是复员军人,跟老伴刘素云蒸馒头,一月毛收入七八千元。老王有他的馒头经:首先面要好,酵头要老,工夫要到,气一定要饱。蒸的过程中,千万不能开盖,一揭盖就跑气了。我想,老王你这是说人生呢。

让 67 岁的黄宗君高兴的是,近几年村里变化真不小:"清代古建筑整修了,新建筑也起来了,泥泞路变成了水泥路,路灯换成了太阳能供电的，生活环境比以前好了，村里还建起了社区服务中心，卫生室就在里面，庄户剧团搞'春晚'……"

45岁的王俊强一撸袖子，把一袋去皮的花生仁扛上肩，倒进粉碎花生机里，王俊强干花生油加工有十几年了。他说："我就是冬天干一季，夏天不干。夏天有夏天的活儿。"问他花生加工收入，他伸了四个指头。"又不借你的钱，你咋不说实话呢？"一位老加工客户笑着说。王俊强道："就是三五万的赚头啊。"

旺南村的王继刚开着三轮车装满了煎饼，匆匆往供销超市朱村店赶。桥头饭店、三江大渔村饭店的老板都已经把一天的食材购买完，掰着手指头数要接待的客人。

84岁的赵俊亮拿着喷水壶在浇门前的桂花。赵俊亮说，他上去四代是来给王姓大地主家看陵（墓地）的，后来扎根朱村，家里穷得揭不开锅。哥哥参军那年他才出生，哥哥后来随大军南下了。老人家说："做梦也没做着这么好的日子，可以笑着仰脸（去世）了。"

忙碌的早晨，金色的早晨。霞光打在赵俊亮翘起来的白胡子上，白胡子仿佛镀了一层金。

红色堡垒村

王经臣腰里的几把钥匙，除了睡觉，从不离身。早晨8点，他准时来到朱村红色纪念馆，从腰里掏出钥匙前，把手往前伸，钥匙在手掌里哗啦哗啦抖一抖，然后开门。那钥匙抖出的声音，近乎一种庄严的仪式。他是义务讲解员，不要工资，不要任何待遇，他接待的客人已经过万人。

王经臣给很多游客讲述过"钢八连除夕救朱村"的故事。朱村一直是红色堡垒村，村里没有出过一个汉奸、一个伪军，小村是日本侵略者的眼中钉。1944年1月24日除夕这天，驻郯城李庄据点的日本侵略者趁老百姓忙年突袭而来。日军的枪声，引起了115师4团8连哨兵的警觉。枪声就是命令，还没得到上级批准，连长鄢思甲便带队出发。进入战场，战斗相持了6个钟头，敌人死伤30多人，我军24位官兵牺牲。

王经臣悲愤地说："逃到沭河东岸的老百姓回来，看到牺牲了的八路军战士，失声痛哭。年轻的小伙子没能过个安稳年，在除夕夜就牺牲了啊。"

安葬完烈士第二天，朱村百姓赠送8连一面锦旗，上书"钢八连"，从此革命军队有了一支由沂蒙百姓命名的连队。按照生前遗愿，20世纪80年代，8连老连长鄢思甲的骨灰撒在了朱村村旁的沭河里。

直到现在，朱村村民有个仪式，每到年除夕下水饺，每家每户都会盛出四碗——一碗敬天，一碗敬地，一碗敬祖宗，还有一碗敬战死的官兵。

热腾腾的水饺，装满朱村人的心意和敬意。

上午9点，我在朱村的"老兵驿站"见到了90岁的王克昌老人，"老兵驿站"是朱村的农产品展览营销中心。

近朱者赤，朱，红也。朱村，可否叫作"红"村？

王经臣连连点头："是的是的！"这是王经臣的口头禅，我发现，这也是朱村，乃至曹庄镇和临沭县的口头禅，他们解释，第一个"是的"是肯定，第二个"是的"是充分肯定，有"很对、很好、很应该"的意思。

朱村隶属于临沂市临沭县曹庄镇。曹庄镇党委书记高志远说："以朱村为代表的曹庄镇，地处岌山，是一片鲜血染红的土地。可以说，村村有烈士、有模范。我们有句话，叫作'沂蒙岌山红'，红色是一种资源，是脱贫之源，致富之源，幸福之源。"

在家门口找到了尊严

我在朱村迷了方向，陪我采访的姜自菲说，朱村水多，很容易迷向。朱村自西向东中间一条主干道，跨着三条河，分别是黄白总干渠河道、分沂入沭河道、沭河；有三座桥，第三座桥架在沭河上，叫朱村沭河大桥，全长 940 米，总投资 6000 万元，即将通车。

"70 多年前的除夕，朱村老百姓躲避鬼子，是从冰河里爬上岸。多年来朱村东行，都是绕道。而今，一桥飞架，不用再绕道了。"曹庄镇镇长万全冬说。

在两座桥的中间，是朱村的扶贫车间。在村支书王济钦看来，扶贫车间也是脱贫致富的桥。村里 3 年前建起了扶贫车间主体，引进了青岛晶利雅服装有限公司，无形的"桥"就这样架起来了。

上午 10 点，我来到了朱村扶贫车间。扶贫车间其实是个工厂，又分了剪裁、缝纫、包装三个车间。

在缝纫车间，村民郁恒彩开心地说："我是去年正月十六来的，为什么记得这么清楚？人啊，不能闲着，也不能独来独往，到了车间里，一起干，有时说说笑笑的，感觉心胸一下子开阔了。我做童装，一个月收入 3000 多块吧。中午回家吃，老板给饭食补贴。孩子两岁半了，婆婆给看着。在家门口挣钱，哪有不满足的。"

我喊扶贫车间负责人王红梅为"王总",穿着工作服、头上还有绒线头的王红梅竟然羞报得手无处放,她说:"可别这么叫俺,我就是领着姐妹们一起搞缝纫。农村妇女,上有老下有小,出去打工,牵肠挂肚的,在家门口,就方便多了。扶贫车间里,有60个人,都干得很有劲儿。"

村里年近六旬的贫困户张大姐,过去,除了在家伺候上小学的孙子吃饭,就是闲着瞅天。3年前的5月到扶贫车间就工,整理服装、打包装盒,每天能挣60多块钱,中午还不耽误回家给孙子做饭,"没想到,我这个年纪还能'就工',在家门口咱也成了'上班族',还能照顾孩子。真舒心呢。伸手问孩子要钱,和拿自己的钱贴补家用,滋味不一样啊。对吧?"

张大姐的笑脸告诉我,她找到了存在感,找到了属于她的尊严。可贵的是,这个尊严是在家门口找到的。

刘如荣在默默地对着墙搞缝纫,她有糖尿病,头两天刚刚从临沭人民医院住院回来,王红梅安排她干一些轻一点儿的活儿。

1998年嫁到朱村来的刘如荣,过了一段舒心日子。可是近年来却愁眉不展。丈夫是肝硬化,一年去济南住一次院,每月1600多元的医疗费,大部分药报销了,可还是有些意外花销。如今还有孩子上大学。"亏得有这个扶贫车间,赚点儿钱能让我贴补家用。孩子上学,村里也给补助。"

刘如荣眼里有了泪光。她在家门口找到了温暖。

村支书王济钦不大好找,总是这个工地那个工地来回跑。我从扶贫车间采访回来,走在村路上,看到一个人弓腰正推着装满砖瓦垃圾的小铁车小跑呢。到近前一看,竟然是年过半百的王济钦。鬓角发白的他,比电视上老了一点儿,他放下车子,手上有土,不好意思跟我握手，就使劲儿搓。他说："去扶贫车间了？我们还利用这个项目的年终利润，对全村建档立卡中无劳动能力的贫困户，给予每人每年不低于500元的补助，确保全村按时完成脱贫任务，共同实现小康目标。"

"沭河好风光，庄庄相连多么长，土地肥来人口广，庄稼人勇敢有胆量。鬼子太狠心，顽固土匪趁火抢掠……"《沭河的歌声》词作者是著名作家刘知侠，他的《红嫂》《铁道游击队》是革命文学经典。王济钦听老一辈人回忆，刘知侠当年多次带着文工团队员到朱村演出。

"咱身跪着，心得站着！"

上午11点，曾在朱村担任大学生村官的王洋来到93岁的王传俊老奶奶家。王传俊抓着煮熟的花生就往王洋手里塞，也往我手里塞。王洋包了7户贫困户，王传俊是其中之一。

从王洋口里，我第一次知道了孝善养老金是啥。比如王传俊老奶奶，有五个女儿，丈夫去世，生活不能自理，精准扶贫被识别为贫困户，五个女儿每人每年600元，然后政府补贴20%，王传俊老奶奶就有3600元的孝善养老金。加上其他补贴，老人一年有6796元。花花绿绿的明细表贴在墙上，一目了然。

王传俊跟王洋既像祖孙，又像母女。王传俊说："俺跟五个闺女说的话也没跟小王说的话多呢。"我问老奶奶，知道王洋被评上了"新时代沂蒙扶贫六姐妹"吗？老奶奶说："是的，是的。"

11点30分，王洋到村里看望她帮扶的贫困户——37岁的张田英。我和王洋刚走到张家门口，张田英就驾驶着三轮车过来了。

张田英从车上咚地一下跪到地上,然后见她跪着开门。她跪得我心疼,就在我去扶贫车间采访时,看到张田英在缝纫机上锁边,那么麻利,没想到她双腿残疾到这个程度。王洋悄声对我说:"刚见到她时,我一下子就涌出了眼泪。"

6年前,张田英的丈夫去世,撇下她和一个7岁的孩子。2016年,王洋来朱村,第一个就盯上了张田英。

王洋从小没生活在农村,农村在她眼里神秘而陌生,她真的分不清韭菜和麦苗。她自言是"路痴",刚来的时候根本摸不清村里老百姓的大门,不敢多说一句话,怕说多了人家笑话,好多时候开展工作都是村里的书记带着她一起去村民家里。

王洋还特别怕狗,农村的狗都不拴绳,有次她出去办完事情回来,在路上被村里的土狗从三面逼近,当时她吓得给村里人打电话,才把她接回来。

走访中,细心的王洋,发现了张田英忧郁的眼神。她都不忍心盯着她。但王洋发现了张田英的要强之处,张田英家里收拾得干干净净,尽管腿不利索,但是不让家里有一点点灰尘,孩子的衣服都是板板正正,整洁如新。王洋心里有了底,她告诉张田英:"咱身跪着,心得站着!"

张田英的坚强,感动了王洋;王洋的真诚,打动了张田英。王洋多了一个姐姐,张田英多了一个妹妹。

那阵子,王洋来到张田英家,动员她到柳编扶贫车间搞柳编,一开始张田英不同意,王洋反复动员,最后,张田英答应了,在柳编车间,每天收入40多元。

村里建起服装扶贫车间,但张田英不能蹬缝纫机,做不了这里的营生。经王洋和村干部协调,服装扶贫车间专门为张田英设置岗位,负责剪线头、熨布料,每天收入50元。

在张田英家的墙上,贴着扶贫政策明白纸、家庭医生签约服务联系牌、特惠保卡等。算下来,张田英和儿子每年的补贴是25664元。

王洋说:"张田英的儿子,上六年级了。我第一次见他,他躺在床上蒙着被子,不见人。他现在开朗多了,一会儿叫我阿姨,一会儿又叫我姐姐。"

我指着墙上孩子的奖状说,孩子很优秀。张田英开心地笑了。她希望的火苗贴在墙上,也亮在扶贫车间里。

张田英告诉我,王洋为了扶贫工作两次推迟婚期呢,"您可得多宣传王洋妹妹,她可能干了。人家都叫她'芹菜西施'。"

"芹菜西施"

艳阳高照的中午,村支书王济钦说:"老逢,你到农户里吃个庄户饭吧。"我说,只要不打扰人家就行。

从大学生村官调到曹庄镇扶贫办的王洋和曹庄镇党委宣传委员姜自菲,一听是去钟云家吃,就乐了。她们太熟悉了,高兴地说:"去她家吃。"

我都有30年没在农村吃派饭了。

有意思的是,12点30分了,还没通知吃饭。姜自菲说,咱直接去钟云家吧。干脆利落的钟云高兴地把我们接到客厅。钟云的丈夫在外打工,儿子上学。中午她一个人在家。"我巴不得你们来呢,一起吃着热闹。"她说。

我顺口就问起了她种梨树的事儿。钟云的三亩梨树,都在朱村现代农业示范园里，一亩地净收入在 6000 多元。一说就说到了近下午 1 点。钟云坐着等我问。

钟云是村支部委员，她分管党建。说起党建，她侃侃而谈："朱村，有 84 名党员，1939 年成立了临沭县最早的党支部……"

姜自菲说："钟云，饭做好了吧？"

钟云说："早做好快一个小时了。作家在采访，俺也不敢说，以为没采访完呢。"大家都笑了。

小小的误会。这个吃派饭的小插曲，勾起了我多年前的回忆。那时候到谁家吃派饭，都要准备好几天，穷啊，没有东西拿得出手啊。

一桌子的绿色食品，豆芽、扁豆、土豆……香喷喷的煎饼我吃了两个。

说起绿色食品。钟云说到"芹菜西施"王洋。

2017 年 5 月，朱村的大棚芹菜滞销。王洋着急上火，到处帮着卖芹菜。每次开车回临沂市区，汽车的后备厢、车后座，都装满芹菜。2017 年母亲节这天，她又拉了一车芹菜回到临沂。妈妈二话没说，帮着她在大街上摆摊卖菜。

最终，通过联系爱心企业，王洋在两周内帮贫困户卖出 1.5 万公斤芹菜。

王洋"芹菜西施"的称谓不胫而走。

午餐吃成了采访餐。姜自菲说，王洋到朱村后，想法可多了。2016 年，村里第一书记带来电商扶贫的新思路，王洋本科和研究生都学的是信息技术，找到了学有所用的舞台，决定带领村民发展电商。

她主动对接了圆通快递，在村里做电商培训，一共培训了 20

多个学员,已经有六七个人做得比较成功,通过自己的电商渠道对外销售蜂蜜、花生等农副产品。王洋的电商培训班还带动了周边村庄的年轻人,比如山前村有个叫张鹭的就在网上卖蘑菇,卖得很好。"电商,得坚持。热乎一阵、冷一阵不行。"

王洋说:"搞电商,还得感谢朱村的第一书记马学清呢,他比我早到村三个月,是从临沂市工商局派下来的。"

我从王洋那里要到了马学清的电话。

"朱村味道"

中午到朱村村委办公室休息,联系曾经的第一书记马学清,他回信息说,都过去两三年了,事情做了就做了,也没干多大事,就不接受采访了。是我的一句话说服了他:"我就住在您当第一书记的房间里,在您住过的床上,他们要换被褥,我说不要换。就体验体验第一书记的味道。"

一听"味道",低调的马学清同意了。因为他正在县里搞调研,不能赶到朱村,只能电话采访。

驻村头一年,马学清印象深刻的一件事是,那年11月25日,朱村搞了个首届"好日子文化节"。

王洋还自告奋勇客串了文化节的主持人。文化节上的节目很多,观众席上还来了不少子弟兵。"有个包水饺节目,寓意是第一碗饺子盛给钢八连的烈士们。"

视野决定境界。马学清还倡议建起了朱村电商服务中心,常常是他亲自操作。"村里产的地瓜叶茶很抢手,花生脆、豆沫面、香菇也是朱村自己生产的,在外的当地人,都很怀念这老家的味道呢。"

在服务中心，我看到几十种包装精致的农特产品。朱村注册了"朱村味道"商标，将村民种植的花生，采摘的地瓜叶、香菇等农产品进行加工包装，通过电商平台销售。

"绿珍食用菌合作社依托朱村电子商务进行网上销售，每天销售额约两万元。电商中心还对贫困户的农特产品以保护价优先收购。"马学清回忆着过去的事情，如数家珍。

这位第一书记对下村扶贫一往情深。他说，我们党的扶贫政策，是共同富裕。村集体每年从收益中提取部分利润，给予25名无劳动能力的贫困户分红。

马学清，很想念朱村的村民，想念朱村的味道。他牵挂着村里的光伏发电项目。两年在朱村脱贫攻坚主战场的工作经历，让他终生难忘。

大美在民间

下午2点30分，我来到朱村柳编博物馆，15000平方米的柳编展厅里，各种不同颜色、不同尺寸、不同品种的柳编产品琳琅满目，小到几厘米长的饰品，大到几米长的家具。

我看到的柳编筐、垫、沙发、书橱、花篮、花瓶、相框、茶几等，仿佛都有了生命，眨着眼睛炫耀着自己的美。我在想，创造它们的能工巧匠在哪里呢？

我来到了设计车间，周宁就是师傅，柳条在她手里跳跃，让我想起孙犁小说《荷花淀》里的水生嫂："月亮升起来，院子里凉爽得很，干净得很，白天破好的苇眉子潮润润的，正好编席。

女人坐在小院当中,手指上缠绞着柔滑修长的苇眉子。苇眉子又薄又细,在她怀里跳跃着……"不过,周宁怀里跳跃着的不是苇眉子,而是破好的杞柳。周宁他们是师傅,他们打样,朱村和周边村的妇女们照着样子编。

我不禁感叹,大美在民间,大师在民间,智慧在民间。

在这片神奇的土地上,正在打造朱村柳韵田园综合体,目前已发展杞柳种植 1500 亩,中国(临沭)柳编旅游文化产业博览会,正在成为品牌。朱村柳韵田园综合体的发展可为当地居民提供 500 多个就业岗位。

"柳编既绿色又环保,就说老两口吧,看着电视,喝着茶,边编边聊,啥都不耽误。我觉得,柳编是最惠农的产业。"曹庄镇党委书记高志远说。

沉甸甸的座谈会

下午 3 点 30 分,在朱村社区服务中心会议室,我应邀参加了一个特殊的会——临沭县建县以来连续 60 年无责任退兵座谈会。

责任不是某一瞬间的承担,而是一种坚持。从临沭走出 2.3 万名兵员,连续 60 年无责任退兵,太难得了。

在座谈会前,我还跟着县领导走访了 3 个退伍老兵、一个烈属。

烈士纪念塔边有一条红砂石铺的小巷,红砂石不平整,这里被命名为不平凡的红色拥军巷。

朱村村东,正在建设的红色朱村改造提升项目一片繁忙景象,除了拥军巷,还有支前馆、村史馆、民俗馆、柳编活态商贸街区、民谣青石巷、三同（同吃、同住、同劳动）教育基地……这个项目总投资5亿元。

临沭县委书记刘飞郑重地说："曹庄镇朱村是支前模范村和'枪声就是命令'的诞生地。我们将继续深挖红色文化，推进乡村振兴，努力把朱村建设成老区人民幸福生活样板村、沂蒙红色精神传承村、乡村振兴齐鲁样板示范村。"

"请你批评指正"

11月3日晚6点35分，我来到王克昌家，他正在家里看《山东新闻联播》。

王克昌雷打不动的是天天看《新闻联播》，先是每晚6点30分看山东新闻，然后到7点看中央电视台新闻。

晚7点，中央电视台《新闻联播》开播。我陪老人静静地看完。我说全国上下都在学习贯彻十九届五中全会精神。老人家说："是的，是的！五中全会，谋长远，打长谱，就是一句话，让老百姓过上好日子。"

晚8点，在夜色中，走在朱村宁静的村道上，我想，是"中国一日·美好小康——中国作家在行动"全国作家联动大型文学主题实践活动让我认识了朱村。"红"村，岂止朱村，沂蒙山区各个村庄都是"红"村。红色是沂蒙老区的基调。在这片红色沃土上，有着动人的奔小康故事，正等待我们去发现，挖掘，记录……

（本文原名为《"红"村一日》，选入时有删改）

龚店村脱贫记

◎罗爱玉

2020年11月3日中国作家协会组织了"中国一日·美好小康——中国作家在行动"全国作家联动大型文学主题实践活动，作为湖北省作家代表，我有幸参加了此项活动。

千年的古银杏，依山傍水的村落，宽敞洁净的通村公路，一排排蓝色的太阳能发电板，一个个塑料大棚堆满了袋料香菇……走进湖北省作家协会的扶贫驻点村——湖北省随州市曾都区洛阳镇龚店村，我被眼前的景象所吸引。

龚店村位于洛阳镇西15公里，是省级贫困村。2014年建档立卡后的贫困户有163户543人。昔日的贫困户如今已整体脱贫，贫困村也变了样，成了远近闻名的"先进村"，先后获得"全国文明村""湖北省新农村建设示范村"等一系列荣誉称号。这些可喜的变化里，饱含着湖北省作家协会党组成员的心血和汗水。

2015年9月，湖北省作家协会结对帮扶随州市曾都区洛阳镇龚店村。5年来，湖北省作家协会为龚店村筹措扶贫资金200万元，引进武汉博大科技集团投资800万元建设银杏山居康养项目，申报美丽乡村建设项目财政拨款400万元。同时湖北省作家协会利用自身优势进行文化扶贫，先后争取了几十万元资金送来音响、健身器材，发动省作协机关和个人向村图书室捐赠图书、杂志5000余册，连续3年举办"同心协力精准扶贫"农民诗歌朗诵会，每年组织湖北省书法家送春联下乡……

一滴水可以折射太阳的光辉。一个村，不只是成百上千人的生存聚集地，更是一个个驻村扶贫工作队干部的团结引领，一个民族富裕进步的缩影。

旱厕改水厕

杨公富在河边把几只鸭往家里赶，绿山倒映在水中，鸭在追逐石缝中的鱼儿。清澈的河水，葱郁的植被，扑鼻的麦香，让70多岁的老杨精神更加抖擞。

"鸭啰啰，鸭啰啰……"他一路呼唤着，几只大麻鸭摇摇摆摆、旁若无人地穿过茶园，钻进了一个绿树掩映下的小院。

这是贫困户李恒亮的院子。正在采摘香菇的李恒亮直起身子打着招呼："老杨，游客又点着吃鸭子了？听说你的农家乐一年赚四五万？"

老杨一脸的笑容："是的，是的，我这不急着把它们往家赶嘛。你家的香菇现在不也是一年收入三四万嘛。"

"这都是托湖北省作家协会扶贫工作队的福。"李恒亮搓搓手不好意思地笑了。他想起工作队刚来时自己和一些村民都认为又是来搞形式主义的，来吃吃喝喝就走的，他还专门作了一首顺口溜："扶贫不扶贫，都是纸上在谈兵，来了转转就又走，我们还是穷断根。"

老杨没有注意到李恒亮不太自然的表情。他赶着鸭子路过周存富的餐馆时，特意伸长脖子看了下，院子里也坐满了三三两两的游客。他暗自庆幸自己家又扩建了几个餐厅，每一个厅的套间里都建了干净的水冲式厕所。

"嘟嘟！"手机响了，他又接了一个订餐的电话。他的脸笑成了一朵花。

多亏当初听了省作协驻村工作队的话啊，他的思绪回到了2015年秋。那天，他刚吃了早饭，正扛着锄头准备出门锄草，村干部把省作协扶贫工作队的三位同志安排住进了他家，工作队有一位女同志。村干部说，他家是全村唯一室内有水冲式厕所的农户。

老杨儿子在外地做餐饮生意，考虑到父母年岁已高，给父母另盖了几间房子，在室内建了一个水冲式厕所。老杨从没舍得用一次。

要脱贫，首先要改变思想观念。龚店村的书记顾世国和村干部很快转变了思想，村民却有着很大的抵触情绪。工作队到门口了，村民把门一锁，说没有旱厕，没有肥料种菜种田怎么办，你们城里来的工作队不了解情况，你们这是多此一举。

深秋，大山里的寒气已经很重了，工作队队长龚玉林睡不着，他抱着双臂，在村口徘徊着。

老杨家的旱厕就建在公路边，臭气熏天，一下雨，臭水溢流到堰塘，堰塘的水也被污染了。

龚玉林想拿老杨家当样板户。老杨清楚地记得那天的情景，晚饭后，晚霞还没有完全褪去，龚玉林搬了几把椅子，和老杨两口子坐在小院里拉起了家常。

龚玉林说，老杨，你家这么好的自然条件，房前屋后都是自己种的菜，还有散养的鸡鸭，开餐馆肯定是赚钱的，关键是你家来了客人，半夜三更还要跑到院子外十几米远的地方上厕所，不方便啊。要是遇到雨雪天，滑倒了怎么办？再说，那土厕所臭烘烘的，游客在你家待得住吗？你留不住他们也就赚不到他们的钱。

老杨梗着脖子说，我不管那么多，反正不能在家里屙屎屙尿，破坏了风水，家里是要倒霉的。

龚玉林递给老杨一支烟，想缓和下气氛，不怎么抽烟的两个男人都长吸了一口，院子里满是浓浓的烟味。

你看城市里高楼二三十层，哪家家里没有卫生间？再说人家城里家里开旅店，还天天喊客人去家里睡的。人家在你家里吃睡，人家给你钱的。

第二天。再聊，老杨的老伴儿"上场"了：一天一人要上好几趟厕所，要用几十斤水，这一年下来要浪费多少水，要交多少水费啊……

老杨的老伴儿嗓门越来越高。龚书记搬把椅子让她坐下歇歇，副队长熊芸亲自择菜做饭，边做边聊，两个女人话题越来越多。

做了几餐饭，单独和老杨的老伴儿又聊了几次，熊芸的攻心术起了作用。

老两口终于放下了思想包袱，把家里的水厕启用了。再后来政府也号召起了"厕所革命",村民看见老杨家的农家乐来了一拨又一拨的游客,也都纷纷效仿。工作队开玩笑地问老杨还能不能在家里上厕所时,他不好意思地笑了,特客气地说,您随便上,随便上。

太阳爬到一竿子高了,路过院墙外的老厕所位置时,那里的土墙已经拆除,村里放置了垃圾箱,旁边新栽的银杏树正迎风摇曳。

老杨停下喘喘气,顿觉神清气爽,几只鸭子排成了一字形的队,他也站在队尾,学着鸭子的模样摇摇晃晃地走着,嘴里念念有词:"农村茅厕太差劲,两根土柱一个坑,蛇皮袋子当屋顶,又淋雨来又蚊叮……个个厕所用水淋,又环保来又卫生。"老杨跨进家门忙着和迎上来要订餐的客人打招呼,又招呼请来的厨师杀鸭,他都记不起来这是村里谁写的一首顺口溜了。

家里环境改变了,村里的环境也有了大转变。看见老杨生意红火,十几户村民也跟着办起了农家乐,一棵棵树,一片片农舍,古树傍农舍,农舍偎古树。青山,碧水,炊烟,一户户依山傍水的富民楼和小康房成了随州市曾都区龚店村一道亮丽的风景。

系马岭的故事

一唱龚店好生态,古树成荫空气新;
二唱龚店好建设,交通脉络互串联;
三唱龚店好环境,徽派楼群傍水韵;
四唱龚店好幸福,扶贫工作队似亲人;
…………

太阳快落山了，有些腼腆的张云选轻哼着《十好龚店村》，一脸幸福地看着几头摇头摆尾的猪，夕阳斜照在他敦实的身板上。一篮子南瓜很快就被十几头猪抢光了，他又把另一篮子剁碎的南瓜倒进猪圈。

南瓜是半哑巴妻子剁碎的。近几年家里每年收入六七万元，生活条件好了，只能蹦出几个字、精神不太正常的妻子病情也渐渐稳定，可以帮忙做些农活了。

喂饱了猪，张云选开着农用车回到了新居。新居就在通村公路的路口，四间平房，朱红色的大门，白色的瓷砖，门左侧的瓷砖上一块"湖北省作家协会援建"的牌子格外醒目，像在诉说着一段段不为人知的故事……

2017年6月的一天，扶贫工作队和村委会同志走村入户，看到张云选家的土房子是歪着的，外墙都用好多根木棍撑着。村委会的同志说，张云选是老贫困户，家里生活确实很困难，连像样的家具都没有。遇到下雨天，房子外面下大雨，里面下小雨，真是惨不忍睹。

经过仔细了解得知，张云选的妻子是重度精神病人。有一次发病，她把女儿丢到水塘里，女儿差点儿淹死了，幸亏被嫂子发现，才救回一命。不幸的是，几年前，她女儿又遭遇事故，脚受伤，家里又欠下了几万元的债。

当天，扶贫工作队队长白宏伟看着小孩的脚不停地流脓，周围还有很多蚊虫叮咬，心里难受极了。后来，白宏伟自己买了药、找了小孩衣服送给张云选女儿。

张云选忙时种田插秧、养猪，闲时外出打工，还要照顾孩子，做饭。他这种自强自立的精神，白宏伟特别感动，觉得自己无论如何应该为张云选做点儿什么。

帮助张云选家脱贫，首要的是解决住房保障，帮他们修建新房子。扶贫工作队和村委会协调，申请了一万元的危房改造的国家政策资金，但是建房资金缺口不小。扶贫工作队回到单位，向省作协党组做了专题汇报，经过研究协调，长江文艺杂志社支部拨了3万元帮助张云选盖房子。

2018年正月，扶贫工作队跟时任龚店村书记的赵品强商量着选址，实地勘查了多处，也连续找了承包山林的三四个住户，做了大量思想工作，最终选择了系马岭的一个山场空地。

选址定下后，2018年4月，扶贫工作队把长江文艺杂志社党支部的3万元送到张云选手里。5月，新房修建动工，前后修建了四五个月，当年底，张云选一家搬进了宽敞明亮的砖房。

搬家那天，村民张明波当即作了一首顺口溜："工作队来了有几期，每期转转无果迹，这次来了个省作协，他们果然是搞真的！"

宽敞明亮的农家小院见证了省作协扶贫工作队的汗水和足迹。

系马岭这道弯弯的山梁也见证了工作队的扶贫和扶智。新房建好了，门前鸟语花香，屋后秀林起舞。这么好的房子，没有产业不行，工作队又三天来一趟，两天来一趟，帮助张云选建了个虾池。

生了根，就要开花，开了花就要挂果。工作队一直关注着虾和猪的长势。

省作协可真是有心，每次来帮忙消毒，还嘘寒问暖。省作协党组书记文坤斗也专门来看了张云选的新家，送了慰问金，这些暖心的事，张云选常比画给妻子看。

年循环养猪 20 多头，张云选很快脱了贫。半哑巴妻子精神也突然好了起来，割草喂猪、做饭，能做一些简单的事了。每次看见工作队，知道是亲人来了，她会竖起大拇指，咧嘴笑。

往事历历在目。

夜晚山村有了雾气，张云选起身披了件衣服，要去光伏发电站巡查了，防火，也防夜晚乡村的牛闯进基地，破坏了一片片的太阳能光板。

他顺着弯弯的山路走着。这是白队长和村干部商量后给他安排的一个公益性岗位，小孩读书，妻子也要人照顾，他不能走远，安排在附近晚上值下班，一年可以挣个几千元，又可以照顾家里。

夜宁静而深邃，张云选头上戴着矿灯，一束白色的光射向远方，草木摇曳着，山路清晰可见，省作协多么像这盏明灯啊。

公园式的村庄

古树掩映，溪水潺潺，小桥，流水，人家，苍翠欲滴的绿，让人宛如走进了公园。顺着洁净的公路，拐过几道山梁，就到了钱家河，这是一条波光粼粼的自然河流。

这条河就在公路边。

雷大成指向右前方："那儿将安装一些休闲椅，地上全部铺上草坪，城里的游客在河里捉鱼，在农户的田里采摘天然蔬菜，村民靠旅游又可以增收不少。"

脸庞晒得黝黑的雷大成掩饰不住笑意，村里的 163 户贫困户已全部实现了精准脱贫。村里将逐步实现"123456 规划"：打造一条自然河流……修建五处生态公园和六处宜居村湾。

沿幽径，过小桥，又穿过几道植被葳蕤的山梁，很快抵达了六福湾。飘香的荷塘，千年的六福古柳，依山傍水的青砖瓦房，瓦房的左边爬满了南瓜藤，一棵结满李子的树探出藤外。

这是六处宜居村湾之一。

再往前走，"生态能源造福老百姓"几个字跃入眼帘，省作协扶持的香菇大棚和光伏发电站是雷大成最为自豪的两件事。湖北省作家协会 2017 年、2018 年花 70 多万元建了两个 50kW 光伏电站，一提起这些，他眉飞色舞如数家珍。

47 岁的雷大成是个转业军人，在浙江年薪 30 多万元，打工十年发了财。2010 年，他回到了龚店村。先从村里的一个保洁员干起，2017 年，雷大成当选龚店村党支部书记。

真正的脱贫，要有长远的项目落地，这每一个项目的实施，都凝聚着湖北省作协党组的心血和智慧。党组书记文坤斗更是倾注了大量时间和精力，首先要考察论证，做市场分析，保证这个项目有市场前景，落地生根并能开花结果。谁来投资？村里谁来管理？贫困户怎么受益？每一个环节都考虑好，商量定，省作协才慎重地招商引资，并给予扶持资金。

回忆起省作协对村上工作的支持时，豪爽自信的雷大成眼圈红了。

工作中处处都有难度。每一个项目落地时，村民不理解，雷大成他们都会被谩骂。

雾气还未散开，被浓雾濡湿的衣服有些凉，一大早，趁老孙家还没开门，雷大成和工作队又来到了他家门口。

一趟，两趟……

老孙终于被感动，答应了下来。

立竿见影。光伏发电很快见了成效，收益用于村里的大病救助、贫困救助等。享受到甜头的村民又作了一首顺口溜："小小光伏山坡放，太阳发电自动忙；一年（一户）三千保进账，比种庄稼还要强；好比办个养猪场，脱贫致富有保障。"

望着绵延起伏的太阳能光板，雷大成又陷入了深思，"农村行不行，全看带头人；农村富不富，全看村干部。"老百姓的顺口溜说得很对，怎样再发展一些产业？

雷大成又想到了他的"智多星"。

雷大成手搭着白队长肩膀说："我想租30亩地建个香菇大棚基地，专门给贫困户种植。"

"这么大的资金缺口？"白宏伟瞥了他一眼。

"没有什么事可以难住你的。"雷大成也故意用汉腔说。

"好，你先筹备，资金的事，我来给省作协领导汇报。"白宏伟凑在他耳旁大声说。吃了"定心丸"，雷大成笑哈哈地去开支部动员大会了。

省作协党组经过研究，肯定了龚店村实施香菇大棚建设的产业扶贫方案，拨了19万元，龚店村迅速建立了香菇制造厂，搭建了40个香菇种植大棚，每筒香菇省作协补贴村民1.2元。鲜菇，供不应求。2015年至今，省作协为随州市曾都区龚店村累计帮扶200万元。

古树环绕，绿草如茵。扶贫贵在精准，省作协2019年牵线搭桥，为龚店村招商引资的四星级田园民俗项目已经开始营业，采取村企合作的模式，当地农民在公司就业，工资有保障。公司每年先给村里 10 万元，以后有效益了，村里合作社占的股份每年可分红 20%。

脱贫攻坚五年来，省作协一次次为龚店村争取项目资金，雷大成最明白省作协扶贫工作队的不易。他们是用心在做，把龚店村当成了自己的家。

就说争取美丽乡村项目吧。2019 年伊始，省作协扶贫工作队将推动龚店村申报湖北美丽乡村建设项目，向省作协党组做了专题汇报。省作协党组领导听取了工作队意见，认为经过这几年扶贫工作，龚店村的面貌发生了积极变化，应该积极争取国家的好政策。

省作协党组决策一定调，扶贫工作队就投入到紧张的准备工作中，与龚店村"两委"班子积极沟通，实地勘察地形地貌，形成了申报项目可行性报告。

一晃到了 5 月，扶贫工作队估摸着，按照往年的程序，当年的项目申报的通知将要下发了，龚店村的材料也准备齐全了，于是又向省作协党组领导做了专题汇报。文书记指示，把握好相关政策，抓住时机，按照流程申报，积极争取。

之后，省作协党组密切关注申报工作的进展，时时听取扶贫工作队的汇报。2019 年 11 月，龚店村申报湖北省美丽乡村建设项目获批，为龚店村争取到了省级财政项目资金 300 万元，曾都区区级财政资金 100 万元。

男女老少围着工作队蹦啊、跳啊，他们用自编的广场舞感激着心中的恩人。

天空愈来愈蓝了。骑行的，背着照相机远道而来的摄影团和跳舞的村民们，构成了一道别致的风景。

处处皆景，好一幅诗情画意的水墨卷轴。做一个龚店村的村民多么幸福啊，哪怕是做龚店村的一缕风！这个深秋，我流连忘返，思绪奔涌：

请允许一缕提着悠长调子的风，从容地
在一团团即将喷溅的绿上
歇息片刻，再轻轻行走在光伏发电
香菇大棚基地
一缕风，也在响应着季节

一缕风，它不会用秋天的高远
和结成串子的硕果做文章
它会像站在湖边的植物，迷恋湖
用一阕词的敬畏
迷恋省作协驻村工作队的背影
那些滚落的汗珠，在一些细节中，在路上

一缕风，多么幸福啊
它可以死去活来爱着一个旅游名村的妖娆
肆无忌惮躺在洁净素雅的
光线中抒情。民俗园，庄稼地，野菊花的小喇叭
蓄满爱的回声
一幅油画，绕着一轮
红日，一棵枝繁叶茂的大树，在飞

罗仕林的个人简历

◎ 红　日

在我的面前，摆着一份《广西壮族自治区脱贫攻坚先进个人推荐审批表》，填写着这样的内容："姓名：罗仕林。性别：男。民族：瑶族。政治面貌：中共党员。籍贯：广西都安。出生年月：1975年8月。工作单位：都安瑶族自治县隆福乡隆旺村三叉屯村民小组。职务：农民。通信地址：都安瑶族自治县隆福乡隆旺村三叉屯。推荐参评类别：奋进类。个人简历：1988年6月至1992年1月，小学毕业后在家务农；1992年1月至1996年8月，在南丹县大厂镇矿山挖矿；1996年8月至1996年10月，在家自制火砖建房；1996年10月至2004年3月，在云南省蒙自县矿山挖矿；2004年3月至2006年6月，在云南省云县矿山挖矿；2006年6月至2007年5月，在云南省云县矿山挖矿中发生意外事故，被巨石压断右腿，膝盖以下被截肢，截肢后在家养伤；2007年5月至2015年11月，装上假肢后，在周边村屯做建筑零工；2015年11月，在精准扶贫识别中被认定为贫困户；2015年11月至2016年11月，依靠在周边村屯做建筑零工收入和危改补助资金，建起砖混结构稳固住房，达到'八有一超'，通过'双认定'光荣脱贫摘帽；2016年11月至今，在家研究养殖技术，建设牛棚，饲养牛犊3头，代贫困户饲养牛犊15头。主要事迹：罗仕林在扶贫政策扶持下，获得政府'贷牛还牛'产业扶持牛犊1头，他边养牛边研究养殖技术和方法，通过借贷建起一个面积约100平方米的牛棚，种植牧草20亩，为其他无能力养殖的贫困户代养牛犊15头。如今，罗仕林的养殖场已发展成为18头牛的养殖规模。罗仕林还挤出时间在周边村屯做建筑零工，每天收入100多元。罗仕林脱贫致富的故事，被拍成微电影《断翅画眉》，激励当地群众脱贫致富奔小康，不愧是新时代的楷模。获奖情况：2018年12月荣获'首届感动河池十佳自强自立残疾人提名奖'。"

最初让我感兴趣的是，审批表上所填写的被推荐人的内容。这种专门为干部"量身定制"的表格，现在却由一个农民来填报，表格上所设置的栏目与被推荐人的身份明显有些"不兼容"。没想到细细一看，表格上所填写的内容竟然显得那么接地气，简直是还原了个体生命的真相。我也是填写过个人简历的人，第一次觉得罗仕林有些"另类"的个人简历才是真正的个人简历。我以为这样的简历应该成为今后其他个人简历的模板。随着对罗仕林个人简历的反复阅读，我对他的人生越来越感兴趣。这种兴趣让我迫不及待地走近他，了解他。

山高弄深路又长，
画眉声声过山冈。
踩着晨雾去放牧，
幸福洒满金阳光。

…………

　　一首动听的山歌，从山坳口上传来。深秋的三叉屯，群山如绿黛，白云绕山间，鸟语花儿艳，牛羊遍山冈。三叉屯是隆福乡最偏远的一个瑶族小山村，群山连绵，峰峦叠嶂。过去这里交通不便，生活条件恶劣，出门就爬山，运输靠肩挑背驮，如今公路已修到农户家门口。

　　唱山歌的正是瑶家汉子、推荐表上的主人公罗仕林，他从山腰下来，脚上穿着不一样的鞋，一只是真鞋，一只是假鞋。眼前的罗仕林跟审批表上的照片没有多大的差别，庄稼人饱满的脸庞、饱满的天庭、饱满的嘴唇，犹如饱满的谷物一应俱全。罗仕林说："别看这里地处深山，我们这个屯近年来出了两个清华大学生呢，现在三叉屯名声在外了。"

　　我说："现在人们知道三叉屯，那是因为你啊！"

　　罗仕林的脸上浮现出一缕哀伤："其实我小学时功课也是很好的，每次考试都是拿第一名，跟我同班的几个小伙伴，后来考上区外几所重点大学，他们当年的成绩远远落在我后面呢，可是……"罗仕林说，他家有十兄妹，他排行老二，小学毕业后，他被迫辍学回家，成为家里的主要劳动力，协助父母担起家庭重担。为了一家人吃饱穿暖，一年四季，不管风吹雨打，无论严寒酷暑，他挑着山货，担着柴火去圩市摆卖，一分一毛地换回油盐钱。

　　罗仕林说："那时候，贫穷像贼一样跟着我，形影不离。"

　　我说："那时候还没有精准扶贫。"

　　罗仕林说："是的，也没有控辍保学。"

　　我说："那时候如果有控辍保学，说不定你就是清华北大的学生了。"

罗仕林叹息一声:"不说这些了吧。"

1996年,20岁的罗仕林看到土里刨食没有任何指望,一家人的生活越来越困难,他决定走出大山,外出打工挣钱。于是,他跟乡亲借了80元路费,怀揣致富奔小康的梦想,坐车去云南矿山挖矿。其实这不是罗仕林头一次出门,也不是第一次去矿山挖矿。早在两年前,罗仕林就到南丹县大厂镇挖过矿。罗仕林揶揄道:"有一种职业叫死了没埋,还有一种职业叫埋了没死,我当时属于后者。"他继续说道,"当然啦,现在矿山设施已经很完善了,矿山安全生产有了根本性的保障……"那时挖矿虽然风险大,但工资确实高。他说他每个月领到工资,留下生活费后,剩余的钱全部寄回家里,给父母买米买油买盐,供弟弟妹妹上学读书。矿山挖矿的经历,罗仕林记忆犹新,他当即给我念起一首诗,他说这首诗是一天深夜里他在简陋的工棚里创作的。

> 矿山淘金苦万千,
> 穷夫硬汉只为钱。
> 夜幕降临何处去,
> 牛棚草里夜难眠。

罗仕林在矿山挖矿几年,家境渐渐有了好转,弟弟妹妹的温饱解决了,读书费用也有保障了,但他还要再筹一些钱。再筹一些钱,不为什么,只为家乡那个日思夜想的阿妹。想着他们的初恋,想起他的阿妹,罗仕林每天升井后,总是情不自禁地眺望家乡的那个方向。夜里一遍又一遍地翻阅姑娘寄来的情书:大山高呀大路长,妹在家乡望北方;山歌唱到太阳落,不见阿哥妹心慌。

正当罗仕林信心满满憧憬未来的时候,一场突如其来的灾难击碎了他的梦想。那年是罗仕林到云南云县矿山挖矿的第十个年头,那一天,他像往常一样跟工友们下井作业。接近中午的时候,意外发生了,正在埋头挖矿的他,没有注意到矿井上方一块大石头落下来,砸中了他的右腿。血液拌着矿渣废水,在巷道里流淌……

罗仕林说:"那年我去云南是站着去的,回来的时候是躺着回的,算是走了一趟鬼门关。"

罗仕林的右腿没了,家庭收入来源也断绝了。那段时间,他天天蜷缩在床上自责:本想去云南寻找美好生活,不料却把半条腿丢在了矿山。梦想破灭了,以后的日子该怎么过?!

他拄着拐杖走东家串西家,这家几百那家几十地借款,在自己的家里开了一间代销店。当年他在云南挖矿,家里还时不时给村里的困难户借钱,现在他却向别人伸手。由于屯里人口少,日常开销不大,代销店开店不久就经营不下去,倒闭了。真是应了那句话:辛辛苦苦十几年,一夜回到解放前。

2015年10月的一天,一男一女两位年轻的乡干部进了罗仕林的家门。

罗仕林说,至今他还清晰地记得那两位干部的模样:男的长得高高瘦瘦,架着一副眼镜;女的长着一张圆圆的脸,脸上只有一种表情,总是笑眯眯的。坐下来后他们对罗仕林说,我们是来搞精准识别的。然后就对他进行提问,提问内容包括家庭成员、劳动力、耕地山林面积、房屋结构、收入来源、牲畜家禽饲养情况等,实地查看家具和锅碗瓢盆。罗仕林说那天整个打分评估过程，一点儿都不繁杂，甚至有些简单了事——因为那间摇摇欲坠的木瓦房，家徒四壁。

"后来啊！"罗仕林说，"我家就被识别了。"

罗仕林所说的被识别，就是被认定为建档立卡贫困户。

我说："总得有一个原因吧。"

罗仕林说："原因是因残致贫。"

我说："我很想知道你戴上这顶帽子后的心态，我知道很多人想戴这顶帽子，听说有的人为争得这顶帽子还大打出手。"

"听真话还是假话？"

"当然听真话。"

罗仕林说："戴上这顶贫困帽，我觉得很没面子，一下子在村里人面前抬不起头来，我少了半截腿都没这么难堪过……自从被识别的那天起，我就暗下决心，早日摘掉这顶帽子。"

在采访罗仕林之前，我接触过一些贫困户，还没碰到讨厌贫困帽的人。有些贫困户戴上这顶帽子后，一天到晚就等着扶贫政策上门，等帮扶干部上门，等慰问物资、慰问金上门。罗仕林不等，这顶帽子让他坐卧不安，他豁出去了。

"我虽然少了半截腿，但我还有双手。"罗仕林说。他曾当过建筑工，有建筑方面的技术，于是，他四处联系工程，出去筑水柜、建房屋、修公路。每天起早贪黑，风里来雨里去，目的只有一个，早日摘掉这顶贫困帽。

现实是残酷的。罗仕林虽然有技术，但毕竟缺了半截腿，干体力活儿他要付出比健全人多一倍的艰辛。农户家建房砌墙要搬砖，这搬砖可不像网上说得那么轻巧，要知道砌墙的水泥砖每块重达50多斤。一天到晚不停地搬砖，腿疼得脸变了形，身子也走了样。他常常砌了一块砖,就不得不休息一下,痛苦地揉一揉伤腿,然后又咬牙继续砌墙,继续搬砖。

2016 年,罗仕林家获得政府危改补助资金 1.8 万元,一年多来他和妻子打拼积攒了 5 万多元。罗仕林用这 6 万多元买来建筑材料,自己动手,建起了一栋漂亮的两层楼房。

罗仕林幸福地回忆道:"那一天,我记得清清楚楚,2016 年 10 月 21 日。还是之前那位年轻的女干部,她后来成了我们家的帮扶干部,成了驻村工作队员。不过她的脸蛋不再是圆圆的,一年时间她比我还要憔悴。那天女干部来到我家做'双认定',即让帮扶干部和帮扶对象共同认定帮扶户已实现'八有一超'目标。"罗仕林激动地说道,"那天我家双喜临门,一喜是迁新居搬进小楼房,一喜是终于摘掉了贫困帽,退出贫困序列。"

摘帽后,罗仕林一家依然享受扶持政策。2017 年 7 月,罗仕林家得到"贷牛还牛"项目,分得一头母牛。这个"贷牛还牛",就是通过小额扶贫贷款资金扶持贫困户养牛。贫困户免费从养殖龙头企业"贷牛",可自养也可由合作社代养。牛养大后企业按不低于市场价回购。贫困户还牛后再贷牛,滚动发展。

这头母牛的到来,一下子让罗仕林忙碌起来。其实他开始并不忙,后来他的两个建档立卡贫困户的弟弟也各分得一头母牛,两个弟弟要外出打工,就把自家的牛牵进了哥哥家的牛圈里,由哥哥代养。兄弟手足情,牛不分你我。罗仕林每天六点准时起床,像伺候人一样伺候牛,打扫牛圈,喂牛草料,然后再出门储备草料。3 头牛长得很快,才养一年多,每头母牛就产下了牛犊子。显然扶贫牛都是肩负使命有备而来的,而且恪守信用,说生就生,毫不含糊。

罗仕林感慨地说："因为我腿残，上山割牛草有诸多不便，但这只是小问题，可以克服，最大的困难是牛疾病的医治和防疫。这些外来的扶贫牛，普遍水土不服，一下子难以适应山区环境，很难护理，容易生病，所以牛圈要经常消毒，保持清洁卫生。"罗仕林记得他刚饲养不到一周，就有几头牛不吃草料，他的妻子用摩托车搭载他连夜去20多里外的农户家，向养了十多年牛的乡亲请教，终于学到简单的治疗和护理诀窍。后来，罗仕林又多次到乡里参加畜牧养殖培训班学习，跟县畜牧水产局专家学到了更多的育牛疾病预防知识。

2018年5月，乡政府决定再给三叉屯村13个贫困户投放"贷牛还牛"项目，仍然是每户1头牛。这些农户看到罗仕林家通过养牛增加经济收入，也想效仿，但他们家里没有劳动力，养不了牛。可是他们如果放弃养牛，就会失去一笔收入，尚未脱贫的脱不了贫，已经脱贫了的则无法稳定收入来源。罗仕林和妻子商量，决定帮助这13个贫困户，代养他们的牛。乡政府领导知道后，就把13头牛交给了罗仕林，村里人为此称他为"牛司令"。

"其实你完全可以不代养这批牛，而且是白白地养，等于帮他们干活赚钱。"我说，"你是怎么想的，出于什么考虑？"

罗仕林没有回答，妻子替他回答了："以前他和村里人一起去给人家建房，他每天砌墙的面积比身体健全的工友少了很多，可是在分配工钱的时候，大家都和他平均分配。"妻子说着眼圈就泛红了，"每一次分工钱，我们感到不好意思，罗仕林每次也都推让，工友们却说，都是乡里乡亲的，你们家有困难，大伙儿自然应该多多帮助……"罗仕林终于说话了："其实乡亲们和我一样，都不喜欢贫困帽，都想把它摘掉，我自己已经先期摘掉了，自然应该帮助大家一起摘掉它。"

　　罗仕林代贫困户养的 15 头牛全部卖出后，贫困户每户分到红利 1000 多元。这些贫困户和他商量，让他用农户的本金买来 16 头牛继续饲养，以后继续每年分红利。罗仕林说："这个问题我也想过，如果我现在把农户的本金退给他们，这笔钱很可能就会花光，就会坐吃山空，我只能继续当好'牛司令'，让牛生牛，让钱生钱，让利滚利，让农户每年都有一笔可观的收入。"

　　贫困农民蓝启光的妻子说："我 60 多岁了，身体又不好，如果没有罗仕林代养我的牛，我就少了这笔收入，我就难以脱贫，太感谢罗仕林了！"贫困户有收入的同时，罗仕林的付出也有了回报，去年他卖了自家 3 头牛，纯收入 6 万多元。

　　2019 年 7 月 1 日，罗仕林光荣地加入了中国共产党。这一天，在乡党委庄严的会议室，罗仕林和另外 8 名新党员，面对鲜红的党旗举手宣誓。早在脱贫摘帽的那一年，罗仕林就找到村党支部第一书记，坦露了他的心迹。他说："党对我这样一个残疾的贫困农民，真是恩同再造。党给我出路，给我动力，给我财富，更让我看到奔头。党的恩情我无法报答，我愿意把此生交给党，跟随党，为党的事业奉献我的一切……"据都安县委组织部统计，2016 年至今，全县共有脱贫摘帽后的 768 名农民加入了中国共产党。解放战争年代，翻身农民子弟踊跃报名参加中国人民解放军，投身民族解放事业；在全面建成小康社会的今天，摘掉贫困帽子的农民志愿加入中国共产党，汇聚实现中华民族伟大复兴的磅礴力量。

　　分别时，罗仕林告诉我，他已筹措资金准备扩建牛圈，进一步扩大养殖规模，带动其他农户把致富产业做大做强，让大石山区人民群众的日子越过越红火。

深山里的传奇

◎王 姹

2020年11月3日,我参加中国作家协会组织的"中国一日·美好小康——中国作家在行动"全国作家联动大型文学主题实践活动。在海南琼中,诞生了一支享誉国内外的著名女子足球队——琼中女足。我眼里的"中国一日",用来见证这个深山里的传奇。

在琼中女足训练基地二楼教练办公室,我采访了琼中女足主要创办人之一、主教练肖山。在长达3个小时的采访中,他滔滔不绝,女足故事被他讲得生动有趣。

一

肖山的父亲谷中声,曾是山西省足球队主教练,中国最早的一批足球工作者。退休后在海南养老。年过花甲的他,决定通过体育扶贫,在琼中成立一支女子足球队。这个决定很快得到了琼中当地政府的支持。

谷中声虽精神矍铄,但考虑到自己的年纪,为了球队的建立和健康发展，他劝说儿子肖山过来当助教。

受父亲影响，肖山从小酷爱足球，7岁开始练球，后来凭着精湛球艺进入省队，成为主力队员。上海体院毕业后，到湖南一家男足俱乐部当教练，月薪丰厚，生活稳定。对于父亲的召唤，他很难抉择。

球员时代没能进国家队，是他此生的遗憾。父亲的话无疑让他重燃了希望。"能培养一两个进国家队的球员，我这一生也将无憾了。"

经过激烈的思想斗争，他决定破釜沉舟，搏一回。

2005年7月28日，肖山辞去男足俱乐部教练的职务，跟随父亲谷中声转战海南，到琼中中学担任体育支教老师，兼足球教练。

这里山势险峻，山脉蜿蜒，林海茫茫。位于琼中西北部的黎母山既是海南的名山，又是黎族人民的始祖山。这里有海南岛最丰富的自然资源，实则福地宝地。奈何村民坐拥美景，贫穷却如影随形。

黎村多是破败的茅草屋，村民几乎家徒四壁，随处可见没鞋光脚的孩子们。她们几乎没有机会走出这座大山，有的女孩不识肯德基麦当劳，没吃过冰激凌，作为21世纪祖国的花朵，她们更是从没见过电影和投影仪。瘦巴巴的女孩捧着白米饭，米饭上的咸菜就是下饭菜……

当时肖山就傻了眼：众所周知足球是烧钱的运动，穷成这样，怎么玩足球？眼前的一切，让肖山意识到，如果她们不走出山去，必将面临和大部分同龄人一样的命运，初中毕业后就得嫁人，缠绕在这些女孩身上的枷锁永远是：贫穷、辍学、早婚、生一大堆孩子。

好在她们常年在山野奔跑，锻炼了耐力。常年生活贫困，让她们早熟独立。她们倔强、坚韧、不服输。这不正是中国足球求而不得、难能可贵的梦想力量吗？

组建琼中女足，这条路会异常艰难。肖山深感肩上的责任重大，"我要把这些女孩带出山去，让她们通过足球改变命运，也改变中国足球的命运。"

二

2006年2月15日，琼中女子足球队诞生。从山区初选的300个女孩里挑选出来的第一批队员，一共24人，平均年龄13岁。

首批24名琼中女足的姑娘们，全部就读于琼中中学，跟随当地同龄学生一起学习，下课后进行足球训练。从文化课到体能课，再从体能到足球实践。从此，她们的命运与琼中女足紧密相连在一起。

缺场地，肖山和父亲频繁去省、县有关部门寻求支持；缺教练，他们厚着脸皮央求母校和校友帮忙；缺资金，他就四处去"化缘"，车上打印好大一堆证明和宣传材料，逮住机会就发。

"伙食和牛奶有了着落，孩子们的营养跟上来了。我们受点儿委屈算什么？"他放下自尊四处求人，凑钱支撑球队走下去，还想方设法让球队出成绩。

每逢有赛事邀请，肖山只提一个要求，让对方的每个队员，与琼中女足每个队员开展"一对一帮扶"，帮助解决女足队员的球衣和球鞋。所有比赛的奖励，都只是希望能换一双新球鞋或一套新球服。

　　随着球队的壮大，去哪里找优秀教练成了肖山头疼的问题。肖山在朋友圈里，在各种大小会议上，逢人便讲琼中女足，讲创办琼中女足的理念。同样具有足球情怀的朋友被他感动了，不顾一切地跟着他来到琼中。前中国女足主教练马良行，前卫寰岛足球俱乐部副总经理马良，中国人民大学毕业的于佳卉，塞尔维亚职业足球俱乐部教练伊戈，北京某足球俱乐部教练杨斌……一大批知名教练纷纷加入团队，成了琼中女足不可或缺的中坚力量。

　　吴小丽，琼中女足办公室主任兼教练，她是整个训练基地的保姆和管家。只要有吴小丽在，孩子们就不愁吃，不愁穿。她不仅是厨师、队医、裁缝、勤杂员、心理辅导老师，更是孩子们心目中最爱的小丽妈妈。很少有人知道，她原来是海口一家公司的白领。她还有另一个特殊的身份：肖山的妻子。

　　2006年6月，吴小丽放弃在海口的工作，来到琼中，成了足球队的全职"管家"，她没领一分钱工资。她心甘情愿地站在丈夫身后，为他打理一切，管好后方。为了丈夫的琼中女足事业，她甚至没敢要个自己的孩子。

　　最开始，项目只有10万元资金支持，队员们的三餐开销都维持不下去。吴小丽买得最多的菜是土豆和豆芽。夫妻俩带着姑娘们开荒种植，亲手种下豆角、紫茄、萝卜等各种青菜，努力自给自足，不久菜园便有了收获。吃着自己种的蔬菜，姑娘们开心而自豪。

　　吴小丽笑着说："当初来报名的孩子，根本不懂什么是足球，没有人是冲着足球来的，都是冲着包吃包住来的。后来，她们真心爱上了这里，爱上了足球。"

三

2017年，全国精准扶贫工作正如火如荼地展开。而此时，琼中的扶贫之路已走过了12个年头。

谈起黎族地区的贫困状况，肖山已不像当初那般震惊。他觉得，扶贫是一项全国性的工作，他身处国家级贫困地区，也有责任和义务帮助当地村民脱贫。每次到队员家里做家访，肖山和她们的父母拉家常，总不忘开启脱贫新路子的探索——教育和精神的扶贫。

"改变母亲和孩子，可以改变三代人。扶贫要先扶志，教她们一些致富的路子，激发她们的内生动力，让她们愿意去做。还要教会孩子们懂得感恩，感恩父母和老师，感恩身边的人。农忙时放假让孩子们回去帮家里干农活，其余时间则专心练球、学知识。将来踢出好的成绩，考上了大学，一个个走出大山，挣了钱寄回家，父母在家也一同致富，不就彻底脱贫了吗？"

后来，父亲年事已高，肖山便接过了担子。还好，身处困境中的他，得到妻子吴小丽的全力支持。他和妻子每天都很忙，各种杂事太多，连坐下来好好吃顿饭都成了奢侈的事情。足球不单是他的工作，更是他生命的全部。

刚开始时，不少队员常常完不成训练任务，文化课成绩也跟不上。肖山不仅陪着她们练到最后，还和妻子轮流为孩子们辅导功课。姑娘们的训练动力不足，学习不自信，存在自卑心理，肖山就给她们讲自己踢球成材的故事，还从安全、心理健康、行为习惯等方面辅导她们，鼓励她们勇敢面对困境，想办法解决困难。

在肖山的鼓励下，慢慢地，姑娘们从开始的不自信、胆怯、害怕，到后来变得开朗自信、从容不迫。她们对学习不再抵触，甚至有了兴趣，球场上的表现也越来越令人满意。

队伍基础薄弱，水平不够，就从基本动作练起。肖山给她们定下训练任务：早起围着操场跑4000米，然后颠球，熟悉球性；下午4点，练习运球等基本动作，结束后还要在4分钟内跑完800米；每天练足球5个小时，天天如此。

海南的夏天，日头毒辣辣的。中午的温度高达38℃以上，刺眼的阳光下，队员们都满脸汗珠地坚持训练。热气从土壤中蒸腾出来，炙烤的阳光包裹着她们，热浪一阵一阵往人身上扑。她们的大腿、手臂、脖子、脸颊已经黑到看不出晒伤。

3个月后，这群啥也不懂的姑娘们，让人看傻眼了：每人每天颠球至少200个；连续头顶球平均超过50次；12分钟耐力跑，全部在3000米以上。

这支年轻的球队，好不容易迎来了她们的第一场比赛。2007年冬，在广东清远英德参加全国青少年冬令营足球赛。女足队员们第一次出远门，第一次坐火车，兴奋得睡不着觉。结果第二天一上场就被打蒙了。三场比赛下来，以0∶7、0∶8、0∶10惨败，一球未进。回到琼中后，姑娘们的犟劲儿上来了，一次比一次发狠地拼命训练。肖山哨子不停，姑娘就一直跑下去，直到跑不动瘫软在地。

时隔两年，琼中女足的姑娘们再次回到赛场，参加在广西南宁举行的2009年全国U16女足冬训赛。第一场比赛就与强敌大连队过招，造成了巨大的消耗。在大连队接连踢进五球后，琼中女足以打不死的小强精神，默契配合，不断地以弱胜强。离比赛结束不到 10 分钟，踢进了两球。虽然最后落后三球，但那场比赛，让这支来自海南琼中的黑马球队一鸣惊人。

2009 年，琼中女足参加中国足协在河北举办的全国 U16 青少年女足锦标赛。那场比赛她们踢出了气势和力量，首次进入决赛并获得铜牌。这是属于她们的第一块奖牌。看到运动员在决赛前夜的那种激动和紧张，看到站上领奖台后大家的兴奋和自豪，肖山百感交集。

2015 年 4 月 25 日，团省委、海南省青少年希望基金会选派琼中女足代表海南希望工程，参加团中央组织和策划的"斯凯孚与世界有约"希望工程青少年足球邀请赛并获得冠军，这是琼中女足获得的第一个冠军，并因此获得代表中国出战"哥德堡杯"世界青少年足球锦标赛的资格。

这是海南少年足球走向世界的一块敲门砖。

琼中女足，成为海南历史上第一支代表国家参加国际性足球大赛的女子代表队。代表中国出战的琼中女足 U12 女子组，参赛的 12 名琼中女足队员，年龄都在十一二岁，均是琼中的黎族姑娘。

"哥德堡杯"世界青少年足球锦标赛始创于 1975 年，每年的仲夏七月都会在瑞典哥德堡举行。这是全球规模最大、国际化程度最高的七人制青少年足球锦标赛，也被人称作"小世界杯"。

2015 年"哥德堡杯"世界青少年足球锦标赛，有 75 个国家 1755 支球队参加，其中不乏皇马、曼联、拜仁等诸多世界豪门俱乐部的后备梯队。琼中女足首次代表中国亮相国际赛场。

世界级足球赛事，自然吸引全世界的目光。无数中国球迷昼夜守候在电视机旁，观看一场场激烈的球赛。他们在激动不安中，聆听着赛场上频频传来捷报——

第一场比赛，鸣哨开始。琼中女足率先破门，为取得开门红奠定了基础。琼中女足以2∶1击败东道主瑞典队，取得2015年"哥德堡杯"世界青少年足球锦标赛首场胜利。

北京时间7月14日晚，2015年"哥德堡杯"世界青少年足球锦标赛第二场争夺赛，琼中女足以7∶2战胜瑞典哥德堡俱乐部队，提前小组出线。

北京时间7月15日晚，2015年"哥德堡杯"世界青少年足球锦标赛第三场小组赛，琼中女足首战2∶1击败瑞典队，次战7∶2胜瑞典哥德堡队，第三场6∶0胜瑞典博格比队，小组三战全胜积9分进15球丢3球，以小组第一的成绩晋级淘汰赛。

这场球赛，令无数中国球迷揪心。三支中国远征瑞典的队伍，广东五华U12男足队、北京阳光足球俱乐部队、沈阳青少年足球队已被淘汰出局。比赛进行到后期，代表中国出征的球队仅剩琼中女足。琼中女足俨然成为此次赛事中国球迷最后的希望。

北京时间7月16日，琼中女足以4∶0击败瑞典SAVEDALENS-IF2队晋级八强。

北京时间7月17日凌晨1点10分，2015年"哥德堡杯"世界青少年足球锦标赛U12女子组，琼中女足在八强赛中，以点球4:2击败瑞典FurulundsIK队，挺进四强。

2015年"哥德堡杯"世界青少年足球锦标赛U12女子组半决赛，琼中女足5∶2战胜了具有百年历史的瑞典哈马比女足（Hammarby IFDFF1），成功晋级决赛。

比赛进行到最后一场决赛，每个人都在焦灼等待中。

北京时间7月17日16点，2015年"哥德堡杯"世界青少年足球锦标赛U12女子组决赛中，琼中女足在上半场以0∶1落后一球。在下半场计时器显示距离比赛结束还只剩 5 分钟时，一切看似无望，此时，身着 9 号球衣的黄巧祥站了出来。她往前急蹚一步，进行前场抢断，晃开最后一名防守队员，小角度抽射，球挂左上死角，成功进球！

至此比分扳平，进入点球大战。关键时刻，守门员王小玲表现沉稳，这个不到 12 岁的黎族女孩，连续扑出两球，为胜利奠定了基础。最终，琼中女足在点球大战中以 4 ∶ 3 战胜瑞典阿卡德米女足（AIK FF F03 Akademi），获得冠军！

全场沸腾了！所有观众几乎兴奋地蹦起来欢呼雀跃。哥德堡的绿茵场，身着中国球服的队员们兴奋地冲向守门员，冲向教练。她们激动地簇拥着五星红旗在赛场上奔跑着，整个赛场里红旗招展，人潮涌动，满场的华人华侨都在沸腾。

可有谁知道，在赛场上气势满满、驰骋赛场、奋力追逐的女足队员们，其实都出现了不同程度的伤情，有的队员受伤流血，有的缠上了厚厚的绷带。可这 7 名队员硬是咬牙坚持下来，无一人中途退场，自始至终坚持踢完了全程 7 场比赛。

冠军来之不易。在颁奖的时候，五星红旗飘扬的那一刻，真的让人热泪盈眶。是琼中女足，用努力共同缔造了历史，也是她们让世界对中国足球刮目相看。

更多荣誉接踵而来。琼中女足 2015 年问鼎有着"小世界杯"之称的"哥德堡杯"世界青少年足球锦标赛冠军之后，又在 2016 年、2017 年斩获冠军，实现了连续三年蝉联这项"小世界杯"赛事冠军宝座的梦想。这支原本默默无闻的队伍，终于在世界青少年足球赛事中，确立了无可撼动的霸主地位。

在肖山的带领下，琼中女足发展得越来越好，每个年龄段都建立起足球梯队，每个梯队都获得了不少荣誉。凭借全方位的突破，琼中女足成了闻名国内外的少年足球强队，先后数十次赢得国内外足球比赛奖项，多次获得中央和海南省委、省政府的嘉奖和表彰。

"能跑得过这些低谷的人，没什么拦得住他爬上巅峰。"肖山对琼中女足的未来充满自信，"我们的技术不是最棒的，但我们的拼抢精神肯定是第一。我们的后劲很足，精神面貌、踢球作风都比很多球队的孩子要强得多。足球带给孩子们的不仅是人格和品格的塑造，还有更多未来的方向。如果100个孩子，有99个孩子通过足球教育改变了命运，这个比得了冠军的意义还要深远。"

四

这是一群不甘于屈服、敢于对命运宣战的人——不仅是教练，还有一批批女足队员们。她们凭着顽强拼搏、绝不服输的精神，完成了艰难的逆袭；她们最终破茧成蝶，彻底改写了人生。

2011年，琼中女足首批主力队员陈欣、王丽莉、王晓妮、高禹萱、陈巧翠、伍子璇6人，2012年，王玺燕、王薇、周亚利、王小玲、林娜、王亚哎6人，先后成为海南师范大学学生。

薪火相承，浪花相继。15年来，琼中女足的励志故事，不知道打动了多少人、感动了多少人。幸运的是，她们的励志故事，还会被肖山和更多的女孩写下去。

高禹萱是琼中女足的首批主力队员之一。1994年出生的她，长相清秀，皮肤有点儿黝黑，人很精神。她入队那年，年仅 11 岁。弹指一挥间，她已经 26 岁了，琼中女足成就了她，她反哺琼中女足，她与琼中女足风风雨雨共同走过了十五载。

大学毕业那年，高禹萱回到母校。她对肖教练说："我是从母校走出去的，通过足球我们全家脱了贫。我要把真实的体会、成功的经验传授给师弟师妹们，将学到的知识回报母校和教练。"肖山听了很感动。女足精神一脉相承、踔厉风发，高禹萱成了琼中女足后续梯队最年轻的女教练。

陈巧翠，也是琼中女足第一批队员。这个最早从深山黎村里走出的黎族女孩，大学毕业后，与高禹萱同期回到母校，当起了女足梯队教练。"肖教练常说，要用成绩证明自己，才会被人瞧得起。2009 年后，琼中女足踢出了好成绩，开始有了些名气。从那以后，我们走在大街上，很多路人会投来敬佩的目光。"

队员王静瑶回忆说："每逢有人生病，教练和师母都是守在身边细心照顾，带我们看病，帮我们熬药。天气热了，又亲自上山采草药给我们煮凉茶，像亲生父母一样照顾我们，所以训练多苦都不觉得累。"

女足主力队员王靖怡，2004 年出生，身体素质好，快攻变化多，以灵活强攻著称。她的拼搏意志，可谓琼中女足精神的典型体现。2015 年远赴瑞典哥德堡参赛进入决赛，在冠军争夺赛中，她意外扭伤了脚，但她一直强忍疼痛，咬牙坚持，一次次主动发起进攻，最终带领女足夺得冠军。2018 年 8 月，王靖怡入选了中国 U15 国家女子足球集训队，同时入选的还有女足主力队员、黎族姑娘王慧敏。同年 10 月，王敏慧、黄巧祥、王玲玲、王小玲 4 名队员也入选中国 U15 国家女子足球集训队。

2010 年，琼中女足出征全国 U18 女足锦标赛之际，队友王玺燕的父亲过世了。四天之后，她踏上了全国 U18 女足锦标赛赛场。关键的一场比赛中，王玺燕意外骨折，主力位置的她打上绷带坚持完比赛。队友们看着她打绷带时咬牙忍痛，在场上又全力拼搏，全队都受到鼓舞，最终迎难而上，赢得了胜利。

其实，女足队员每个人背后都有令人动容的心酸故事，何欣云的坚韧、王薇的坚持、王玺燕的坚强，至今仍在琼中女足中流传。踢球的磨炼也让姑娘们变得自信、坚强、成熟。踢球磨炼了她们的意志，教会她们在哪摔倒就在哪里站起来，不论被打倒多少次，都要勇敢地站起来往前走。

足球为这些大山里的姑娘，开启了通往世界、通往美好生活的一扇大门。她们人生中许多的第一次，都是通过足球来实现的：第一次出岛，第一次看大海，第一次坐飞机，第一次吃比萨，第一次看到外面精彩的世界……那些平时连想都不敢想的东西，都奇迹般地出现在眼前。而所有这些，都是她们走过了低谷、熬过了伤病、挺过了质疑、扛过了困境后，拼命换来的。

五

2019 年 4 月，琼中——这个藏在深山里的小县城，默默地用了十五年的时间，完成了艰难的逆袭之路，实现了全境脱贫，琼中黎族苗族自治县退出了全国贫困县序列。至此，这个经济发展相对落后、教育长期挂尾的山区市县，经过十几年的不懈努力，终于完成了大山深处的"逆袭"。

15 年来，琼中女足也在困境中不断崛起，吸引了社会各界关注的目光。国内许多知名企业来了，慷慨地为琼中女足带来了数千万元的资金扶持。中央、省、县各级有关部门的领导来了，为琼中女足拨付了专项资金，基础设施、硬件配套都是最好的，琼中女足管理中心列入正式事业编制。

当初，几间破旧的女生宿舍，环境简陋至极，仅有的足球场尘土飞扬，坑坑洼洼，连最基本的硬件设施都没有，那是训练中心最初的模样。到如今，基础设施不断完善，拥有全省最先进、最漂亮的训练基地，两个模拟绿茵场的室内足球场、两个室外标准11人制足球场，两栋数千平方米的办公宿舍楼，全部装上了热水器和空调，还配备了女足比赛专用大巴。琼中足球"一馆一基地一学校"项目、海南省足球学校和全国校园足球"满天星"琼中训练基地等项目正在稳步推进。女足青训基地其他场地及配套服务中心正在建设当中。

与此同时，琼中女足正如一颗耀眼的璀璨明珠，在琼岛大地闪闪发光。这群来自大山里的姑娘，以骄人的成绩惊艳了全世界的目光。琼中女足的励志故事迅速发酵，成为全社会关注的热点。

2016年，琼中女足获得"感动海南2015年十大年度人物""最美海南人"荣誉称号；2018年，获得"世界因你而美丽——2017—2018影响世界华人盛典"希望之星大奖；2019年，荣获"中国青年五四奖章集体"；2020年，入选海南"双百"人才团队；等等。

琼中女足以令人叹服的耀眼成绩，为中国、为海南捧回了一座座沉甸甸的奖杯，向全世界证明了中国少年足球的精神和实力。

全国上百家新闻媒体争相做了跟踪报道，主教练肖山多次登上央视和省台并接受记者采访。

在省、县两级政府的大力支持下，教育、文体等各部门高度重视琼中女足的可持续发展，全方位为琼中女足打造配套发展设施，开通各种绿色通道，全县已共建校园足球场 45 个，使得这支新火种呈燎原之势，迅速蔓延到琼中全县甚至全岛。

2016 年 3 月，肖山组建了琼中男足，悉心栽培青少年梯队。2020 年琼中男足与女足一道，包揽了海南省青少年足球联赛男女 U10 组冠军，琼中男足成了海南目前最好的一支男足队伍。

如今，琼中女足拥有运动员 272 名，教练员 20 名，其中外教 4 名；拥有高层次教练团队 17 人，其中领军人才 15 人，拔尖人才 2 人。

15 年来，琼中女足培养了 47 名国家一级运动员、93 名国家二级运动员、6 名国家队队员；6 名队员入选职业足球俱乐部；60 多名队员凭借足球特长升入大学，在毕业之后走上了更大的舞台。琼中女足顽强拼搏的精神，更是引发了国人对民族足球事业的关注和思考。

这群大山中成长的黎族女孩，正在用足球，改写着琼中、海南乃至中国的体育历程。她们在一次次的洗礼中，愈发鲜活坚韧，以更加顽强的姿态惊艳在国际赛场中。她们的血脉里流淌着黎族祖先顽强不屈的基因，她们向着自己的梦想一步步走近。在她们身上，那种让中国足球腾飞的梦想力量，那种永不放弃的坚韧力量，不正是中华民族生生不息、坚韧不拔的民族精神力量吗？

六

琼中县人口仅 20 多万人，刚刚完成贫困"脱帽"，可就是在这个曾经经济发展滞后、人口少的贫困县，为国家输送了那么多足球人才，创造出一个中国奇迹。这在中国足球史上也是罕见的。无论是利用足球发展自身，还是作为一张城市名片，琼中女足都是成功的。

无数的中国人把欣喜、赞叹、期待的目光投到了琼中女足身上。一个励志电影般的热血故事，把琼中女足训练中心变成了海南青少年励志教育基地，每年接待的参观人数不计其数。

对于琼中女足的成功，肖山有着非常清醒的认识。他说，海南本身是个包容的省份，也是一座移民的城。好的土壤，好的环境，必定是成功的基础。这是琼中女足取得成功的主要原因。

他希望把琼中女足的成功模式推广至全省乃至全国，带动更多的国内足球队崛起，共同促进这项运动的发展；希望组建以琼中女足为班底、接海南地气的女子职业足球俱乐部，借助"琼中女足"品牌，助力海南体育发展与自贸港建设；希望建立琼中足球城，发展壮大琼中文旅体育产业，推动海南文体事业的发展；希望将足球作为琼中的主导产业，逐渐形成产业链，使之成为当地黎族村民致富经济来源，带动琼中地方经济发展。

"这帮孩子就是海南足球的火种，我们的第一批队员中有5位已经回来成为教练员，反哺母校，带更小的梯队队员。如果我们教出来的队员，能一带十，十带百，海南足球就会处处开花，中国的足球梦想就会腾飞。我们的球队中，现在有200个球员，这200个小球员背后就是200个家庭，一个家庭背后又能影响一个村落，让这些有着古老传统观念的黎族村民相信，教育脱贫，足球脱贫，定能切断贫困代际传递，改变山里孩子的命运。这是琼中女足能回报给琼中的最好的东西。"

幸福疆界

◎ 邢永贵

早晨6点，两绺山岭框定的天空明亮。这明亮并非来自熹微的晨光，而是源于驻守西边天宇的那轮月亮。刚过去的一晚，由农历九月十七的圆月值守。一轮白玉盘从东山顶上移至西山之尖，清辉落满静谧村庄的山崖和密林、河流和道路、庄廓和农田。新的一天已经来到，月光渐弱，寄托着人们太多想象和情感的星球，正向东升的太阳移交这鸡飞狗跳羊咩牛哞蒸腾着生活气息的村庄，这山重水复中的小小世界。

巍巍祁连山由青海北部绵亘至东部，在大通河和湟水河流域突兀起一片山脉，这就是达坂山。仓家峡村就在达坂山南麓的山环水抱中酣眠。2018年12月14日，我以第三任省文联驻村第一书记的身份，住进这一方天赐之地。这是个纯藏族村，以人口规模来看只能算是中型村，164户、521人，2019年初建档立卡贫困户47户、149人。"喝一口村里的水，一个异乡人/在理论和事实上被双重接纳，化身为村里众生之一""他自此有了一百多个陌生名字组成的庞大亲友团"，适应工作期间，带着美好的遐想，我写出过这样的诗句。实际的情形是，我经历繁忙而琐碎的一年时间的磨合，才渐渐抵达"化身为村里众生之一"的状态。

我能猜得出，此时，每一户粉白墙壁上涂刷着深红色吉祥连环图样的小院里，一双双生茧子的大手，已往炉膛里添上了第一块燃煤。离家 10 里之外，留守在海拔 3000 米以上高山上的牧民，走出小屋走向草场去照看牛羊，俨然骄傲的将军去巡营。高山如大海，波动着牛羊，这是必须严控收支确保平衡的实体经济——每年有多少只犊羔出生，就会有数量相当的成年牛羊在此时集中出栏。朴素的生态哲学经一代代牧民的言传身教已植入群体记忆，烙印为自觉遵守的天然规则。2020 年是养殖业丰收之年，牛羊无病无灾，牧场风调雨顺，种植的青草也已收割运送储藏，而鲜肉的行情是如此之好：草膘白牦牛肉每斤价格最高达到 35 元，一头牛比往年要增收 1000~2000 元，而 35 斤左右的草膘尕尾巴羊在 8 月每只价格已达 1600 元。

仓家峡村民的心里，秋冬之交是最美好的时光，出栏时的劳累是最幸福的劳作。

10 万亩草场有多宽广，幸福的疆界就有多辽阔。1 万多只牛羊是游走在草场上的财富，冬虫夏草则是潜藏于大山地表下的希冀。幸福都是奋斗出来的，操劳的强度和获得的收入不断刷新着村民的幸福指数。

早晨 7 点起床，生好火炉，旺火上的水壶很快传出沸水喷到炉盘上的"刺溜"声。我和工作队队员、省文联同事秦鹏匆匆吃过简易早餐，8 点左右开始接续头一晚的工作——测算脱贫户第三季度收入。

脱贫攻坚的进度表上，仓家峡村"村退出、户脱贫"的目标于一年前实现。从2015年10月实施的精准扶贫，汇聚起政策、措施、资金、项目、组织、人心的万钧力量，熔融累年沉积的穷困坚冰，以"力拔山兮"之势拔除"穷根"，危旧房改造、安全饮用水、教育、医疗、低保兜底、产业扶贫、生态扶贫、定点帮扶……每一缕春风，每一滴甘霖，抚慰被命运和生活伤害过的人们的隐痛，在发展的前路上播撒了小康的种子，也在人心深处培植梦想和希冀。驻村第一天至今的689天里，我时时都在见证着这种变化，感触着新时代强劲的脉动。

　　一条开建于精准扶贫之始的柏油路，洞穿横亘在村庄北部的山岭，在脱贫攻坚之年通车。这条将加定镇扎隆沟、寿乐镇、碾伯镇共3镇14个村穿珠链一样连缀起来的公路，打通了乐都区上北山省级森林公园和互助县北山5A级景区，在高原森林深处新增了两条弧线优美的隧道、三座造型独特的大桥，自然美景与人造景观的完美契合，造就了新的景致。这条年轻的跨县公路迅速以"最美公路"的盛名跻身网红之列，手机导航地图迅速更新，醒目地注明了它的官方名称——扎碾公路。2020年10月1日，仓家峡村历史性地迎来了公交车通车，虽然对农民而言，去30公里之外的乐都城区的费用偏高——每人10元，但定时发车穿行在峡谷里的公交车，带给他们的便捷以及因此产生的惊喜已然超出10元钱的价值。仓家峡村的白牦牛肉和尕尾巴羊肉、上李家村的樱桃、新堡子村的大蒜、李家台村的辣椒、上衙门村的土鸡、对巴子村的长毛兔……多少农产品被慕名而来的游客沿着扎碾公路带向远方的城市。在县城读书的学生周五下午回家、周日下午返校的旅途由辗转的熬煎变为直达的欢欣。从我居住的小楼天天可以看到这样有趣的一幕：晨昏之际，在柏油路上漫步的牛羊会时不时逼停往来的车辆，一副"我的地盘我做主"的霸道总裁做派。一条大道能改变什么？昔日天堑，今朝通途，世代饱受"道阻且长"之苦的农民，永久告别了行路难的历史，"我要走出大山，去看外面的世界"这句曾在山谷里响起的歌声里的梦想，在今天瞬间即可实现。而更广更深的改变正在或即将发生……

　　危旧房屋改造完全可用成绩斐然来形容。持续10年的改造，土坯房、土木结构的房屋已成留在图片中的暗淡记忆，砖混结构的房屋竖起成为村庄端庄大气的崭新封面。我特别留意到，袁多杰才让、仓当拉两位长期在高山牧场居住的单身贫困户，2018年秋天在村庄中心地带有了属于自己的20平方米的住房。这是驻村工作队和村"两委"用危旧房改造补助款帮助他们修建起来的。2020年夏，随着93岁的仓美英老人等3户脱贫户、袁东主才让等3户一般户的新房竣工，全村每一户都有了符合标准的安全住房。接下来实施的居住条件改善项目，更是使村庄面貌为之一新：铺装保温层的墙壁雪白到顶，墙顶覆盖青灰色树脂瓦，墙壁四周和砖柱涂出一条深红色带状长条，最上面的深红色长条上等距排列一行金黄色圆月图案，墙壁的腰部涂有深红色吉祥连环图案与之呼应。这是按照统一规划和要求，为突出这个百年藏族村庄民族特色，以实现共性和个性相统一的一种努力。我走进过许多家庭的屋子，他们几乎都选择了相同的装修风格和摆设：客厅正面墙壁高处悬挂着伟人像，下面或稍偏一些往往会有一张布达拉宫的图片。铺设木地板的地面上，相对着摆放两列长条几和沙发，沙发是木质的，铺着栽绒毯子，靠背上点缀着五彩的藏式装饰。坐在敞亮的新房，抚摸着崭新的家具，四世同堂之家的曾祖母、全村岁数最大的老人仓美英换上了新衣服，在竖起大拇指的同时，对扶贫成效用一连串的"好"做出了评价；年过六旬的巴揩毛面对着驻村工作队和镇村干部连声感谢的同时流下了眼泪；许多名字叫多杰、才让的村民用不很流畅的汉语表达了最真诚的感激。每每看到这样的房屋布置，我都不由得陷入遐想：逢年过节，主客分两列面对面落座，享用奶茶和牦牛肉，酒酣之际离座载歌载舞，一定会让人产生穿越到草原帐篷议事大厅的感觉吧。一个小小的客厅，实际也是一种多元文化的聚集，既有对党发自肺腑的感恩，也流露出对历史文化的寄托。

变化不只是这些。我多次在饮水管道抢修现场驻足察看，曾与更换电网线路的工人交谈，也曾和村干部、村医结伴入户，查看过牛棚里的牛、草房里的饲草，用手捋平一张张医疗保险交费收据和报销单据，仔细浏览过贴在墙上的"三好学生"奖状。时光流逝中，不易察觉的变化逐渐聚集，最终量变引起质变，时代的篇章翻到了崭新一页。

10点钟，天气晴朗，我带着两位不到30岁的年轻人开始入户核实收入。他们是秦鹏和村文书仓应确扎喜——他要入户开展人口普查，同时兼司机、摄影之职。我入户也承担着扶贫之外的一项工作：采访。中国作家协会组织2020"中国一日·美好小康——中国作家在行动"全国作家联动大型文学主题实践活动，有多位作家从11月1日已经进驻要采访的脱贫村，今天要在全国各地同时开展采访，我作为青海省作家将采访这个青海东部藏族村庄的人们，记录脱贫攻坚带给它的沧桑巨变。

三社社长仓仁乾俄日的家建在东山坡，一处挂着五彩经幡的青杨林,居高临下俯瞰着这片称为"柳坡"的20户人家的村庄。一大早,他就请人宰杀了一只尕尾巴羊,这是乐都区客户的订单。我们上门时,仓仁乾俄日正准备把分解好装在袋子里的羊肉送往20公里外的县城。这种电话订单,这位养羊大户几天中总会接上一单。2015年被识别为贫困户时,他的家庭被疾病的阴影笼罩:他的母亲和妻子长年患病,他还要面对缺劳力、资金等一个接一个的困境。受益于大病报销、产业扶贫、互助资金、公益性岗位等扶贫措施,他走出了贫困的阴霾。喜事接连而至,家庭被评为"最美整洁家庭",他被评为"脱贫攻坚先进个人"并受到帮扶单位省文联表彰。他儿子仓才旦加措在拉萨一家饭店做厨师,收入稳定而可观,2018年娶了来自拉萨的藏族姑娘。幸福的阳光照亮了柳坡上的牧羊人家庭。2020年,脱贫后的他迈出了产业发展中最大的一次跨步:开办农家乐,让自家牧场的羊一出牧圈就可增加附加值。

在家门口的草坡上搭好五顶帐篷,摆上沙发和桌椅,支起煮羊肉的锅灶,仁乾农家乐——仓家峡村第一家由脱贫户开办的农家乐,在草地上开门迎客。产销一体农家乐也是吸纳劳动力的实体,脱贫户沈明元夫妇以合伙人的身份加入进来。那段时间我每天都能收到好消息:脱贫户袁铁头才郎与人合伙的农家乐在占台子附近的森林边上生火起灶,脱贫户仓冷支的农家乐对外承包⋯⋯盛夏时节,全村农家乐开了9家,其中7家是2020年当年新增,一个以旅游扶贫企业华锐风情园和多家农家乐组成的乡村旅游餐饮行业,悄然兴起在传统畜牧业一家独大的村庄,慕名前来的游客不再匆匆闪过,而是走进农家乐,或盘坐在树荫下,或漫步于草地间,品尝美食,观赏美景,充分享受假日的惬意时光。

在启动汽车往县城送货完成订单交易之前，仓仁乾俄日谦虚地交出了经营3个月的农家乐成绩单：销售羊50多只，这里面有自家的22只。

"那么收入呢？"

"收入可以呢，账我没有细算呗。"他搔着后脑勺，陷入窘迫之中。我知道，村民恪守着传统理念，对自己的收入一向都是不愿向外人说的。

"那我测算后的收入你认可不认可呢？"

"你算得对着呢，认可认可。"

下午1点，华锐风情园的停车场里，有几位客人下车进去吃饭。这家村旅游扶贫企业，每年为村集体经济增加5万元以上的收入，安置脱贫户不定期在此务工。这个建于森林和河流之间的扶贫点，曾经是村里的跑马滩，依靠国家投资的300万元资金建成，之后吸纳140多万元社会资金完善配套设施，2019年营业后，一直是绿荫深处最醒目的所在。而属于它的高光时刻，则是一年之后的盛夏时节。青海省文联依靠行业优势，汇集各方之力主办的首届仓家峡乡村文化旅游节，按村赛马会传统，在农历六月十二开幕，这一天，正逢8月1日。作为主会场的华锐风情园迎送游客高达10多万人次。大通河北岸甘肃省的藏族同胞带着祝福来了，山那边互助土族自治县的藏族歌舞队带着友谊来了，本镇土官沟村的歌舞队带着乡情来了，本村以在校生为主的歌舞队抱着学习的态度和成长的梦想来了！省文联的音乐家、舞蹈家的歌舞来了，书法家、画家、摄影家的作品来了，影视艺术家扛着设备来了，十里八乡的乡亲们拉着农产品来了，百里之外的游客怀着美好的心愿来了!

　　搭建着舞台的停车场内,摩肩接踵的人群中,身着节日盛装的藏族村民成为会场明星,游客纷纷拥上前,争相与他们拍照合影。色彩的河流,旋律的河流,文化的河流,欢乐的河流,在夏日的仓家峡竞相奔流。古老的村庄,在欢呼声中,向封闭告别,与开放携手,与沉寂作别,与文化结缘。

　　看着堵在路上蠕动的车流,谁能想到,两年前,这里还是一个不为外界所知的"世外桃源"?

　　脱贫攻坚的合力推动了大山深处村庄的巨变。其中有一支美丽的力量,可称之为省文联定点帮扶。

　　从2015年10月省文联党组书记、主席班果住进农家土炕,冬夜之冷让他睡不安稳,之后依"藏区、牧区、山区、林区、贫困地区"的村情定位制定帮扶规划之始,到2020年"国家扶贫日"这天,在温暖的房子里,班果与孩子考入吉林大学材料物理系的脱贫户本三旦畅谈,这中间已跨过五年时光。这是厚重的五年,省文联与仓家峡村"亲戚"关系越来越亲,从省城到山村的路走成了"热线",在高楼上班的干部和黑红脸膛的村民成了随时联系的亲人。

　　这里无法细述一个个真诚帮扶的故事,有村民记着,有岁月为证。只能引用一段资料,为这不凡的五年留下一个侧影:

　　　　省文联在定点帮扶五年间,依照"发展产业、文艺扶贫"的思路,发展农家乐、种植养殖业,推动形成以藏族民俗文化和自然生态相结合的文旅格局,拓展传统赛马会文化内涵,成功主办首届仓家峡乡村文化旅游节。

确定 80 多名干部与贫困户结对，开展"多对一"帮扶，将"三八""七一""国家扶贫日"确定为固定帮扶日，每年帮扶均在 4 次以上。先后派遣 3 批工作队驻村开展工作。机关党委、各支部与村党支部、村妇联、村小学开展党建和文化共建活动。捐赠乐器、演出服装、音响设备等价值 100 多万元。派出舞蹈、音乐、曲艺、文学、摄影、美术、书法、电影电视等门类文艺工作者 500 多人次，组织大型文艺演出 8 次，创作作品 500 余部（篇、幅），表彰村优秀党员、脱贫光荣户、脱贫攻坚先进个人、"好婆婆好媳妇"等 100 多人次。全村形成尊师重教、热爱文化的良好氛围，升入大专及以上院校学生逐年增多，民间文化活动蓬勃开展。

下午，主题实践活动还在继续：我走进了仓拉藏的养殖场，这个一年前刚脱贫的村民，与传统在牧场养殖牦牛不同的是，他购入 30 多头西门塔牛，集中繁育养殖，已经售出了 4 头牛犊，也就是说已经有 4 万元养殖业收入纳入他的总收入中。当阿拉毛措召拿着孩子从河南工业大学寄来的快递到驻村工作队办公室时，讲解大学生"雨露计划"帮扶政策知识成为我下午的工作内容。村里脱贫户家庭享受"雨露计划"的在校大中专生在 2020 年达到新的峰值——6 人。实际上本该还有 1 人，那就是李尔真的孩子，可惜的是她报的志愿滑档，与本科院校擦肩而过，不过，孩子已选择了在全区最好的一所高中复读，但愿明年夏天她梦想成真。

属于我的"中国一日·美好小康——中国作家在行动"全国作家联动大型文学主题实践活动结束，两个月之后，我的驻村岁

月也即将结束。在即将告别宽容待我、被我视为"第二老家"的仓家峡时,我是怎样的心境呢?应该是这样:

> 那一天从镜中看到双鬓忽生白发
> 有过那么一瞬的感慨,却已不再伤怀
> 透视过生活之苦,目光才会看得更远
> 日与夜、城与乡、得与失
> 对位与错位、奔波与驻留
> 他平静接受每一种反差
> 当他回到身份证上的家
> 才知道远方的乡村
> 已是他不能轻易割舍的故乡

金色光芒

◎蔡诗峰

时间总会有一种巧合。在我接到中国作家协会通知参加"中国一日·美好小康——中国作家在行动"全国作家联动大型文学主题实践活动，来到延边朝鲜族自治州龙井市老头沟镇太阳村的这一天是 2020 年 11 月 3 日。我把在采访中获得的照片、资料拿在手里翻看时，我发现 2017 年 11 月 3 日这一天发生的一件事，与我要采访的脱贫攻坚故事相关联。我将这件事用文字还原了当时的场景：

入冬之后，边疆小城图们市石岘镇河北村村委会门前的空地上，等候着来自永昌、水南等村的 220 名贫困村民们。虽然天有些冷，但他们心里充满了期待。延边州政府与吉林银行延边分行面向农村贫困人口的精准扶贫贷款"一张网"兜底扶贫保障机制首批养老保险工资卡发放仪式在这里举行。随后，银行的工作人员将用来取钱的"吉祥人生卡"陆续发放到了村民们的手里。村民们从宣传中懂得,这张卡里,从下个月开始就有钱打进来,以后每个月就可以像城里的人一样按时领养老金,老来的生活有保障了。这些女性满 60 岁、男性满 65 岁的建档立卡生活贫困的老人在拿到卡后,就欢快地跳起了朝鲜族舞蹈,有些老人还喊出"共产党好""新政策好""精准扶贫好"。

这情景,很像电影里农民翻身得解放时的场面。是啊,农民翻身得解放了,那是政治上的解放,身份上的解放。这次,是脱贫解困上的解放,是养老尊严上的解放,一样值得他们载歌载舞!这张小小的"吉祥人生卡"就是他们老有所依的保障,就是他们晚年幸福生活的保障!

延边朝鲜族自治州是中国朝鲜族最大的聚居地,也是革命老区、民族地区和边疆地区相叠加的贫困地区。全州八个县市当中,有三个是国家级的贫困县。全国脱贫攻坚的冲锋号吹响,延边州委、州政府将脱贫攻坚当成一场必胜的战役去战斗,派出了一批又一批的第一书记、驻村干部,引进了一项又一项的适合农村发展的项目。但对于人员分散在山高路远林密地少的深度贫困农村的老年人口,如何快速脱贫一直是一块"硬骨头"。结合当地实际,发挥金融优势,创新农村精准扶贫模式势在必行。由财政兜底,银行、保险参与的"一张网"兜底扶贫保障机制首批养老保险贷款顺势而出。吉林银行作为吉林省内最大的城商行,主动要求承担起自己的社会责任,与延边州政府达成精准扶贫贷款的协议,吹响了延边分行要在短时间内,面向多个县市、多个村屯数万名农村贫困人口发放扶贫贷款的冲锋号。我手中的一份资料是这样描述的：2017 年 10 月—2020 年 12 月 31 日，分行要对延边州内八县市的 2 万多名贫困人员办理扶贫贷款，其中，从 2017 年 10 月起至 2017 年年末要完成三个县市 14000 余笔贷款的发放。

延边分行在图们、龙井、汪清三个县市没有支行网点。在采访中，该行原个人信贷部的总经理徐海鹏介绍说，为了抢时间、抓进度，当时分行就从延吉市区支行及敦化市支行抽调人员，组成七个小组，即刻奔赴各个村屯入户调查，采集资料。分行的主管副行长随着采集队伍奔向村屯一线，分行个贷部负责人的足迹踏遍每个采集村屯，各支行的主管行长领着自己的小组走在前列，各组的客户经理也都克服困难，毫无怨言地投入采集信息的工作当中。

几年过去了，徐海鹏对当时大家奔赴各县市村屯采集信息的情景依然历历在目，清晰在心。他掰着手指头说起采集人员是如何克服困难的：王雪的孩子手指患有腱鞘炎，原计划是到长春的医院做手术的，但她要带领组员每天下乡入屯，只好推迟了孩子看病的时间；刘延民是一位年近 50 岁的老客户经理了，父亲因病常年在床，以前是他和弟弟每天轮换着照顾老人，为保证本组的采集任务按时完成，他只好委托弟弟每日照看父亲。在采集期间，刘延民的岳父又去世了，他帮着将岳父后事处理完后，又带队奔赴村屯采集。好几个年轻的女客户经理，都将刚断奶的孩子送到父母家，一周见不上孩子一面。甚至当年新入行的 12 名员工也推迟了到总行培训的时间，加入这场彻底消灭农村贫困人口精准扶贫贷款的战役当中。

我从采访到的几位客户经理的叙述里，描画出他们当时采集信息和办理业务的行走轨迹：每天早上 7 点不到，采集车队从延吉市出发，车辆迎着朝阳向乡村疾驰。乡村的道路弯弯曲曲，时而是泥，时而是雪，时而是冰；轿车过不去的地方，就坐手扶拖拉机。拖拉机没有篷盖，风从四面八方吹来，直往衣服脖子里灌，像示威似的；那一次，拖拉机行走在拐弯处翻了车，坐在前面的朝鲜族客户经理崔雄平时因踢足球，身手敏捷，机灵跳车，顺便将客户经理刘杨拉起来，而徐萍被倒扣在车斗下。几个人拥起车斗，拖出徐萍，还好没有损伤。大家揉揉磕碰疼痛的胳膊、腿连呼，好险！虽然受到惊吓，但他们没有后退——前面有水库，下了拖拉机，坐上摇橹小船，继续向前进。

在徐海鹏的印象里，最难忘的还是国家级贫困县的汪清县罗子沟镇。他们一行人晚上住在镇里的小旅店里，旅店里没有暖气，没有热水，没有热餐。他们到附近的小卖店买了些碗装方便面，请旅店烧些开水解决晚饭。房间不够，住办公室；床不够，就在两张床之间加一个木板，大家挤一挤。深夜，下着雨夹雪，旅店外，除了狗叫，还有附近山林里的狼嗥，直到12点，谁也难以入睡。采集人员下村屯，最难克服的事是上厕所。村屯里的厕所，是几块木板搭起来的，木板与木板之间露着大缝，立在室外的空地上，风从木板缝里吹进来，很有劲，上一趟厕所，身体会被风抽得生疼。采集小组当中的九位女客户经理，从小在温室里长大，从来就没有使用过这种近乎露天的土厕所，为了少上厕所只好不喝水，或尽量少喝水。

分行主管行长岳广军介绍了该项业务审批流程和在家审批人员的辛劳。他说，由于精准养老保险扶贫贷款的特殊性，分行向总行申请了特别授权，手续从简，流水线作业，并对信贷系统审批流程进行了调整，当地监管部门对该项扶贫金融产品的操作流程及时进行审核，给予肯定。从一线采集回来的资料，单位的业务办理小组通宵达旦地进行复核、审批。他们办公桌电脑的两边，垒起两座材料的山峰，拦住了窗边的日出与月落。一次，审批人仅点击同意两个字，就用了 7 个小时。为了配合当地政府，将国家精准扶贫政策落在实处，全行上上下下的工作人员也真是拼了。

时间被他们追赶的脚步推着前行，转眼到了年末。3 个月的时间里，分行进村采集小组起早贪黑，先后深入图们、龙井、汪清的 3 个县市 20 个镇、315 个村，采集了客户信息 12764 人；业务办理小组，加班加点整理客户资料、合同、借据等大量纸质材料，开立银行卡、录入客户基础信息及贷款信息。经过一线信息采集组和业务组无缝对接、前台、后台密切配合，业务流程精减，工作效率成倍增加，3 个月累计发放个人精准扶贫专项贷款 2101 笔。在有限的时间里，他们做着无限的努力。特别是那些年轻的客户经理，困难面前表现出了他们的活力与激情。没有什么困难是他们克服不了的！

在采访中，每一个客户经理表达出一个共同的感受：面对贫困家庭，能够帮着他们走出贫困，自己的灵魂像是经历了一场洗礼！

"每一个深度贫困的农村老年人口原因虽不尽相同，但大都摆脱不了或者是家里长期有病人，或者丧失劳动能力，或者上了岁数无力耕种，或者地少贫瘠种点儿粮食入不敷出的情况。"延边分行派到龙井市太阳村的驻村扶贫干部于绍平介绍说。分行朝鲜族客户经理李纯多次下乡入屯采集信息。李纯回忆说，在入户采集信息当中，最让人同情的是龙井市老头沟镇大马村刘凤玉。几年前，刘凤玉爱人因为三轮车交通事故意外身亡，使这个本就不富裕的家庭更加雪上加霜。她受到打击后，终日哭哭啼啼，变成了半痴半呆的状况。家里只有一个儿子，白天出去打工，晚上才能回来照顾她。驻村第一书记领着采集人员到她家时，她不说话，就坐在炕上哭。那天正好刘凤玉的姐姐从延吉市去看她，帮她擦着身子。那是夏天，刘凤玉的身上散发着一股难闻的气味。看着刘凤玉的样子，李纯的心里就像扎了一根刺一样难受。李纯心里想着，回去之后，第一个把刘凤玉的手续做完，让她尽快领取到养老金，让她的生活快快地好起来！

客户经理崔宇昕回忆说，有一户贫困老人叫范久贵，他的家在图们市长岭村的深山里。那山里只有他们一户人家。门前几片不规则的地里，种着苞米，因为土地贫瘠，苞米长得稀稀拉拉的。范久贵患有肺癌，他的媳妇有智力障碍，是地地道道的贫困户。采集完信息后，他的媳妇跟着银行工作人员的采集车在山路上走了很远，从车后窗采集人员能够看到他的媳妇一直在挥手。她可能是在盼望着这份养老金能给丈夫凑点儿看病的钱，或者可以给丈夫改善一下伙食吧。

一直在采集第一线的支行社区部负责人刘东面对采访时这样说，他印象最深的是龙井市老头沟镇龙水村一位叫陈贵的老人。陈贵患有精神疾病40多年，一直由其弟弟和弟媳妇照顾。陈贵的弟弟一家三代人住在农村的老旧房子里，家里仅有几亩旱地种着苞米，生活条件很不好。在这样的情况下，弟弟和弟媳一直很好地照顾着哥哥，不离弃，不嫌弃。采集组在陈贵的弟弟弟媳的带领下来到他住的低矮小房前，看到他家里连张桌子也没有，就在他家门前的树墩子上，让陈贵在采集信息表上按上指印。他的弟弟和弟媳感激不尽，在获得养老保险金之后，他们不仅能够更好地照顾哥哥，也多少能为他们家带来生活上的改善。

分行营业部是办理扶贫养老保险贷款的主力军，负责人姜天一回忆说，在大家办理的 2 万多名扶贫养老保险贷款当中，年龄最大的一位是龙井市的朝鲜族老人金淑子，当时她已经 101 岁了。但在她生命的最后时刻，也享受到了国家脱贫攻坚带来的温暖的阳光。在她临走之前，她对身边的人说，谢谢党和政府！汪清县春阳镇上屯村卧病在床的老人冯汉君，在采集信息后第二天就因病过世，临终前他带着满意的微笑。他对前去看望他的汪清县财经办工作人员说，他虽然没有得到钱，但他感到了国家没有放弃他！

现任分行零售信贷部总经理魏宇新介绍说，他带领信息采集组第二次到龙井市老头沟镇时，听到奋斗村妇女主任张主任这样说，他们村里享受着"一张网"的老人碰到一起就说，现在国家每月给他们这些干不动活、下不了地的老年人养老金，比儿女给得多啊。这样的话虽然有些粗，但说得纯朴，是心里话。张主任解释说，儿女有过得好的，有过得不好的，过得好的每个月给老人一两百元，过得不好的，连 50 元钱也拿不出来。办理"一张网"养老保险一个月养老金有 300 多元，完全能够保证两个老人的生活没问题。老人们当然高兴啊！

"脱贫攻坚，金融先行！积极配合延边朝鲜族自治州'一张网'兜底创新模式的脱贫攻坚战，是吉林银行的政治责任担当；吉林银行是吉林省内最大的区域性城商行，参与当地精准扶贫是吉林银行的社会责任担当！"吉林银行延边分行党委书记、行长张光华在回答媒体采访时这样说。

我拿到的报表数据显示：截至 2020 年 10 月末，吉林银行延边分行先后为延边州 335 个村建档立卡的 20497 名贫困人口办理了扶贫养老保险贷款 16.6397 亿元，为全州"啃"下了"贫中之贫、坚中之坚"的硬骨头，破解了农村"老弱病残"彻底脱贫解困的难题。

吉林银行扶贫养老保险贷款精准到位，让延边州贫困县市 2 万多名建档立卡的农村贫困人口彻底摆脱贫困，不再返贫，真正实现老有所依，过上了"不愁吃，不愁穿"的晚年幸福生活。

金达莱是延边朝鲜族自治州的州花，老百姓称它为英雄花和报春花。它常常在严冬之际孕蕾于枝头，给人以信心、希望和温暖。延边州政府和吉林银行延边分行在这个冬天，面向农村老年贫困人口开展的金融贷款精准扶贫，就是向无数个贫困村屯的无数个贫困老年村民，传递着党和国家精准扶贫政策带来的春天般的希望和温暖！他们将金融扶贫的光芒洒在了新时代的边疆大地上！

二龙山村的笑容

◎崔英春

一

"现在是2020年11月3日晚上9点。"大娘枕头旁边的"老人机"传来清脆的报时声。

小雪轻轻巧巧地跳上了炕,我也笨手笨脚地爬了上来,三个被窝是李素珍大娘早早铺好的,正顺顺溜溜地等着我们。

僵硬的脊背,酸疼的腰腿,放平,往炕上一贴,一股暖流踏踏实实地涌遍周身。奔波了一天,真是一份神奇的疗愈和贴心的犒赏啊!

小雪舒服地平躺着,对着房顶,轻轻地说:"真热乎呀!"这个学新闻的"90后"丫头叫解瑞雪,特别高兴跟我一起出来采访。

我发现枕边有一只手电筒,绿色的,拇指粗细,大娘说晚上起夜用得着。我侧过身,大娘白天穿的花棉袄盖在被子上,眼睛微闭着,慢声慢语地絮叨着,我能感觉到她细微的鼻息。小雪兴奋地翻身起来,轻轻趴在我肩膀上,眨着大眼睛听着,问着,想着。

大娘 19 岁嫁到村里，老伴去世早，她又替他多看到很多新鲜事儿。

房子是儿子给孙子新盖的，柜子是老辈人传下来的，花衣裳是闺女给买的，地上的小冰箱是孙子淘汰的，院里的玉米是新收的，肥鸡是春天抓的鸡崽儿养大的，外孙子念完书工作了，老儿子在外打工，过年能回。

年轻时熬过太多苦日子，没文化不识字，吃不饱。5 块钱，甚至两块钱，都能过个年。家家日子都那么穷，老伴治病还拉过"饥荒"。他走了大娘耍单了，好多年没有过日子的心。自打董书记来，还吃过粽子、月饼、元宵，常有公家人来串门了，来了都不空手，还给拿大米、豆油。

这是我的二龙山村之夜。在最贴近大地和泥土的农家热炕头上，我们的嗑，唠也唠不完……

二

此刻，我所在的位置是黑龙江省大庆市杜尔伯特蒙古族自治县连环湖边的一个小村庄。当我作为一名中国石油作家，接受这个"中国一日·美好小康——中国作家在行动"全国作家联动大型文学主题实践活动任务时兴奋不已，决定再访二龙山村。

与二龙山村结缘是在半个月前的国家扶贫日。我随大庆作家协会"走向我们的小康生活"采风团来过，回去总觉意犹未尽。那时秋高气爽，连环湖水波光旖旎，树叶正在变黄，接待我们的县文联主席、作家任青春不无遗憾地说，要是早几天来景色更美。其实，除了景色，我还想多听听这里的故事。

油箱加满了，笔记本电脑塞进双肩包了，在外住宿的生活必需品带齐了，万事俱备，只待天明了。

早上 8 点，小雪穿着粉色冲锋衣、套上厚棉裤有备而来。她把背包往后排座一放说："我还带了驾驶证，您要开累了，我来！"

出发了。让杜路很平坦，开着导航一路畅行，里程表显示 100 公里的时候，我们的车子进西屯了。西屯是村委会所在地，还有东屯，再远一点儿是半拉山屯，三个屯组成一个村儿。又是那面高扬的队旗稳稳地引我们进院，旗帜上，"大庆市第 50 组驻村工作队"一行字在风中猎猎抖动，像在招呼我们这场重逢。村委会到了。

一夜之间，气温骤降至零下五摄氏度，湖水冻出了冰碴儿，连环湖生出白边儿。再过几天，湖水将要一个冬天不再翻动了。叶子，铺在地上的多，挂在枝上的少了；大田里，还有小部分庄稼没收完，空气里凉丝丝的。驻村第一书记董洪涛的深蓝夹克衫也换成了暗红抓绒帽服了。

村子的辖区面积 5.6 万亩，耕地只有 1.65 万亩，其余是比耕地还大的水面，还有林地和草原。村里有 548 户，1244 人，常住人口仅有一多半，年轻人大都在外打工，更年轻的人，大都在外上学；有 41 户贫困户，一共 85 人，老的、病的、残的占了大多数。寻遍村子，壮劳力凤毛麟角。村里水面大，耕地少，又多盐碱地，世世代代靠天吃饭，守着一个"穷"字过日子。

三

一身书生气质的董洪涛，早早地出来迎接我们。三年前，他是大庆市一名机关干部。现在，他是二龙山村工作队队长、驻村第一书记。

站在村委会的走廊里，我就挪不动脚了。从东头到西头，满墙图文并茂的照片很吸引人。上次来时间紧，走马观花看得不细，这回可以"复习"了。

"这个是春节时候，我们组织市里的书法家们来给大伙儿写春联。你看，老大娘老大爷他们手里拿的福字，张张字体都不一样！商店里买不着，挺抢手。还可以'点题'，喜欢啥词儿就写啥词儿，现场写现场拿走！当时就是在这屋！"他往把西头的会议室一指。

他继续介绍："这个是我们村的爱心超市。东西可全了。"我看见旁边的门上贴着"爱心超市"四个字。

"这是我们组织贫困户打扫卫生，美化村容村貌，他们还能有点儿收入。老头老太太都出来了，靠劳动挣钱光荣，不能仰脸儿坐等。"

"这是疫情防控期间，我们工作队买元宵慰问一线卡口值班村民。也是那时候，队员小温帮助村民买粮、买菜、买日用品。老百姓可感动了。"

"这是村里顶着疫情忙备耕，省里农科院的专家到现场做技术指导。"

"这是我们村的桑葚园，正研究发展采摘经济，吸纳贫困户用工，多增加收入。"

"这是我上电视为二龙山小米代言。这是给老百姓发扶贫鹅。这是我们村合作社的色选机，有了它，可以把杂色小米挑出来，粮食能卖个好价钱。"

"这是七一上党课,后来又去慰问行动不便的老党员。"

……

董洪涛俨然一个"坐地户",介绍起村里发生的事,他信手拈来,如数家珍:党支部活动的,帮扶单位助力的,产业扶贫的,战"疫"故事的,志智双扶、移风易俗的……一时间,海量信息涌入,我边听边记边拍,恐怕漏掉什么。他笑着说:"这不算什么,上墙的只是从2019年6月到2020年6月发生的事,最近这小半年还有好多没上去呢!我是去年6月份来的,也算是来村工作一年的小盘点。"

我们挨个屋走。党群服务大厅搞得像城里的柜台似的,大窗户,宽敞明亮,瓷砖的台面儿白白净净,到处都红彤彤的。

正对着大门的党建文化墙,会议室的电子显示屏,看起来都很高级。

村委会办公室、会计室、妇联办公室、图书角、工作队办公室……

到工作队寝室,我停住了脚步。两张木板床,一张简易铁床,被子卷着。桌上摆着一排简易包装的方便面,比我上次来少了几袋。我开玩笑地问:"你真吃方便面啊?"董洪涛噌地一下从床底拽出一个纸箱子,半箱铜钱桥榨菜。"我这都是批发的。一买就是一箱。一忙起来,没时间正经做饭。"城市里长大的小雪姑娘,小嘴巴张成"O"的样子,表示惊讶。

厨房把东山,温度最低,脱了外套站一会儿,就感觉凉风往毛衣里钻。我看见了那个烧煤的土锅炉。它的任务是给村委会取暖。上次来的时候,女作家王红对挂在旁边的一大一小两个铁炉钩子很是感慨。她说这个东西都多少年没见过了!

"火不好点,来了也是现学现用,捅咕一晚上炉子,早上的吐痰都是黑的,灰头土脸太正常了!"说起去年冬天的日子,董洪涛一乐,"晚上睡觉前看一遍,半夜得起来再看看,火要灭了,这一宿可就冻成冰棍了。今年冬天好过了,马上换电锅炉了。很知足了,很知足了。"

四

家里来人了,红脸膛的汉子李明德定定地站在院子里看着我们进院。他裹着一件军绿色小棉袄,抄着手,点点头,憨笑着迎我们进屋。炕上躺着他的父亲,94岁的李清海。门口摆着一把椅子改成的便桶。老人已半身不遂20多年。

李清海听见动静,艰难地坐起来。他并不记得10天前有人救过他。那天正是重阳节,董洪涛带着书法家们来慰问,发现老人掉在地上,怎么也起不来。几个人一使劲儿把他抬上了炕。当时,李明德下地收庄稼还没回来,邻居来正好看见这一幕。

李明德说7月1日那天,他老爹挺高兴。这么大岁数,破天荒地穿上了通红通红的文化衫,还戴上了党员徽章,跟党旗合影。65年党龄了,特别的日子,特别的光荣。

桌上摆着一幅老人的照片,装上了大相框。五一前拍的。头发还是那么短,衣服还是身上这件灰毛衣,两排门牙还是东倒西歪着。人老了,几个月也没什么变化,老人把"自己"抱在怀里,嘴角一咧,是乐了。

李明德送我们出门,一群干干净净的大白鹅嘎嘎嘎叫成一片,好像也要送送客人。

主人说:"今年发的鹅苗好,个个硬实,27只活了17只,你看长得多白净!"

小雪歪着头问:"冬天要进窝里吗?不冷吗?"

"人家大鹅不怕冷,身上穿的可是纯羽绒啊!"董书记的回答,引起我们一阵哈哈大笑。笼子里好几十只公鸡母鸡,抖着通红通红的鸡冠子,好像也跟着笑了。

院子特别大。鸡、鸭、鹅都有独立空间,狗在门口拴着。东边儿是金山一样的玉米。西边儿是一台巨人一样的脱粒机。他说,儿子会使这玩意儿。除了自己家用,还能收点儿加工费挣钱。

"鸡鸭鹅都不卖,不差那几个钱儿。到冬天都炖了吃,铁锅炖大鹅,下酒,那才香呢!馋了就吃,想吃就吃!"

五

降温了。董洪涛说,现在老百姓盼着天再冷点儿,把湖冻上就好了。这个愿望,我和小雪听得诧异。

我们看湖水看的是湖水好美,而董洪涛和村"两委"忧心的是一年一年的防汛。

村里有延绵三四千米的水岸线。就在十天前,连环湖上游排水,河堤告急。工作队、村"两委"发动一场护堤行动。

那天晚上五点半。乡路上两辆小货车奋力奔驰,车灯把黑夜坚定地劈出一道刺眼的白扇面,一路向东北,上214省道,进让杜公路,奔北一路,朝着萨政路开去。一个半小时后,进入大庆市区。

车上的董洪涛眉头紧锁,不停地看手机信息,一边与外面联系，一边嘱咐开车的村支书姚海彪注意安全，又和后车的队员包杨、温守民电话沟通，商量明天上午的会战。

险情是下午四点多村干部巡查水情时发现的。一夜之间，湖水漫上来，村东的一排树看起来好像突然矮了一截。水舌一下下把土地舔得松软，又贪婪地觊觎着老百姓家的柴火垛、厕所、院子，堤上、岸上有几处已裂开拇指粗的缝口。

情况危急，全县防汛物资已全部发完，没有"硬核"物资，谈何防汛？董洪涛再次开启"托人找关系"模式，多方求援，"硬核"防汛物资终于有了着落。为自己从来磨不开面子求人的董洪涛，扶贫3年，把所有能麻烦的亲朋都麻烦了个遍。他决定连夜回城运防汛物资。两辆赶来支援的货车，一时间八轮飞驰，恨不得插上翅膀飞出一百公里去。

正值农忙，防汛人力不足。董洪涛、姚海彪立即以驻村工作队和村"两委"的名义，向县疾控中心和农机总站两家帮扶单位发出请求。同时，他们在微信群里喊话，在村子大喇叭里广播，向全体村民发出"保卫家园"动员令。

"你看，那天干活的铁锹，都在这屋。"整个下午，人都在堤上，大风呼呼的。

19点15分，到大庆装货完毕。两辆车满载1000平方米防汛专用彩条布和5000条编织袋，掉头往村里飞奔。

霓虹闪烁，车从东风新村学伟大街穿过，姚海彪忍不住收了一脚油门说："董书记，这不是到你家了吗？"董洪涛心里一沉，摆摆手道："走吧！"

唰地一下，车子从他家小区驶过。这是他熟悉得不能再熟悉的地方了。阳台上即将盛开的君子兰，窗帘上的花纹，还有亲爱的爱人,她已经睡着了吧?车子,悄无声息地走远了。车里,一阵沉默。

21点10分,到县里。一人一盘饺子,这是当天的"晚饭"。

22点05分,到村卸车完毕。"搬运工"董洪涛的动作太急太猛,前几天干活刚崴的左脚踝旧伤复发,一阵钻心的疼。对于他来说,为了村里的事儿,这样的奔波有很多。

六

推开李素珍大娘家院门的时候,她正坐在小院里搓苞米。大娘对董洪涛很熟,虽然眼睛不好,但是看身形就能认出来是他来了。

端午节,董书记拎来一份粽子,他自己花钱买的。大红枣馅的,50份。他挨家给贫困户送去,特意给她留一盒。老人左看右看,不知怎么个吃法。董洪涛心里一阵难过。

董书记来得更勤了。屋里电线凌乱,他给换电线;下雨了,他给抱几捆干柴火;从家回来,他翻出包里爱人给带的熟食给大娘送去;早上扫村委会的院子,他顺便把老人的院子也给划拉干净……

大娘告诉我,身上的毛衣是董书记送的,保温杯、暖手宝,还有一个新塑料盆都没舍得用呢,也是工作队给的。疫情紧的时候,他更是嘱咐了又嘱咐:"大娘啊,您别出门,缺啥少啥跟我说。"不光说,他真的把吃的喝的用的都给大娘备足了。

大娘喜欢看红旗下的热闹。春天的时候,县医院的"白大褂"来了,给量血压、测血糖,不出村就能检查身体,还给发药。

4月份，贫困户端着纸箱子、排着大队，来领扶贫鸡雏儿、扶贫鹅苗。一只只刚破壳的小鸡小鹅，黄嫩嫩、毛茸茸的，看着喜人。一年都不常见的老少爷儿们、婆子媳妇、小娃娃都出现了，那场面，跟过年似的。

腊月小年儿前，董书记还给大娘送来了他亲自写的春联和福字。听说他在林甸也给大伙儿写春联，年年写，写了三年了。

大娘说，他不光对她好，对谁都好。东屯的邹本维得了白血病，疫情防控期间病加重了，血库里都没有血，献血的都少了。他一撸胳膊，让先抽自己的血。那可是救命的血。

市里大机关的领导来了，县里、市里电视台记者来了，写文章的作家们也来了，书法家也来了。他把小板凳搬到人家院子里，到家门口讲《民法典》，告诉大伙儿离婚咋办、打官司咋办，要守法，遇事找法，解决问题靠法。

七

一个胖胖的、笑眯眯的女同志进来打招呼。董书记说，她跟张家学"张工"是一家的。

51岁的张家学，心灵手巧，董书记一喊他"张工"，他就乐不可支。他的好事儿跟那台宝贝色选机有关。色选机是董洪涛给村里引进的第一个大物件儿。这东西神奇，稻谷从里面过一遍，就能挑出杂粒来。原来一斤卖八块钱的小米儿，现在能卖十块钱。

村里的沙壤土层深厚，适合谷子生长，但谷粒有杂质，总是卖不上好价钱。董洪涛一进村，就把这事儿放在心里，6月份来的，9月份就把这事儿给办成了。正好秋收就用上了。15万元，对于村民来说是个天价，做梦都不敢想。周边地区都没有，整个县里就这一台。个别村有的，也是很小的，这台个儿大，加工能力强。

机器成了村里的宝贝疙瘩。不光村里受益，十里八乡的也来加工，村里多收入一笔加工费，镇党委书记连声感谢工作队董书记，说他可给村里办了件大好事儿。

上个月，齐齐哈尔某地特意来人把张家学给请去了——有机器不会用，想让张师傅给教教。村主任、镇长亲自来请，车接车送，好吃好喝好招待，临走还给了3000元。这老张成大拿了！

一到秋天，销售小米就成了重头戏，驻村工作队和村"两委"干部都成了二龙山小米的义务推销员。春节前后，一下子销售30000斤，村集体经济壮大了，大河涨水小河满，把30%的利润给贫困户分红，每家平均增收1000多元。卖完回家一数钱，大家都乐了："有这么个合作社，俩月挣了2000多元。"

现在，这台宝贝机器就在村委会后面的合作社里藏着呢，马上秋收完，就要开足马力挣钱了。我好像看见了"张工"们脸上的笑容。

董洪涛介绍说，这几年，市里、县里的大企业、小企业帮村里打了76眼抗旱的小井。村里有了碾米机、制糁机、烘干机，还有那台色选机。2500亩的桑树园，也慢慢规划着搞起了采摘基地，吸纳5户贫困户就业，每户年增收1000元以上。他又说，还不够，还要加油。

八

我看见队员小温和小包的时候，完全没有陌生感。他俩的照片，常上工作队的公众号，事迹也听董书记说过。那天的护堤防汛会战，他俩都参加了。

那天早上大堤上特别冷。冲在最前面的是董洪涛、姚海彪，是工作队队员和村"两委"干部。两家帮扶单位的干部从县里赶来了，村里党员、群众，男女老少来了100多人。

县疾控中心的几名女同志帮着撑编织袋；贫困户李全德、周国春前一天下午就开着自家农用车备土方，忙到晚上也不吭一声；村支书姚海彪和村干部李兴会穿上水袜，下到齐腰深的水里探查险情。

村民李可义还记得，那天他跟董书记两人一伙儿装土。两人边干活儿边唠嗑。他说："董书记啊，你可是市里大干部，这么重的体力活，能受得了不？"董洪涛光笑，也不说啥。

一场酣战结束，大堤安然无恙。党旗，映在湖面，也映红村庄。

九

我走进会议室，想象着这几年这屋子里人头攒动的景象：开会，组织党员学习，发春联，发捐赠衣物，搞各种活动。

很多主题党日活动让人难忘，如过"政治生日""与国旗合个影""不忘初心、牢记使命"主题教育。十名在外务工的流动党员，全部收到支部寄送的"红色快递"学习资料，两名有病在身行动不便的党员，支部给"吃小灶"。董书记讲的党课叫作《农村党员如何做到"不忘初心、牢记使命"》。

今年党支部新吸收了一个预备党员，是跑出租车的小伙子于连有。他家是贫困户。他说，这几年赶上政策好，他家得到了工作队和村里的救济，得到了党和国家的救济，他也想入党，入党好做更多的事。

十

笑容像花儿一样，簇拥在一家家的新房子前。刚刚脱贫的村民被一份来自春天的礼物乐晕了。

在李清海家见过的大相框，我又在很多人家见到了。贫困户于德林夫妻站在正在盖的新房子前面，摄影师问："日子，甜不甜？""甜！"两口子脸上乐开了花。

贫困户毛俊峰，对着摄影师的镜头有些羞涩。长这么大，除了结婚照过一次相，他这辈子都没有这么正儿八经地照过相。老了老了，还赶时髦了！

孤寡老人是单人照，宝贝和妈妈是亲密照，一家三代照的是"小团圆"。有的人如大病初愈，表情上有如释重负的味道。

驻村工作队邀请摄影家背着专业相机来给大家拍照片。41户85口人，到2019年年底全部脱贫，太值得留个纪念了！

董德军的媳妇见到我们就哭了："他才走40多天，说没就没了。"说着转身从里屋取出一张全家福大照片，指给我们看，"这是董书记他们给照的，你看，我家那人多精神！我俩，我姑娘，两个孙女，这笑的！"忍不住眼圈又红了。

董洪涛心情有些沉重。这个老董多才多艺，会拉二胡，会扭秧歌，是村里的文艺骨干。他和另一个贫困户合作练了一支曲子，还在微信里发过来让董洪涛听，就盼着有个大音响，上台演节目效果好。董洪涛千方百计弄到了音响，可他却走了。

"他就喜欢你们过七一给党员发的大红背心,上面印着党徽。那时候他的病已经挺重了,为鼓励他,董书记破例给他发了一件。他喜欢得不行。临走,我把那红背心给他带走了……"

"谢谢董书记,给我们留下了这全家福。看看,就好像他还活着。"她擦了把眼泪。

董洪涛那辆蓝色自行车,安静地在厨房一角歇着。春天的时候,村里几户危房改造,他骑着车一家一家地走。看新房一点点地起来,直到浇筑房梁了,马上搬新居了。

咔嚓!咔嚓!一张张红脸、白脸、白发、黑发、深皱纹、浅皱纹、嫩皮肤、粗皮肤、双眼皮、单眼皮,全都给收到镜头里。每张照片都印着八个字:脱贫光荣,最美笑容。

要最美的笑容,也要最久的笑容。住在东屯的徐连江,患有糖尿病综合征。住在半拉山屯的徐殿柱,智力缺陷外加身体残疾,生活只能半自理。住在西屯的张国才,智力有缺陷,耕地又偏少,还在供女儿念初三。住在东屯的邹本维得了大病,今年一直住着院。对这四户,还要盯住,关键时刻要拉一把。

村集体经济"造血功能"有起色,原来的贫困户成了"工薪族",搞环境卫生,干公益岗,也算是有了一份工作。奔富裕,谁家也别落下。

十一

家家户户董洪涛都很熟,贫困户家更是出出进进不知多少遍。他是在2019年初夏,玉米正要拔节时来的。村民们很快就认识了他,听说他还是小有名气的书法家,还听说他是在林甸县驻村两年又来这儿的。别的扶贫干部到期归队,他却选择留下来继续战斗。这样的情况,在全市近百名扶贫干部中,不超过 10 人。

每天清晨,董洪涛都早早起床,沿着湖边大堤走走。他的左手边是一望无际的西葫芦泡,右手边是宽阔的大田。

他脚上是一双普通休闲鞋,紧贴着田埂,紧挨着泥土。驻村三年,西装、皮鞋早已收在柜子里。他喜欢自己现在"村里人"的样子。他做了几次深呼吸,眼看着春生,夏长,秋收,冬藏,村庄正一轮轮发生着蜕变。

他的腰间拴着钥匙,笑言自从他来村里就省了一个打更的,而村民们都知道,这免费"更夫"在一刻不停地操心着他们愁啥、缺啥、想啥、念啥。

梦想很多,那就一个一个去实现。

10 条巷道都是新的了。雨天出门,鞋底下也不会沾一脚大泥巴了。走夜路,有路灯照亮,一盏、两盏、三盏,一共三十七盏,从西屯亮到东屯,再亮到半拉山屯,再不是漆黑一片了。

水泥路,通了。广播电视,通了。电,通了。宽带,入户了。泥草房绝迹了,住房安全了,喝水也安全了,上学有保障了,医疗有保险了……

村里,有卫生室了,卫生室里有医生了;有文化活动广场了,广场上有活动了。书画下乡,健康义诊,扭大秧歌,活动一场接着一场……

采访中,董洪涛接了个电话——是另一位驻村书记找他讨教。县里新安排了一项任务,问他有什么好点子。我的目光又停在那面图片墙上。2020 年 5 月 12 日,连环湖镇脱贫攻坚村级交流观摩会在二龙山召开。镇党委主要领导,镇各包村领导,9 个村的党支部书记、扶贫专干，各村工作队全体成员 50 多人都来了。很多人对董洪涛做的业务指导和经验交流印象深刻。

驻村三年，董洪涛连续两年被推荐为全国脱贫攻坚奖候选人，还当上了杜尔伯特蒙古族自治县"最美第一书记"，工作队队员包杨、温守民当上了"最美驻村干部"。

晚上还有一个小插曲。李素珍大娘和她 55 岁的大闺女张娟先后两次来村委会。黑瘦黑瘦的张娟每天凌晨两三点钟起来干活，平时一分钱掰成两半花的她，听说村里来客人了，毫不犹豫地买了满满一大包吃的、喝的，还特意杀了大娘家一只鸡让我们吃。我们坚决不收把她送回了家，她眼里含泪，多次哽咽："你们对我妈好，我不知道咋报答。"

夏天的一个周末，董洪涛特意开车回大庆市里，把母亲、岳父母、媳妇、女儿都给拉来二龙山了。他特想让家人来看看。

他 47 岁了，这几年白发猛增。肾结石犯了又犯，左脚踝仍然隐隐作痛，书法技艺生疏了，回去看母亲的次数少了很多，夜夜跟妻子远隔百里，偶尔对着从宿舍窗前溜达出来的一只黄鼠狼发呆。

2020 年 11 月 3 日的月亮悄悄爬上来。董洪涛办公室的灯还亮着，这是他驻村的第 1143 个晚上。夜空深邃，偶尔传来几声犬吠，乡亲们正枕着日渐稠密的笑容入眠。

走进"铁路小镇"

◎赵克红

烈日下的伊河,清丽而静谧,用碧绿色的凉意滋养着近旁的新南村。这里是河南省栾川县境内的"新南水岸·铁路小镇"。在靠近岸边的村庄广场上,一列绿皮火车仿佛即将鸣响汽笛、启程而去,与周边古朴、整齐的民房组合在一起,构成了一幅令人陶醉的"铁路小镇"图画。

新南村是栾川县的一个普通小山村。这里并不通火车,却在2019年冬天建起了这座"铁路小镇"。"铁路小镇"有许多铁路元素:车站站牌、停靠的列车、闪烁的红绿灯、枕木和石砟铺就的山间小路……这些与列车运行无关,却关系着新南村千余村民脱贫致富的大事。

新南村是中国铁路郑州局集团有限公司的定点帮扶村,"铁路小镇"是为新南村量身打造的扶贫项目。围绕这个项目,除了打造铁路景观以外,还改造了农家宾馆,村里建起"列车车厢咖啡厅"、农副产品展销厅和游客接待中心,吸引人们到这里休闲度假。特色乡村旅游让新南村的面貌大为改观。

我在新南村认识了村民贺双丽。2014年贺双丽从外乡嫁到新南村，丈夫聂世浩自幼失去双亲，家境贫寒。两口子都是有上进心的人，决心靠自己的双手改变现状。然而，从开办养鸡场到外出打工，几年下来，家里的窘困不但没有改变，还背上了不少外债。贺双丽这个原本爱说爱笑的人，因此变得沉默寡言。

贺双丽的困境，正是全县很多贫困家庭境况的缩影。栾川县位于伏牛山腹地，山高沟深，交通不畅，发展滞后，农业基础薄弱，是国家扶贫开发工作重点县。要想让村民脱贫致富，还需因地制宜发展产业项目，解决村民的就业问题。新南村环境幽静，这几年很多知名景区游客拥挤，城里人转而喜欢到僻静的乡村来。一番调研商议之后，在山沟里建"铁路小镇"这个大胆的构想应运而生。

用来装点"铁路小镇"的火车运到山里那天，整个新南村都沸腾了，十里八村的乡亲们也都兴奋不已。聂世浩70多岁的爷爷一辈子没有见过火车，自打火车运来，每天都要高兴地围着火车车厢转上一圈。

在县城打工的贺双丽回到村里，看到村里修好了公路，建好了拦水坝，改善了居住环境，很多邻居都纷纷把房子改造成了气派的农家宾馆，她马上也决定改造自家的房屋。"人家铁路上给咱解决了后顾之忧，咱也不能落后！"贺双丽说。

2019年初，贺双丽拿出夫妻俩打工挣的钱，加上帮扶资金，按照村里的统一规划，在自家的宅基地上翻盖了一栋两层小楼，装修了三间客房，当年7—9月就赚了2万多元。丈夫聂世浩去年年底也辞掉了外面的工作，回来专心与她一起经营农家宾馆。一家人团聚在一起，年迈的爷爷也得到了照顾。

如今，新南村已建起了八十九户农家宾馆。又整合水上乐园、火车咖啡厅、风味餐厅等村集体产业，成立了旅游开发公司，将所有农家宾馆进行统一管理经营。仅2020年一个暑假，新南村旅游综合收入就超过了100万元。

听着村民们的欢声笑语，看着众多游人在"铁路小镇"上尽情享受惬意时光，我知道，群山之中，一支支优秀的扶贫队伍正默默挥洒着汗水，为这片土地创造更多的希望。

情 系 苍 土

◎ 邵　悦

  中国作家协会组织 2020 "中国一日·美好小康——中国作家在行动"全国作家联动大型文学主题实践活动，邵悦作为中国煤矿行业作家参加了此项活动，于 2020 年 11 月 3 日，再次下沉到辽宁省铁法能源公司扶贫的阜新蒙古族自治县苍土乡东苍土村。持续三年多的脱贫攻坚战，使东苍土村山乡巨变，从贫穷落后走向美好小康。

——题记

一

  脚上沾了多少东苍土村的泥土，心中就沉淀了多少东苍土情结。

  2018 年，3 月。

  北方的早春乍暖还寒，寒风凛冽刺骨，天空灰蒙蒙的，大地苍茫茫的一片荒凉，一切似乎都还在冬天里沉睡着。

从车站通往阜蒙县苍土乡东苍土村的一条土路上，一辆电动车艰难而行。雨水混着融化的雪水使土路泥泞不堪，车轮轧过坑坑洼洼的积水，时不时溅起半米高的泥水点子，打在四处漏风的车篷上，车子走不了多远就要停下一会儿，车手下车用树棍抠一抠淤积在车轮里的泥巴。"农村的土路就是难走，不比你们城里宽敞的柏油马路。"车手边抠泥巴边粗门大嗓地说着。听得出来，话外有音。坐在电动车后座的中年男子没有搭话，他从帆布车篷嵌着的小窗户向外望去，道路两旁辽阔的黑土地，散发着一股一股浓重的乡土气息，预示着东苍土村脚下肥沃深厚的底蕴。他深知浩浩荡荡的春风正吹拂着这片苍天厚土。

看着眼前泥泞破烂的路况，他心想，飞速发展的新时代，还有这么烂的路？难怪村子贫穷。这条路真该修了。

这男子就是袁建国，是辽宁省铁法能源公司首批下派到农村任职的驻村干部，身份是阜蒙县苍土乡东苍土村第一书记，那天到任。

东苍土村隶属辽宁省阜新蒙古族自治县苍土乡，也是苍土乡所在地，辖区面积8922亩，耕地面积6420亩。村部所辖4个小组，485户，1610口人；党支部下设4个党小组，共有56名党员。村民以种植玉米、花生等农作物为生，传统守旧的农耕方式，注定了村民僵化落后的思维，也注定了村庄落后贫困的现状，与新时代的列车脱节了。

村部办公地点是利用原有学校改建的，办公设施简陋。村委会无法解决冬天取暖问题，就把袁建国的住所安置在乡政府办公楼里，就当地情况来说，他的居住环境算是极好的了。

到东苍土村后，从不失眠的袁建国一连几个晚上睡不着觉，躺在寝室硬邦邦的木板床上辗转反侧，白天入户走访看到的情景一幕一幕在脑海里回放：村民一张张憨厚却暗淡无光的脸，没有一样家具的简陋平房，长年偎在土炕上老弱病残的男男女女，衣衫不整的孩子……袁建国不敢看乡亲们一双双热切、渴望的眼神，他清楚地知道那些渴望的目光里包含的是什么，想要的是什么。要彻底改变他们贫困的生活现状，得做多少事啊！他默默地对自己说："在脱贫攻坚这场举国大战中，我是千军万马中的一名战士，既然披上了东苍土村脱贫攻坚驻村第一书记的战袍，就不会把挂职当调色板，东苍土村也不是我升官的跳板。我要跟村民一起撸起袖子加油干，东苍土村不变样，我不走。"

不到三个月，袁建国就走遍了全村 485 户人家。走访过程中，大多数村民都积极配合，问什么说什么，遇到爱说的热心人，不问也说个没完。正好借此机会对全村贫困户彻底筛查一遍，对建档立卡 14 户（37 人）贫困户的家庭成员、房屋、贫困原因、脱贫发展意愿等情况进行详细调查核实，有的放矢地实施精准帮扶。挨家挨户走访，拉近了驻村第一书记与村民间的距离，也消除了彼此间的陌生感，为下一步工作的顺利开展做了铺垫。乡亲们每次看到那个挂着满面笑容走街入户的身影，都会高兴地迎上去喊一声"袁书记来了"。

二

贫困，像一扇沉重的门，关闭起来，门里便昏暗和阴冷；打开它，门外明媚的阳光就会照遍每个阴暗的角落。

走访期间，袁建国推开了这一道道沉重的门。他了解到，81岁的滕淑珍是东苍土村建档立卡的贫困户之一。老人已年老体衰，身边不但没人照顾，还要照顾53岁、患有精神病的儿子陈庆海。袁建国环视着破旧不堪的土坯房，一阵大风就能刮倒，这一老一残的生命安全随时受到威胁，忍不住内心泛起一阵阵酸楚，这个问题必须尽快解决。回村部后，袁建国多次与村干部们沟通商量解决办法，又向乡领导汇报了情况。在驻乡第一副书记李志辉的陪同下，乡党委书记牛立超亲自来到滕淑珍家查看情况，当即召集相关部门负责人，在滕淑珍家里召开现场会。经与会人员商讨，决定由乡政府出资为滕淑珍翻建新房，三天内必需动工。

滕淑珍听到这个决定，感动得颤颤巍巍地拉住袁书记的手，两行老泪流过皱纹密布的脸颊，哽咽着说："感谢党！感谢政府！感谢你们这些好心人啊！党有你们这样的好干部，我老婆子什么都不用担心了，也什么都不怕了。"衣衫褴褛的陈庆海在一旁默不作声，恍惚的眼神里流露出善意的友好。

再次去滕淑珍家，袁建国给陈庆海带来崭新的衣服。平时不说话的他突然憨声憨气地说："穿俺的衣服习惯了，俺不爱穿别人的衣服。"随后，把那新衣服紧紧抱在怀里。后来袁建国多次去他们家，发现他一直穿着原来那件破旧且脏得发亮的衣服，怀里却紧紧抱着那件新衣服，像抱着他的救世主一样不肯放手。

贫穷，让一个农民也会变得深沉起来。11月的北方已步入寒冬，袁建国再次来看望孤寡老人王化明，贫困、寒冷让这个57岁不老不小的男人变得少言寡语。房屋窗户四处漏风，屋里地上水盆里的水冻出了冰碴儿。袁建国见状立刻回村部找来几个帮手为王化明家里安装了地炉子生火取暖，用防寒塑料布把窗户钉好，又把崭新的棉衣送到王化明手上。多年习惯了沉默的王化明激动地说:"感谢党和政府,感谢你们这些焦裕禄似的好干部,这回天再冷俺也不用担心了!"

第二天一早,袁建国想再看看这个没儿没女的孤寡老人屋子暖和了没有,一进房门,一股热气扑面而来,袁建国心里甚是欣慰。准备转身离开时,王化明一把拽住他的衣袖,指着墙上说:"袁书记你看,这是俺写的诗,看看写得好不好?"

袁建国定睛一看,粘满旧报纸和画报的墙上贴了张黄表纸,上面七扭八歪地写着一首打油诗,题目是《赞》:"十一月凉兮兮/帮贫济困送棉衣/精制细做衣帽合体/穿在身上暖在心里/——感谢下乡入驻焦裕禄似的好干部"。瞬间,一股暖流涌上袁建国的心头。身为一名驻村干部,只是为村民尽了点儿义务,做了点儿好事,办了点儿实事,就得到如此高的评价,他感觉付出的所有辛苦都值了。

73岁的刘凤霞带着54岁的智障儿子刘贵,靠种地和捡拾破烂维持生计。与土坷垃打一辈子交道的老妇人,半个多世纪的艰苦岁月,磨炼出坚忍顽强的意志、淳朴善良的性格,生活虽然拮据,却从不给村部找任何麻烦。袁建国和乡第一副书记李志辉每次到她家走访,都顺便给他们带去一些日常用品和吃的东西。问到刘凤霞还有什么需要时,她总是摆摆手笑着说:"不需要,都挺好的,你们对我也挺好,我没什么需要的……"那笑容里,现出饱经沧桑的褶皱。

铁法能源公司领导看到东苍土村简陋的村委会实在无法正常开展党务活动,专门拨付1万元特殊党费修缮了党群活动中心。经村委会研究,决定把拆下来的废旧塑钢窗给刘凤霞家卖破烂儿,也算帮她增加点儿生活费。她的儿子刘贵来取废窗时，看到袁书记正在收拾打扫村部院子的卫生，这个智障的中年男人也默默地帮着收拾起来。

"不用你帮干，快忙你自己的事去吧。"袁建国赶紧制止他。村里人一年也听不到这个智障的男人说几句话，此时他却脱口而出："俺知道你对俺好！"简简单单的几个字，足以让袁建国感动不已。真心换真情，真情换真爱，人间有大爱，寒冰也会瞬间消融。

刘凤霞和她智障儿子刘贵是人穷志不短，而王晓红一家三口却是人穷志也短。贫困，能让毫无志向的人失去生存的尊严，沉疴陋习，总是与贫穷的生活如影随形。

王晓红因患股骨头坏死丧失劳动能力，常年偎在炕上什么活儿也干不了，52岁的他看上去像70多岁了。妻子倒是身体健康，却好吃懒做；28岁的儿子年轻力壮，却游手好闲，不务正业，更没什么教养。父子俩经常因一点儿小矛盾大打出手，甚至打得不可开交，派出所一年要为他家出警50多次，每次打架砸坏了门窗，那女人都要厚着脸皮找村委会帮助解决。这是一个让左邻右舍头痛，又不值得同情的贫困户。袁建国第一次走进王晓红家时，映入眼帘的是满地旱烟头，炕上放着几袋子粮食、一个破旧的旱烟盒，昏暗的光线下蜷缩着一个瘦骨嶙峋的"小老头儿"，正优哉游哉地看着早已被时代淘汰的大约20英寸的老电视。这是袁建国驻村后走访的第一个也是走访次数最多的贫困户。

家里没有粮吃了，袁建国和村主任陈起亮就送去米面油；冬天屋子冷，袁建国就帮他们安好炉子取暖；家里亲戚结婚没钱随礼，又想伸手向村部要200块钱随礼……袁建国无语了，这哪里是贫困，分明是典型的等、靠、要，对这种人再帮扶下去不但毫无意义，而且还会助长他们懒惰的恶习。一个人如果不提高自身的"造血机能"，一味依赖外来"血源"，只能是"治标"不"治本"，生命终将走向死亡。袁建国暗下决心，扶贫先扶志、治贫先治愚才能斩断穷根，彻底改变贫困状态，一定要从源头上打赢东苍土村的脱贫攻坚战。

三

在这里，第一书记不是官称，而是一种渴求，一种寄托。

落实党的十九大坚决打赢脱贫攻坚战的部署，村党支部就是坚强的战斗堡垒，一手抓党建，一手抓经济，加快全村集体经济发展，从源头上增强村民的"造血"机能，是袁建国担任东苍土村第一书记以来，心心念念要完成的事情。他多次召开村党支部委员会，商讨制定"壮大东苍土村集体经济三年规划"的战略蓝图，成立了"阜新昌盛林地养殖有限公司"，把果树种植产业与林下经济产业相结合，发展壮大东苍土村集体经济。

"大戏"唱了起来，袁建国没有坐在台下当观众。村民们看到他带领全村56名党员身先士卒，和村民一起同吃同住同劳动，晴天一身汗，雨天一身泥，700余棵果树种植下东苍土村的希望；3500余只鸡饲养出一村百姓战胜贫穷的精气神。两项产业同步发展，第一年便盈利3.4万元，第二年人均年收入由5900元增长到8530元，一举甩掉了贫困的帽子，实现了东苍土村彻底脱贫。

贫困户王晓红的儿子一改以前游手好闲的恶习，经营起自家的果园头头是道，村民都要对他赞赏地说上一句"浪子回头金不换嘛",从村东头到村西头的欢声笑语比以往更密集、更响亮了。

民生连着民心。同村民交谈中,袁建国了解到他们还有两大心愿:一是喝上干净的自来水,二是走上干净的水泥路。

在一个贫困乡村里想解决这两大问题,钱呢?钱从哪儿来?饮水工程改造,修路,都需要巨额资金。这是摆在袁建国面前最大的难题,他心想,不难怎么能叫"攻坚战"呢?脱贫的目的不仅仅是让百姓过上吃穿不愁的日子,更要让他们生活得有质量。东苍土村百姓的愿望就是我工作的方向,千难万难也要千方百计帮助村民尽快解决这两大难题。

东苍土村原有的自来水供水系统已30多年没有维修过,基本无法使用。而且当地出产玛瑙,相应的加工产业,也给水源带来污染。因水致病、因病致贫的农户时有发生,村民健康生活受到严重威胁。喝上干净卫生的自来水,是全村人最迫切的愿望。

袁建国为此事忧心忡忡,寝食不安,他心里清楚,靠东苍土村本身的力量根本解决不了这个大难题,必须寻求多种渠道,寻找多方资源。他开始一遍一遍到市里、省里找领导反映东苍土村的实际情况,一回一回主动上门与相关部门沟通联系,寻求帮助,连他自己都不记得吃了多少闭门羹,遭受多少冷言冷语。功夫不负有心人,经多方努力,终于得到省财政厅的大力支持,申请到280万元饮水安全工程款,东苍土村供水系统可以进行彻底改造了,袁建国既兴奋又激动。他又邀请阜新市水利局领导到村里实地考察,为整个供水系统的施工改造做好准备。

2020年4月17日,对东苍土村乡亲们来说,是一个难忘的日子,盼望已久的自来水改造工程终于启动了。施工过程中,袁建国每天都到现场查看工程进度、施工质量和施工安全。供水系统的水源采用的是地下水,为确保水质安全,袁建国安排专人定期采集水样,送到县水利局进行检测。经过反复检测,水源水质完全符合生活饮用标准。历时一个多月的自来水改造工程终于完工了,水源井深102米、出水量达60立方米/小时、长达1万多米的自来水管道,进入全村485户房舍,1610名村民终于喝上安全、健康、卫生的放心水,困扰东苍土村多年的大难题得到了解决。村民们按捺不住喜悦的心情,低保户齐振武兴奋地说:"能吃上安全、放心的自来水,多亏了为咱老百姓办实事的驻村第一书记,俺要找村主任,让他代表村民做一面锦旗送给袁书记!"

当村主任陈起亮带领村班子成员和村民代表,把大红底、用烫金字写着"精准帮扶,改善水源,扶贫解困,情洒苍土"的锦旗送到袁建国手中时,他仿佛看到了东苍土村红彤彤的、光芒四射的未来。

一桩心愿完成,另一桩心愿还未了。袁建国一直忘不了刚来村部报到时在村头泥泞路上艰难行车的场景,那时他就下决心要让东苍土村的百姓走上没有烂泥巴的干净路。他多次去找县财政局领导沟通,又反复找县交通运输局领导协调,总算申请到近30万元的修路款,终于修建了东苍土村唯一一条1200米长的水泥路。村民们站在没有泥土的新路上兴奋地说:"袁书记让咱东苍土村大变样儿,喜事一桩接一桩,第一书记就是俺们的恩人!"袁建国也动情地说:"是党的脱贫攻坚战略部署好,你们赶上了好时候。乡亲们都过上好日子,我这心里才舒坦。"

这条路虽不算长,却预示着东苍土村已经走在脱贫致富奔小康的筑梦路上,光明之路正在他们脚下无限延展。

四

爱东苍村这块土地，就要爱它的百姓。爱自己的生命，就要爱他人的生命。

步入不惑之年的袁建国，在阜蒙县东苍土村已工作了三个年头。三年来他一心扑在东苍土村的脱贫致富上，为彻底打赢东苍土村的脱贫攻坚战，袁建国和村民们一起摸爬滚打，谁家的困难都是他自己的困难，谁的亲人都是他的亲人，他成了全村百姓的主心骨、贴心人。他唯独对家人亏欠得太多了，很少回家照顾年迈的父母，特别是母亲病重时，也没能陪在身边，等到匆匆赶回家时，没能见到母亲最后一面。他内心无数次自责，愧对母亲的养育之恩，怎奈自古忠孝无法两全。

袁建国准备借 2020 年春节放假好好陪陪家人，弥补一下对家人的愧疚。可一场突如其来的新冠肺炎疫情彻底打乱了他的计划。面对疫情的严峻形势，袁建国一心牵挂着东苍土村百姓的安危。刚到家没两天的他就准备返回东苍土村，妻子阻拦说："按政策规定，你一个下派挂职干部三年后就可以回来了，没必要再为他们拼命了……"袁建国不顾妻子的百般阻拦，第一时间奔赴东苍土村疫情防控的最前沿。

他通过微信群和视频会议等形式，对村子的疫情防控工作进行全面部署，发动全村党员利用微信、电话等方式做好村民的思想工作，督促村民不出门、不串门、常洗手、常通风，做好个人防护，每天通过大喇叭循环播放疫情防控常识，同时组建疫情防控巡逻小组进行全面巡查防控。

农村老百姓的防范意识不强，串门子、打麻将、不戴口罩现象时有发生。袁建国每天都到各个卡点了解情况，粘贴通告，发放宣传单，走街串巷地巡逻。一次巡查中，袁建国听见有户人家传出稀里哗啦的麻将声，便循声进屋查看，看到本村韩某等四个人正聚在一起打麻将，还有两个人围观，他们都没戴口罩。袁建国和队员们赶紧上前制止，韩某等人蛮横地说："我们在自己家打麻将怕啥？你们管不着。再说，你们也没有执法权……"好心不被理解，几个队员感到委屈，袁建国却耐心地给他们讲解疫情的严重性以及如何做到最有效的防控。苦口婆心的劝解终于起了作用，韩某歉意地说："你们的做法是对的，感谢建国书记的关心，俺接受批评，这段时间一定好好待在家里，居家隔离也是为抗击疫情做贡献嘛！"

　　最让袁建国担心的是村民们在家待太久了，情绪会出现波动，还有些村民春节后急于外出打工，这会给疫情防控工作带来很大隐患。村民刘权的儿子打算十月份结婚，为给儿子盖婚房，家里欠下了不少外债，刘权急着去天津打工挣钱。袁建国得知情况后，立即到刘家了解情况并劝阻，刘权情绪异常激动，说啥都要外出打工。袁建国耐心地给他讲解全国疫情的严峻形势，即便出去到了当地也要隔离，况且打工的地方都不一定开工，到时候再想回家来都难。经过袁书记的耐心劝说，刘权的情绪慢慢缓和下来，保证这段时间一定待在家不出门，不给政府和国家添乱。

　　疫情防控期间，袁建国带领村干部和巡逻小组对乡辖9个行政村的52个卡点进行巡查，阻止多起家庭聚会、打麻将等人员密集的活动。整个村子无离开村子流动的村民，无一人被感染，有效地防控了疫情。袁建国以共产党员的初心使命，用驻村第一书记的职责与坚守，护佑东苍土村 1600 多名村民的生命安全，确保东苍土村方圆百里安然无恙。

岂曰无衣？与子同裳。人间充满爱，处处有真情，隔离疫情不隔爱。疫情防控期间，东苍土村的百姓时刻关注武汉人民的安危。袁建国在村民微信群里发起了"万众一心抗疫情，爱心捐赠暖人心"的捐款倡议书，村民们积极响应、踊跃捐款，有的低保户村民和年龄大的老党员自己生活还很困难，却也主动捐了款。仅三天时间村民共捐款 18670 元，捐赠生活物资价值 2000 余元。武汉迎来樱花绽放的春天，也有东苍土村百姓一份纯朴、憨厚的大爱。

磨难，会让人们变得更坚强勇敢。疫情平息后的春天显得格外暖和，东苍土村的村民已开始春耕播种，果树已发出嫩绿的新芽儿，一批成鸡正在出栏，一批鸡雏正在入栏……

会说话的红土地

◎周 习

一

也许邱杰没有意识到,是黔西北这块会说话的红土地留住了他。

2020年11月3日,我作为自然资源作家协会作家提前两天来到乌蒙山腹地贵州省赫章县,参加中国作家协会组织的"中国一日·美好小康——中国作家在行动"全国作家联动大型文学主题实践活动。心里忐忑不安,因为正赶上贵州省委、省政府对赫章县脱贫攻坚进行检查。

我在赫章县双坪彝族苗族乡福来厂村遇到了邱杰。他是贵州省自然资源厅"同步小康"驻村干部、工作队副队长,挂职赫章县委常委、副县长。

邱杰领着我来到了福来厂村工矿废弃地土地整理项目现场,这里有绿色的苦荞、成排的苞谷衬托着身后蜿蜒的公路。他原是贵州省自然资源厅土地开发整治中心副主任,在华中农业大学也是学的土地管理专业。2016年的8月,应挂职县委常委、副县长陈宗利的邀请,他带着6名技术人员来到这里,帮助福来厂村及其周围村庄搞土地整治工作。他们沿着半山腰的羊肠小道,从村前跑到村后,从山头沉到沟底;蹲在地头测量,站在山路上观测……一步一步用脚丈量。那一丛丛探头探脑的野草,那一棵棵胡椒树,那一头头回家的黄牛悠长的哞声,伴着村民好奇和渴求的眼神,都像刀刻一样印在脑海里。陈宗利很器重这位对土地有研究的同事,选他为这个工矿废弃地土地整理项目负责人,让这块土地说话,释放土地红利。

这片土壤因为含铁、铝、锌等成分较多,形成红色土地。仔细看去,草丛里依稀有半截煤炉的样子,土黄颜色,一头大一头小圆锥形。原来老百姓在这里土法炼锌,遍地炉渣。取缔后,有一家大型炼锌企业运来设备,投资后还没生产,老百姓就来断路。再加上环评没有通过,该企业丢下设备回去了。这些山地复垦后变成耕地。

邱杰住进了村里,和陈宗利租住一个民房。白天考察,晚上整理笔记。这样,"第一书记"陈伟亮、袁方芳、马熊、冉文瑞、蔡湛、罗大山、马廷辉、徐侃和赫章县自然资源局副局长徐陶等都成了邱杰很熟悉的朋友。同来做项目的几个人有一部分补助,邱杰分文不取,给福来厂村省了80多万元的费用。阴雨连绵,穿着皮鞋,泥浆就会灌进来,汤文给他们买来了长筒雨靴。早上8点钟,他们带着仪器,满山跑,渴了、饿了,到老乡家凑合着吃点儿饭,有时跟着陈宗利一连三天吃方便面。

那时候,村里几百户人家,喝房盖水。家家房屋是平的,起半米的高度,下了雨,积攒在水泥盖的房顶上,房顶上的一角有个拳头大小的窟窿,顺下一根塑料管子,这样连接着地面上的一个蓄水池,水沉淀下来,澄清了,就是全家包括牲畜的饮用水。邱杰暗暗想,要好好做项目,争取资金,修好路,让家家户户用上自来水。修路的时候,快冬天了,刺骨的风刮透了衣服,冻凝的土地,他们站在村头,不知道送走多少黄昏,把全村全覆盖的机耕路、产业路与同组路连起来。福来厂村也因为工矿废弃地土地整理项目的开展,扶贫工作一下子打开了局面。

可是邱杰却不小心手受伤了,只好在家休养。

2018年3月14日,康复后的邱杰没有想到,他以挂职县委常委、副县长,驻村工作队副队长和驻村干部的身份又来到了福来厂村。

邱杰工作起来十分默契,第二批驻村队员由7人增到9人。有回水村曾程瑶、五里村吴玉兴、岔河村陈健、石庄村邱赟、红卫村刘弢、兴发村黄灵勇、石六缸村田维武、营兴村文德修,他们都是党员,在单位更是单挑单拔的高学历中层干部。2019年底,赫章县脱贫攻坚进入关键时刻,李远宽、魏瑶等赫章县自然资源局数十位年轻干部也下沉到9个村子。

邱杰站在地头上,有了更多更全面的思考,因为华农菌草无法过冬,种植成本高,他只好再寻求其他产业。这个时候,一家食用菌公司吸引了他。他和第一书记徐侃说了,找几个人去考察,立即上这个项目。这片红土地不光留住了邱杰,而且留住了徐侃。乡里把徐侃提拔为副乡长,留在了双坪乡。

公路建在半山腰,向下看,在原来种华农菌草的地方,成了赫章县食用菌种植基地。蹲着有黑色遮阳网的200多个拱棚,横着几十排,竖着几十排,浩浩荡荡的,规模很大。天色尚早,我跑进大棚里，看到羊肚菌鼓起了白色的小包，撑起了如锅盖的小伞，很快网状的褐色的外皮如山一样成形了。尖尖山头样的羊肚菌晒干后，将走进深圳、北京等各大超市。

二

赫章县扶贫产业有古基镇的新希望生猪养殖、蛋鸡养殖、半夏种植，都是按照公司+合作社+专业带头人+农户的模式。汤文和我一起去看福来厂村扶贫产业。汤文是从部队转业的，家在野马川镇，离赫章县城还有10公里，是第一个认识邱杰的乡干部。昨天他的小女儿来电话，说："爸爸，我过生日，你也不回来，你什么时候回来？"他对小女儿说："过几天，忙过这几天，我带你们到毕节去。"汤文在乡镇已经干了15年了，参与了2008年土地整理。他指着远方说，你看那些松树中的道路，就是我领着开了50炮才修好的两条路。现在有些老百姓还是不愿意土地流转和调整，要不这一片全是食用菌。汤文说，建蛋鸡场迁坟的时候好难，天天和迁坟户吵。有的村民要汤文写下保证书，盖上乡政府的章，保证他们一家人三年之内不出事，家里大人小孩不生病。汤文哪敢答应，就找自己的朋友和亲戚出面做工作。他指着对面山上的两栋房子说，这两个贫困户，因为搬迁脱贫了。正说着，蛋鸡场的项目经理张晓霖过来了，他要我们到他的办公室坐一坐。这是两排乳白和蓝色相间的简易房，相对自成一个空间，穿过有四张办公桌的外间，进入经理室，有两张办公桌，桌子上很多尘土，有两台台式电脑，一盒方便面，两包小咸菜。有一个红色立式方块样的电暖器立在桌子边。他戴着红色安全帽，刚刚从工地上回来,上嘴唇有三个燎泡,显然是上火了。

邱杰自己开着车来到了蛋鸡养殖场。他四方脸,戴着一副近视镜,笑意满脸,穿着一件夹克,衬衣领上有小格子,一副中规中矩的打扮;怀中紧紧抱着一个坏了拉锁的文件包,一副随时准备工作的样子。

现代化养殖基地四周环绕着青山,我们要进入鸡场看看,张经理说,鸡不同于一般的动物,特别娇贵,你进鸡场,必须全面消毒。这里工程车不许摁喇叭,人不许随意发出响声,不然,鸡会下软蛋或者改变下蛋数额。基地已经养了两排鸡,全面建成将达15排规模。基地大门在北边,办公室已有雏形,两排鸡舍中间有绿化带。配套投资近20万元的青贮玉米种子和肥料生产基地也在建设中,在基地一角有个别致的大房子,叫蛋库,所有的鸡蛋从产房里出来,自动化输出到蛋库。然后所有的粪便,输送出来到对面的地方发酵,变成肥料。输送带会根据鸡蛋的大小进行选择,包括分辨出双黄蛋。这个投资2亿余元的150万羽蛋鸡养殖场完全建成后,就会成为贵州最大的蛋鸡养殖基地,在这里上班的多是附近3个村的贫困户。

这里几乎不见太阳,到处青山幽幽白云飘飘。可是进到村里,有一群黑鸡花鸡在觅食,见我过来,它们四处逃跑。一个扎着包头穿着红格长围裙的老太太,手里拿着一个木瓢,在一个小门里进进出出,接着传来猪叫声。我和她攀谈,她很好客,叫我上她家坐坐。她说自己和儿媳妇一起养着38头猪。她怕听不懂我的话,要去叫儿子出来。还让我看她养的鹅。我看到一个用木板隔成的空间里,一群鹅伸着脖子嘎嘎地叫着。猪栏左侧有一座枣红色三层楼房,门前有欧式的圆柱,非常气派,楼前停着一辆红色汽车。

我要去看看贫困户孙邦邦。村支部书记夏朝光说和我一块儿去。孙邦邦还没起床,夏朝光到他家门前叫了几声。我趁机再次打量这个人家。孙邦邦家四间平房,旁边种着几棵树,枝繁叶茂的。门前打扫得十分干净,墙上贴着几张扶贫表格,其中一张是用水安全通知。原来孙邦邦不出门,精神状态不太好,睡木板,一个人过,有严重的脑萎缩,右手臂抬不起来。上一次来他家的时候,葛水平发现他家的冰箱门没关好,给他关上,并且嘱咐他,自己关不上,一定请别人帮忙,要不会损害冰箱的。土地流转给孙邦邦带来了 30 万元的固定资产。这次他还是戴着那顶黑色的可遮阳的帽子,脸色十分红润。我们围着炉子聊天,夏书记说:"邱杰县长、徐侃等干部时常来和他说话。前些日子,他病了十天,我把他送到医院,雇上一个人照顾他。十多天后,他好了,我把他接回来。贵州省自然资源厅党委书记、厅长周文和副厅长郭强等省市领导也来看过他。"孙邦邦说,来看他的人多,记不得了。他的身体能够自由活动,把双拐放在一边,用不着了。

三

要给回水村留下一支永远不走的工作队——回水村第一书记曾程瑶这样说过。乌蒙山的特点就是群山相连,这两个村的土地几乎分不开。邱杰和我去看废弃地整理的时候,路过回水村,我见到了一群年轻干部:支书翁阳、村主任助理何祖贵等。脱贫攻坚培养年轻党员和后备干部,是"第一书记"的一件大事。崔英魁曾告诉我贵州省政协副主席、毕节市委周建琨书记,在一次脱贫攻坚动员大会上说,夯实党在农村的执政根基,要有四个"留下"：留下一支永远不走的工作队、留下一批活力强劲的合作社、留下一份殷实厚重的村集体资产、留下一套高效管用的乡村治理体系。

曾程瑶刚驻村的时候，去何祖贵家，给他发救济款，鼓励他好好学习。一来二去，两个人成了无话不说的好朋友，何祖贵特别崇拜曾程瑶，曾程瑶说什么他也爱听。很快，何祖贵大学毕业了，他到毕节找到了正式工作，并且谈了女朋友。可是曾程瑶说，你有学历也有能力，能不能回村带领大家致富？把你家里祖传的养蜂技术发挥出来。于是何祖贵带着妻子和刚刚出生的孩子回到了回水村，担任了村主任助理，媳妇也在村委负责妇女工作。何祖贵养起了中蜂，他在一处山坡上，安置了很多蜂箱，让蜜蜂在方圆十多公里的山上采蜜。有的贫困户拜他为师学习养蜂，有的入股分红。

另一个大学生，毕业后在村里开了一个砖厂并进了村委工作。陈健所在的岔河村有一堆年轻人做村干部，从广东打工回来的毛昌富做了支书，村主任是"90后"大学生李彩围，乡里下沉干部杨涛和他的妻子都是"90后"，每到假期，常有大学生志愿者来村委上班。

这个时候，我接到了营兴村第一书记文德修的电话，他的周围也围绕着一批年轻干部。他高兴地向我说起营兴村建设法治乡村的事以及九鼎公司流转土地种中草药的事。他曾领着村民出工，向一位姓潘的老总要水泥给村里修了水窖。村里水池边原来400多口人，现在只有7户人家32口人，他觉得也值得修，能让这些留在村里的人也吃上干净的水。最近有几户村民的猪栏很脏，猪几乎散养，地下污泥流水，文德修就从个人办公经费里拿出资金买水泥，让他们整修一下。

四

　　雾气散了，赫章县山峦起伏，重峦叠嶂。可乐乡是夜郎古都可乐洛姆的所在地。山上遍地是金黄的颜色，核桃摘了，苞谷砍了，土豆埋在地里，叶子软塌塌地伏在地面上。邱杰说，赫章县是深度贫困县，在脱贫攻坚中用好自然资源差别化政策很关键，开展土地整治、增减挂钩、资源潜力调查、推进未利用土地开发补充耕地项目实施、易地扶贫搬迁旧房拆除复垦、工矿废弃地复垦复绿等项目，新增耕地指标和增减挂钩节余指标流转，获得脱贫资金。到2019年底，赫章县争取到国家和省财政累计下发的土地整治资金2.8亿元，实施各类土地整治项目47个，整治耕地面积11余万亩。推进赫章县兴发乡乌蒙山区域"兴地惠民"土地整治重大工程项目1个，建设面积3万亩，总投资1.24亿元。2019—2020年，有效推进赫章县增减挂钩跨省统筹流转节余指标2360亩，流转收益7.08亿元；正在协调省内易地流转节余指标660亩，预计可获得流转收益1.32亿元。全县完成了6582亩新增耕地备案、入库工作，其中已流转新增耕地指标2108亩，流转收益共计2976.26万元。在自然资源部和贵州省自然资源厅的支持下，乌蒙山脱贫攻坚山水林田湖草生态修复重大工程落地赫章县，计划总资金4.63亿元。第一期项目资金1.31亿元，已到位7000余万元；目前正在启动第二期项目的前期工作，项目投资7500万元，争取到贵州省水利厅防汛办105万元农业生产救灾补助资金，用于双坪乡红卫村水毁河堤修复工程。这些项目的实施也解决了田间生产道、机耕道、农田防护等问题。建设地质灾害隐患自动化监测点15个,优先安排贫困户做地质灾害隐患点检测员。喀斯特地貌使得赫章县原来只听见水响,却没水可用。如今福来厂村费尽周折从威宁一条叫蒿地河引水过来,建水池23座,饮水管道约64公里,惠及2440名群众,解决了农村饮水安全问题。开发了"双坪乡自然资源智慧扶贫管理系统",贫困人口全部达到"两不愁三保障"。

我到福来厂村委的时候,村党支部副书记田茂贤开了门。赫章县委宣传部部长兼统战部部长于刚来到福来厂村,我们围着炉子听于部长说起统战部帮扶毕节的事。

他说中央统战部支持毕节试验区的建设,源头在赫章,一帮就是30多年。他说"同心同向同行"就是统战部提出来的。2005年10月,台盟中央选择最为偏远贫穷的赫章县河镇乡海雀村作为联系点,是台盟中央和赫章县交流的开始。最近他们捐了100多万元,建了一所少儿活动中心,感动了毕节人。全国政协常委、台盟中央副主席吴国华80多岁的母亲,听女儿说苏辉主席带头捐,执意捐了2000元。于部长说,海雀村派过28个帮扶干部,现在挂职县委常委、副县长的叫李光,他第一个三年已经满了,自己申请再干三年,和乡村振兴衔接上,赫章不脱贫,他不走。他们为赫章争取了威赫电厂、新希望养猪场、国家储备林等项目。省委统战部邵刚部长常驻赫章,组织工作队,专门选择铁匠乡做自己的帮扶点。毕节市委黄光江部长帮扶赫章河镇乡。东部十省区、深圳的福田、广东的番禺区都对赫章帮助很大。民建帮助赫章研究韭菜花的花期延长项目,他们建的医院品质高,和贵阳的一样,赫章人民很感动。现在统战部又有三个人来帮扶,分别是清华大学、中国人民大学和山东大学的研究生。

于刚部长的话听得我热血沸腾，我要到海雀村同心馆看看。

五

海雀乡被抽到省检了，我决定和工作人员一起过去。

海雀村村头有个海雀记忆馆，从茅草房、土坯房、石头房到今天的黔北民居，立体地展现了海雀村的发展历史。在苗族安美珍老人的塑像前，我的喉咙难受了，我觉得眼泪要流出来。上一次来，她人还在，我握着她温暖的手说话。这次来，我站在雕塑前，握着没有温度的手，告诉她，我又来了。旁边还有当年新华社记者刘子富采访她的镜头，而刘子富老师去年也走了。当年那棵滇藏木兰呢？那棵已经叫二月花的树在哪里？

抬头看是上万亩的华山松、马尾松，松涛阵阵、清风习习，全村林木价值8000万元以上。海雀村一个山坡上的树，挂着很多小圆牌，说是长江下游省份来认购的，海雀村的确做到了"绿水青山就是金山银山"。

有一个人大步向我们走来，他叫于吉科，是从山东沿海发达地区选拔来的年轻干部。于吉科原来是一个乡镇的党委书记，觉得人一生要有挑战，总要锻炼一下，自己刚刚35岁，3年或者5年后不过40岁左右。组织部门轰轰烈烈地把他送到贵州赫章县任职。一眨眼已经8年了，这期间他做了两个镇的党委书记，从平山乡党委书记转任县人民政府副县长不到5个月，又转任县委常委兼河镇乡党委书记。本来这里验收，我们不想惊动于吉科，可是他过来了，穿着一身西服，很精神。但是我知道，他们都很紧张，一夜没有睡。路过一家食用菌企业，老板是个女同志，她笑吟吟地说，刚刚上过《新闻联播》了。于吉科介绍说，去山东、福建多地考察，最终把这家食用菌企业引过来了，该企业每年收入约3000万元，可以解决200多个当地群众务工。这里气候好，特别适合食用菌生长。

有一年春节，于吉科去丈母娘家拜年，看到青岛海星食品有限公司种的苹果特别好，他找到那家企业，当场定了一部分果苗，这就是矮化苹果。回来种在大小山坡上。一家生物柴油企业贵州锦江生物能源科技有限公司，说技术方面全国第一，他也将其引到了河镇乡落户。

我们沿着文朝荣当年种树的路上山，走到希望台。在这里可以观看海雀村全景，眼下都是很新的黔北民居，白色的墙，黑色的小瓦屋顶，一座座一排排，掩映在绿色的树丛中。我似乎看到了台盟中央为海雀村小学建的三层教学楼。

六

1988年6月9日，国务院批准建立以"开发扶贫、生态建设、人口控制"为主题的毕节试验区。

现在毕节实现了人民生活从普遍贫困到基本小康的重大跨越，实现了生态环境从不断恶化到明显改善的重大跨越。

傍晚，我向自然资源作家协会主席陈国栋汇报一天见闻。他说，乌蒙山片区是全国14个集中连片特困地区，包括贵州、云南、四川38个县（市、区），自然资源部是20多个部委扶贫的牵头单位。他参加过6次部际联席会议，把精准扶贫、脱贫攻坚作为最重要任务去完成。邱杰县长也告诉我，双坪乡"同步小康"驻村工作队包靠的9个村贫困人口5626人，到2020年6月30日，已全部脱贫出列，在现行标准下，贫困人口全部"清零"。

这些故事都来自这片土地，来自这片会说话的红土地。

今日阿吼村

◎ 龙志明

2020年11月3日——去年曾经在这里蹲点半年，今天，我参加中国作家协会组织的2020"中国一日·美好小康——中国作家在行动"全国作家联动大型文学主题实践活动又来到这里。快半年没来阿吼村了，村口那棵老树依然亲切地站在那里迎接我。

虽是深秋，明晃晃的阳光依然高调出场，照射之处，树影婆娑，像是被阳光所摇动。阵阵冷风忽上忽下，把仅有的几朵像骏马样的云彩吹得无影无踪。而高大的阿吼村党支部活动室就像巨大的屏风，为背后的集中安置点遮风挡雨。

一

白云之上，路的尽头就是阿吼村。

阿吼村属于国家"三区三州"深度贫困村，全村村民零星散落在平均海拔2800米的山腰上，土地贫瘠，交通不便，祖祖辈辈靠种土豆和荞麦糊口，"种了一坡坡，收获一箩箩"，2015年前人均年收入只有1500元。因为贫穷，村里的姑娘纷纷走出山外打工或嫁人，而外面的姑娘更是不愿嫁进来，村里人自嘲是"大火烧竹林——一片光棍"。于是，"光棍村"的帽子多年前就毫无悬念地戴在了阿吼村头上。

来接我的是阿吼村第一书记王小兵，他来自国家电网，彝族名字叫阿苏伍各。他说，就是现在想起来，他都觉得5年前自己主动申请来阿吼村当第一书记有些冲动和冒险，但绝不后悔。

他说："驻村扶贫干部都清楚：阿吼村海拔高，'几户人家一座山，两只脚板爬一天，山高路远冰雪地，扶贫一日过四季'。"

2016年初他们进村的第一天，原本是安顿好后就回单位取行李，突然感觉一阵阵的阴冷，彝族有谚语："晚上起南风，明天太阳凶。晴天午后起冷风，不是雨来便是雪。"所以他们就留了下来。果然，第二天大雪纷飞，走在山梁上，迎面而来的旋风卷起雪柱四五米高，人都无法站立，只好匍匐前行。到博立五且家时，发现土坯房已经严重倾斜，最大的裂纹能放进一只拳头，冷风能把堂屋吹个透心凉。博立五且和弟弟蜷缩在床上，冷得发抖。

一问，30多岁的博立五且和弟弟相依为命，想出去打工挣钱，又没有文化，在家里干活吧，身体又不好，一年到头、一日两餐永远都是土豆和荞麦。

第二家是吉觉阿牛木。40多岁的她一脸沧桑，一缕缕白发在冷风中摇曳。老公几年前因病去世，她独自抚养三个孩子，最大的才14岁，两个女儿都还小。生活的重压让本已瘦小的她早早地开始驼背。

最让扶贫干部们棘手的是果果的婚事。果果在15岁的时候就和表哥定了亲。家里也收了表哥家送来的彩礼,而这笔钱马上支付了她弟弟定亲的彩礼。后来她外出打工知道了不能近亲结婚,想退婚。当她把退婚的想法一说,满以为从小就疼爱她的父母会同意的,结果全家都反对。

二

贫有百样,困有千种。

在阿吼村,吃饭基本靠"豆",交通基本靠走,通信基本靠吼,取暖基本靠抖。

王小兵说,不当家不知柴米贵,这内地的扶贫,就像一件衣服破了几个洞,一针一线,"巴巴适适"地补上、补好就行了。我们喜德的情形就不一样,到处都是洞,一个连着一个,怎么补呢?要"住上好房子、过上好日子、养成好习惯、形成好风气"。说起来容易,干起来很难,交通的问题、贫困户住房问题……

乡村公路开工后,见施工缓慢,王小兵就现场驻扎,和施工队队长套近乎,带阿吼村的村民来帮忙。他对施工进度还是不满意,就"威胁":这是扶贫的重点工程,不按期完成就要带着群众去县城找领导。吓得施工队队长直向这位打着耳洞、穿着花衣服的彝族青年告饶。计划要半年才能修好的公路,只用了四个月就通了车。

同样是扶贫干部的杨永生和王小兵是很好的搭档。阿吼村第一书记王小兵负责村上的扶贫事务,国家电网凉山供电丽火现代农业公司总经理杨永生则具体负责阿吼村等几个村的产业扶贫。杨永生毫不吝啬地赞扬王小兵"为了真扶贫，扶真贫，王小兵站得出，还豁得出，有时候还'不择手段'"。

王小兵"鄙视"地看了他一眼说："你不是比我还着急吗？"

一天，王小兵正和勘测地形的工作人员争得面红耳赤。博立五且和其他贫困户摇摇欲坠的房子一直在他心头摇晃着，他担心说不定哪天大风一吹，房顶就不见了。看到勘察人员慢条斯理的样子他就着急。

正吵着，有小姑娘飞快地跑来，"舅舅，不好了，果果姐的妈妈要喝农药。"一开始村民们并不喜欢王小兵，穿着花里胡哨，年纪不大，又没在彝族农村待过，能懂啥？可后来慢慢地有事找他能办好，开始喜欢上了他，好几家的小孩儿都叫他舅舅。在彝族，舅舅就是家里地位高的人。

跨进果果家，王小兵就感觉气氛不对。

果果抱着母亲在啼哭，父亲在角落闷头抽烟，弟弟在屋子里走来走去，十分烦躁。

"我今天来，是来批评果果的。"王小兵使劲儿咳嗽了一下，"你怎么能惹得一家人都生气呢？"

"王书记，你不是说支持我退婚吗？"果果不解地问。

"一码事归一码事，"王小兵向她挤了挤眼，用流利的彝语说，"你都是出去见过世面的人，得懂感恩，你父母养育你那么大了，容易吗？"

母亲停止了哭泣。一家人都把目光转向王小兵。

"就是因为出去见了世面，知道不能包办婚姻，不能近亲结婚啊。"果果嘀咕道。

"这的确不能近亲结婚，我们家亲戚就有个近亲结婚的，也是表亲，生了个儿子吧长得挺乖的，可惜是个傻子，又生了个女儿，结果还是傻子。一家人到处借钱，到处治病，那个愁啊。"

"我不信，我家亲戚也有表亲结婚的，生的儿子咋就不是傻子？"母亲不信。

"你看，"王小兵掏出几张照片，"这几个都是因为近亲结婚生下的傻子。"这照片是他去州里跑项目时，找同学要的。

"那，那……"父亲搓着手，一双手老茧密布，搓手的样子像锉锉刀一样吃力，"可我们没有钱退亲啊。"

"说到钱的事儿，我看这样，"王小兵说，"弟弟不是挺喜欢挖掘机吗？我前天问了县就业局，他们马上就要办个挖掘机培训班，我已经给你报了名。出来就可以找到一个比较固定的工作。估计工资每月有5000元左右，你要先帮姐姐还钱。"王小兵正色道。

"你们这边呢，我们会给你们家发猪苗和鸡苗。我们一起加油，果果一定能找个好后生，一家人一定能过上好日子。"

三

"不谋全局者，不足谋一域。"

没有一个完善的整体帮扶方案，东一榔头西一棒子，是无法统筹和干好阿吼村的脱贫帮扶工作的。王小兵把方案反复推敲，多方征求意见，其创造的脱贫攻坚"334"精准帮扶模式得到各方面的支持。

王小兵解释说，第一个"3"表示"科学＋绿色＋可持续的帮扶理念；第二个"3"表示"支部共建、产业共进、文明共创"的"三力共推"扶贫举措；"4"表示"公司＋合作社＋电商＋农户"的产业发展帮扶机制，形成可复制、可持续的精准扶贫模式。

"按照方案，党支部在目前的任务，第一就是带领阿吼村脱贫攻坚，第二是防止在帮扶单位退出后的返贫，第三是脱贫致富之后文明程度的提高。从现在开始，我们要像攻城拔寨一样，挂图作战。"王小兵语气坚定。

德高望重的老党员阿尔说尔快70岁了，是村里文化水平比较高的人。虽说走路都不方便，但他主动承担起宣传党的扶贫政策的任务。他先把宣传内容用小本本记下来，再用彝语翻译做备注，在田间地头讲、在彝家火塘边讲。

阿吼村的太阳从西边出来了。这话是阿吼村著名的文化人阿尔说尔说的。

这天，阿吼村在朝霞中醒来，果果和阿尔说尔到处广播："开会了，开会了，发鸡了。"

"阿吼村的兄弟姐妹老少爷儿们，"王小兵有力地挥了挥手，"今天，我们给阿吼村贫困户第一次发鸡苗，以后还会有第二次、第三次。还会给大家发猪苗！"

果果和阿尔说尔领头，掌声从四面八方响起。

"今天，我们给每家贫困户发5只鸡苗，"杨永生举起一只半大的鸡，"注意啊，每只鸡苗我们都登记了的，是有户口的。每家领回去养大了，我们按照市场的价格回收。"

杨永生本来人就瘦，扶贫帮扶以来一直在阿吼村和周边奔波，现在又黑又瘦。前几天阿吼村刮起12级的大风，杨永生走在山梁上，被大风吹得半天爬不起来，他也就顺势躺在地上看乱云飞渡。但阿尔说尔告诉村民，这人不可貌相，本事大着呢，能在荒山地里种出钞票来。所以大家对他都往高里看，敬着。

"今天给大家发的鸡苗，都是经过检疫了的，就是说它们健康状况良好。"杨永生的话引起一阵哄堂大笑。

"我们这次要开展劳动竞赛，看谁养的鸡卖的钱多，看谁养的鸡成活率高，我们在第二次发鸡的时候将给予400元、300元不等的奖励。成活率最低的，我们要批评，要给他家亮黄牌，再发鸡这家就没份了。"

果果一直在忙前忙后地帮助发鸡苗。忙不过来了，她还逮了个小伙子帮忙。阿来伍合，在成都读大学，学校放假，他回来帮家里务工，赶上村里发鸡苗，他感觉新鲜，也跑来帮忙。果果是阿吼村的村花，和村花一起劳动总是很愉快的。分别时他们俩彼此留了微信。

四

阿吼村的热浪接二连三。

根据四川农业大学教授考察后的意见，党支部郑重决定，开始产业园建设，先试种百合和羌活。

试种工作顺利推进，而合作社的建设却遇到了困难。

在阿吼村的脱贫攻坚中，合作社的建设是最重要的一个环节，它在帮扶单位退出后能够防止返贫的风险。

原来估计不会成为问题的事情成了最大的问题，在阿吼村合作社动员大会上，73户贫困户近半数不愿意加入合作社。

"我们阿吼村祖祖辈辈都是'土豆填肚皮，养鸡换盐巴'。"贫困户曲木阿各莫跳起脚反对，"大家说说，谁家种过百合、羌活？要是没有种出来，谁赔？况且加入合作社还要交200元钱。"

虽然没有人山人海，但有红旗在风中猎猎。

在阿吼村背面的山坡上，劳动的歌声此起彼伏。这是海拔3000多米的乱石荒地，不但地无三尺平，而且还很陡峭。就是这样的一个地方，王小兵却很满意。因为农业大学的教授说了，这样的海拔高度和土质，可以种百合、羌活、雪桃。在他眼里，这里简直就是出产钞票的地方。现在虽然只有200亩，如果以后规模扩大，还可以流转些村民的土地。

参加合作社劳动的基本上是贫困户中的贫困户，在这里劳动，每天可以挣100元钱，是一笔不小的收入。

王小兵想找那几个没有加入合作社的贫困户聊一聊，特别是曲木阿各莫。

昨天晚上，王小兵和母亲聊了很久。

王小兵73岁的母亲患过肾衰竭，现在又患有糖尿病，需要每天坚持服药，还得卧床休养。而他一双儿女大的6岁，小的还不到2岁，老婆在喜德县一个乡村学校当老师，根本没有办法照顾母亲和家庭。所以只要有时间回家，王小兵就要陪母亲聊聊天，给母亲捏捏腿。

看到儿子心事重重，母亲问："又遇到困难啦？"

"也不是啥大问题，就是在成立合作社的时候阻力有点儿大。"王小兵把情况简单和母亲聊了聊。

"你说的那个曲木阿各莫还是我们家远房亲戚呢。"母亲说，

"你可以通过这层关系和她慢慢沟通。"

王小兵鼓起勇气,第七次上门去找曲木阿各莫。进门后,曲木阿各莫并没有招呼王小兵到火塘边就座。王小兵丝毫不在意,直接和曲木阿各莫开始"理亲"。

一番梳理下来,曲木阿各莫得叫王小兵"阿普"(即爷爷)。曲木阿各莫连忙把王小兵请到火塘上首就坐,连声叫"阿普,阿普"。

王小兵不客气地就座,然后介绍了合作社的情况、取得的效益。"曲木阿各莫,你是个聪明人啊。"王小兵不急不躁地慢慢开导,"我们的合作社虽然说是我们阿吼村的集体经济,但是里面也有帮扶单位的资金和物资方面的支持,我们阿吼村所有贫困户所交的200元加起来也才1万元多点儿,之所以要交这钱,就是要让大家知道这个合作社是贫困户自己的,以后会让非贫困户也加入,要让大家就像这把筷子一样,抱成团,都脱贫。"

"阿普,"曲木阿各莫有些理解,"是不是不加入合作社,就没有分红的资格?是不是加入了之后,合作社的务工就会安排我了?"

"对,你加入合作社,就和其他已经加入了的贫困户一样有权利享受分红和务工。"

五

"噼啪噼啪……"远处有鞭炮声传来。

王小兵知道，这是果果结婚了。

他在城里的时候特别讨厌鞭炮声，污染环境。但现在却很喜欢：大一点儿的鞭炮燃放时，声音很像锣鼓的鼓点，沉闷而悠长；小一点儿的鞭炮燃放时，急促而清脆。在山窝里的阿吼村，连鞭炮声都那么情绪平实、穿透力强，直抒胸臆。

婚礼场面壮观。桌子坐得满满当当，每张桌子上都放着大碗的坨坨肉，放眼望去，一碗碗坨坨肉"浩浩荡荡"。

一对新人身着彝族婚礼装，手牵手走过来。王小兵笑着说："你们俩一路走来不容易，也开创了这么多年来阿吼村村花留在本土的先例，以后会有更多的本地姑娘留下来，更多的姑娘嫁进来，所以我要祝福你们，更要感谢你们。"

果果向王小兵深深鞠躬，转身对阿来伍合说："我们能在一起真的很不容易。为了说服我家父母同意退婚，好多扶贫干部都到我们家来劝说。"说着眼泪就要掉下来。

"可别，果果。"王小兵连忙摆手，"今天是大喜的日子，可以回味，不能掉泪。"

"我是不再出去了。"果果摇着阿来伍合的手臂，"以后你就到浙江去打工，我就在家里做些扶贫的事。"

"哇……"果果捧着羌活根哭了起来。

分别试种成功的羌活，搬家到产业园后居然"不作为"，不要说果实，就连叶子也萎靡不振。

在一旁劳动的贫困户围了过来，曲木阿各莫指着杨永生说："当时我不加入合作社，你们说合作社要种植这、种植那，要分多少多少钱。现在好了吧，反正到时候我的钱要退给我。"

跟着她的两个年轻人也跟着起哄："退，退群，退群。"

杨永生抱着头想哭，自己没日没夜为阿吼村付出，从 2016 年初到现在人瘦得像柴棍样，他比任何人都想让这片土地上长出金子来啊。

"别管他们！"果果不哭了，过来坐在杨永生对面，她恨恨地说，"到时候一定要让那些想退群的人后悔。"

2017 年 8 月 8 日，杨永生按照农业大学教授的介绍，几经辗转，来到了阿坝州一个偏远的小村庄，这里是川贝母种植基地。教授说川贝每亩成本要 10 万元，收成好的话，可以卖到 30 万元。杨永生仿佛看到了红彤彤的钞票在自己面前晃。在强烈的九寨沟余震中，杨永生将贝母球运回阿吼村。

站在产业园指挥贫困户种植贝母的时候，杨永生的头还在摇晃。

在种下贝母的时候，也种下了杨永生沉甸甸的希望。

六

贝母花开的季节，堆在阿吼村贫困户脸上的笑容厚了起来，一层又一层，一圈又一圈。

这不，阿吼村再次发放猪苗、鸡苗的时候，贫困户们走路腰杆都是直的，脸上自信满满。

果果负责回收鸡，还帮助发放鸡苗和猪苗。成活率达到 100% 的贫困户获得近 2000 元的收入，还全部身戴大红花站在台上，从州里和县里来的领导笑容满面地把奖金双手递给他们。

吉觉阿牛木从领奖台上下来时，激动得浑身都在发抖。多年来，一直被贫困压得抬不起头。今天在领奖台上，给她发奖的领导问她有啥困难时她没犹豫就摇摇头，说，相信只要自己勤劳，自己和孩子就一定会过上好日子。

阿吼村的天气有时候很特别，和山外不太一样。明明该出太阳，结果却下雪，该下雨的时候却出太阳。

阿尔说尔解释说这就是阿吼村，不走寻常路，冬天里该寒冷的时候出太阳，必有好事出。

今天，修建了一年的阿吼村集中安置房竣工了。

贫困户每户一栋，73栋精致的小楼房，在阿吼村党支部后面形成一个扇形，就如一幅山水画挂在那里，浓淡相依、相宜。背后是一个面积不小的文化广场，体育设施高低错落地摆放在广场的外侧。

建好了还得住上，舒适地住上。阿吼村党员和入党积极分子，每人负责帮几家贫困户搬迁到新房子。

王小兵负责吉觉阿牛木和博立五且家的搬迁。吉觉阿牛木家的老房子早已经破败不堪，几间房子歪歪扭扭。新居可以拎包入住，可吉觉阿牛木慢慢腾腾地收拾了半晌。王小兵一趟又一趟，忙碌了一整天。

看到叫自己舅舅的两个小女孩楼上楼下地跑来跑去，在客厅里反复地按着电视机的遥控，不时地在厨房的菜板上偷肉吃。王小兵觉得，幸福有时候很简单。

明晃晃的太阳照耀在阿吼村的居民安置点，一大片彝族式的建筑艳丽地反射出彩虹，挂在阿吼村的上空，飘来飘去。

果果现在已经是村合作社的骨干。所有的贫困户都非常满意地搬进别墅后，她在热闹的阿吼文化广场做起了直播：彝族诗人吉狄马加在《彝人的颜色》中描述道："我梦见过那样一些颜色，我的眼里常含着深情的泪水，我梦见过黑色／我梦见黑色的披毡被人高高地扬起，黑色的祭品独自走向祖先的灵魂……我梦见过红色／我梦见过红色的飘带在牛角上鸣响，红色的马鞍幻想着自由自在地飞翔……我梦见过黄色／我梦见过一千把黄色的伞在远山欢唱，黄色的衣边牵着跳荡的太阳……"

果果还在直播中展示着自己漂亮的服装……

曾经，阿吼村就是贫穷的代名词，今天，所有的贫困户都搬进了新居。你看，他们洋溢在脸上的笑容已经遮盖了历史留下的沧桑。

讲着讲着，果果哭了，为她、为她这个曾经贫困的村庄，为她这个一步跨千年的民族。她居然在直播中哭了，哭得那么真诚，哭得那么酣畅淋漓，哭得看她直播的好多人开始不理解，但转而纷纷为她点赞。

贫困户高高兴兴地迁新居，文化广场和体育设施一时间使用率极高，党支部活动室外的篮球场也常常人满为患。

可没过几天，就有党员来给王小兵诉苦，自己"承包"的贫困户不想在新房子里住，坚决要求搬回老房子。

王小兵很纳闷，多好的新房子啊，不喜欢？还要搬回老房子，况且这老房子是要拆的。王小兵详细询问了想搬回去住的几家贫困户，他们大多年龄比较大。说起理由也是吞吞吐吐，最主要的是新房子没有火塘，没法关牛羊。

阿尔说尔说，从生到死，彝族就与火塘结下了深厚的感情。取暖是火塘，再寒冷的季节，回家往火塘边一坐，伸手在火塘一烤，再从沸腾的锅里舀出一碗土豆汤，马上暖意十足；礼仪靠火塘，在火塘的上首一定是家里的年长者，长者的左手就是客人中的尊者。家族的重要会议和重大决策都要在火塘边召开。阿尔说尔说，火塘就是彝族人的根和魂。所以搬到新房子的老人们还不适应，没地儿找到被人尊重的感觉，有人整天像丢了魂一样。

可是我们不能在漂亮的新房子里给他挖个坑啊。王小兵头疼了，走路都念念有词。那就给他们配个大盆子吧，王小兵一拍大腿。

需要的贫困户每家发个火盆，放在客厅，这样就可以把火盆当火塘，这个"火塘"可以承载原来火塘的全部内容。然后，在集中安置点旁边修一排集中圈养房，让阿吼村的牛羊也住上了好房子。

阿吼村党支部"脱贫攻坚挂图作战"室挤得满满当当。挂图上，那刚出土的"豆芽"开始粗壮，越长越高。

阿吼村要求入党的年轻人越来越多，现在召开支部大会，党支部活动室快坐不下了。

王小兵说，党支部现阶段的三大任务在稳步推进，现在重点抓好产品销售，同时要抓文明程度的提升。

很快，《喜德县阿吼村文明新风积分制管理办法》没有任何争议地通过并出台。办法对村民卫生习惯、自律习惯、守法新风、教育新风、勤俭新风、和谐新风等方面表现进行分值量化。

积分由月度积分和年度加分组成。村党支部建立台账，实行

"月公示、季评比、年总结"。有规范就有行动，阿吼村的文明新风从坚持洗脸洗手洗澡、不随地扔垃圾开始。果果还指导贫困户折叠被子、摆放花草等。为了保持阿吼村的整体清洁，合作社还出钱请了保洁人员。

果果还请来城里的大厨教村民怎么炒回锅肉，还进行了炒回锅肉比赛，现在回锅肉的香味常常浓郁地飘荡在阿吼村上空，这是王小兵对坨坨肉的改良。他用彝语告诉村民：识"食物"者为俊杰，我们的土豆、百合、荞麦都可以炒回锅肉，你能不断地创新，把回锅肉炒出不同的花样，是不是比单一的坨坨肉好？现在村里大事好事都是回锅肉当家。

一点一滴，阿吼村在变化，这种变化不仅仅表现在生活质量的提高，更在于阿吼村人从心底散发出的对自己能脱贫的自信，以及因此而来的心情舒畅和对幸福生活的向往。

2019年，阿吼村人均收入达到8979元。

这天，是王小兵最开心的日子。

喜德县的影楼摄影师主动免费给阿吼村这两年结婚的新人拍婚纱照。拍照前，王小兵站在百合花丛中，叉着腰，严肃地说："今天，我宣布：阿吼村不仅摘掉贫困村的帽子，还把'光棍村'的帽子扔到山脚下了，并且永远不再捡回来。"

"来，我们报数，看18对新人来齐没有。"摄影师招呼大家。

"1、2、3……"

"18。"果果向空中挥出拳头，十分响亮地报数。

"明天，你好！" 18对新娘、新郎朝着天空呐喊。

18对年轻的身影定格在百合花盛开的阿吼村，彩虹在他们头上熠熠生辉。

琼布丁青的格桑花

◎ 孙　劲

中国宝武武钢集团在援藏工作中发挥自身优势，创新教育援藏扶贫模式，通过开展学前教育教师双向实习交流培训，为西藏自治区丁青县培养学前教育老师，提高了受援地区教师教学水平和教育质量。

——题记

丁青县古称"琼布丁青"，意为"大鹏鸟的故乡"。

丁青县位于西藏自治区东北部、昌都市西北部，县城海拔3873.1米，是昌都市海拔最高的县城之一。她拥有藏东第一高峰、藏区最著名的苯教圣山——布加雪山；她拥有水草丰美、野花艳艳的布托湖；她拥有悬空而建的藏东最大的苯教寺庙——孜珠寺……

就在这样一个天堂圣地之上，当地的部分农牧民却忍受着贫困之苦。据2016年统计，丁青县人口总数为9.1万人，其中农牧民8.8万人，贫困人口13180名。

2016年7月份，武钢集团按照党中央、国务院的统一部署，克服困难，肩负起支援西藏、助力丁青脱贫攻坚的历史重任。武钢集团第五批援藏工作队（以下简称武钢援藏工作队）启程奔赴雪域高原开展援藏工作，与当地干部群众一起打响脱贫攻坚战。

丁青县也从那时起与武钢集团结下不解之缘。

用教育阻断贫困代际传递

按照武钢集团与西藏自治区昌都市签署的"十三五"援藏规划，从2016年开始，武钢集团向丁青县派驻援藏干部1名（三年一届）；每年定向拨付援藏资金750万元，用于丁青县民生、教育、医疗等扶贫项目的建设。然而，面对丁青县13180个贫困人口和数百个扶贫产业项目，每年750万元的援藏资金无异于杯水车薪。

如何才能让有限的援藏资金发挥最大的作用，带领丁青县农牧民早日脱贫摘帽呢？

治贫先治愚，扶贫先扶智。

要想从根本上改变丁青县的落后面貌，彻底甩掉贫困帽子，转变农牧民的思想观念，提高他们的文化水平是关键。

武钢援藏工作队在进行了一个多月的调研考察后，提出了"志智双扶、鱼渔同授"的援藏工作方针，即通过教育援藏阻断丁青县农牧民贫困的代际传递。

按照这一方针，武钢援藏工作队很快确定了教育援助丁青的工作思路：一方面把有限的援藏资金向教育事业倾斜，加强丁青县幼儿教育硬件建设；另一方面在计划外援藏项目上动脑筋、想办法,尤其是要充分利用武钢集团60多年幼教方面的经验,发挥人才、技术等方面的优势,采取走出去、请进来的方式,通过双向培训交流为丁青县培训学前教育老师,提高丁青县的教育"软实力"。

再苦也不能苦孩子

武钢援藏工作队确定的"教育援藏"工作思路得到了丁青县委、县政府的高度认可。

随后,武钢援藏工作队与中国宝武武钢集团武汉市青青教育管理公司(原武钢幼教中心,以下简称青青教育)联系,寻求支持。青青教育也迅速回复,表示非常愿意为雪域高原学前教育事业贡献力量,发挥作用。

2016年12月,丁青县政府主管教育工作的副县长提宝泽仁、教育局局长刘顺武等领导和负责人专程前往青青教育考察,并与青青教育签订了学前教育培训战略合作协议:计划在三年内,通过双向交流为丁青县培训100名学前教育"明月"园长和"种子"教师,由此拉开了武钢集团教育扶贫援藏的序幕。

丁青县城有3万多人,适龄学前幼儿有近1700人。随着灾后重建、易地扶贫搬迁,以及城镇化推进和第三产业兴起,县城随迁幼儿近两年将增加200人左右。尽管县城周边已经配备了5所幼儿园,但仍然人满为患,有的幼儿园一个班级的学生甚至多达70人。

"丁青的孩子也是祖国的未来,苦什么也不能苦孩子。"武钢援藏工作队决定为丁青县新建一所幼儿园,解决县城适龄儿童入园难的问题。这条建议很快得到武钢集团和中国宝武集团的批准。

为了确保幼儿园建设质量，武钢援藏工作队又联系武钢集团实业公司建筑安装公司在丁青县注册了分公司，利用其技术、质量、管理优势，确保高质量完成援藏项目的施工建设。

新的幼儿园按国家标准设计，规划投资1500万元，占地12.98亩，建筑面积3046平方米，主体二层，分设大、中、小班各三个班级，内设舞蹈室、音乐室、美术室等专业教室以及食堂、餐厅等辅助设施。

幼儿园计划从2018年底开始动工，2020年10月底通过竣工验收。2021年春季即可迎接新生入学，可以解决至少丁青县城270名幼儿的学前教育问题。

让高原老师们"走出去"

一转眼2017年的春天到来了。幼儿园还在前期规划设计中，幼儿教师的培训问题又摆在了武钢援藏工作队面前。

丁青县幼儿园教师奇缺。据不完全统计，按正常配置至少还需要100多名教师，而且目前在岗的多数教师大多未经过专业培训。可是，怎么培训？上哪儿培训？这些都是现实难题。

每年五六月份是丁青县农牧民上山采集冬虫夏草的时间。按照惯例，全县中小学校、幼儿园都会放"虫草假"。而这个时候，武钢集团幼教中心正处在教学时间。能否利用"虫草假"让丁青县的幼师"走出去"，到武钢去培训实习呢？

武钢援藏工作队又找到青青教育。青青教育这次依然是大力配合，表示只要是教学时间，丁青县的幼儿教师随时可以到武钢最好的幼儿园进行实地培训实践。

2017年5月份，丁青县教育局组织15名幼儿教师来到武汉，在青青教育开展为期一个月的实习培训。

老师们到达武汉后，顾不上适应"大火炉"的考验，立即如饥似渴地投入学习。青青教育的老师们也毫无保留地倾囊相授。为了方便交流，青青教育专门建立了"格桑花开"的微信群，希望这些老师们学成回到丁青，像雪域高原的格桑花一样，给丁青带来春天的希望。

为了让来自雪域高原的幼儿教师们学到真本领，青青教育为丁青县幼儿教师量身定做了教案，为每一位丁青幼儿教师选择一到两名有丰富教学经验和管理水平的老教师开展"导师带徒"活动，精心设计培训课程，手把手教授实战经验。

高原上的老师们刚到内地，大多数出现了醉氧反应——晕眩，没精神，昏沉沉没胃口。青青教育立即适时地调整作息时间，帮助老师们逐步适应内地的作息时间和气候，并为他们购买了藿香正气液、风油精、蚊不叮等药品，连夜送到下榻宾馆，让高原来的老师们感受到江城热力的同时也感受到武钢的关怀与温暖。

2017年5月30日端午节，为了让这些远离家乡远离亲人的西藏老师们也能度过一个快乐的节日，青青教育为每个老师精心准备了粽子、绿豆糕等节日食品并送到宾馆，大家一起品尝着美味，度过了一个难忘的端午节。

经过20多天的实习培训，丁青幼儿教师跟班实习，学习了舞蹈、音乐、创意美术、手工艺制作等幼儿教育课程，收获满满。

2017年6月12日，青青教育为丁青的老师们举行了结业典礼。

时任中国宝武集团副总经理，武钢集团党委书记、董事长刘翔亲自为丁青幼师颁发了结业证书。

"在培训中我们收获很多，特别是在教育理念、手工制作、体育游戏和园本教研上收获很大。"首批赴武钢受训的丁青县幼儿园教师陈小妮回忆起那段时光依然感慨万千。

把支教老师们"请进来"

"既然丁青县的幼儿教师能够利用'虫草假'来到武汉接受培训，那么，何不让武钢幼教中心的老师们利用暑假时间去丁青县支教呢？"迎回了"走出去"到武钢培训的丁青籍幼儿教师，武钢援藏工作队又提出了"请进来"的想法。

每年7月、8月是武汉幼儿园的暑假时间，而此时丁青县的中小学校、幼儿园却是刚结束"虫草假"，开始正常开课。

2017年7月12日，青青教育的5名优秀幼儿教师张朝霞、刘晓轶、谈爱晶、刘意、林国花组成青青教育首批援藏支教团队，经过两天转飞机、换汽车，抵达丁青。她们中的每个人都是幼教领域的专家。

当天下午，丁青县教育局召开工作对接会，支教团队负责人张朝霞园长在会上表示："我们将不负托付，不负期望，克服困难努力完成工作任务，把最好的状态留给西藏的孩子们。"

乡镇的道路有的紧贴绝壁，有的泥泞崎岖，处处布满着惊险，但这丝毫不能动摇支教老师们前行的脚步。远离亲人，远离故土，远离自己的孩子，不为别的，只为丁青幼教事业的发展。

初到高原，她们也出现了高原反应。林国花和刘意两位老师因为胸闷，连着几天吃不下饭也睡不着觉。可看到孩子们纯净的眼神，老师们又有了精神，迅速投入到教学培训中。她们为西藏学前教育中心的教师进行手工制作、区角环境创设培训，指导老师们学习电子琴，与大家一起查找整改管理和教学中存在的缺陷和不足之处……

随着幼儿教师双向交流培训的开展，丁青县的幼儿教育悄然发生着变化。

德庆桑珍是协雄乡小学第一附属幼儿园的学生，他欣喜地说："听老师给我们讲故事，和她们一起做游戏，我们很高兴、很愉快。"

斯朗巴宗是丁青县幼儿园一位幼儿的家长，他说："通过武钢支教老师的培训之后，我觉得幼儿园老师在精神面貌和教学模式上都有了新的变化，我的小孩变得开朗爱笑了。感谢武钢支教教师对丁青教育的付出！扎西德勒！"

疫情隔不断两地情

2020年注定是不平凡的一年。

肆虐的新冠肺炎疫情没能阻止中国宝武武钢集团武汉市青青教育公司第四批赴西藏丁青支教团队的脚步。

上半年，因为疫情暂时中断了丁青县派老师前往武汉实习培训的计划。下半年，疫情刚刚好转，青青教育就把选拔教师赴丁青县支教提上议事日程。

如往年一样，依然是精心挑选的园长、副园长、优秀教师以及年轻骨干教师5人组成的青青教育第四批赴西藏丁青支教团队，经过体检、核酸检测，克服高原反应以及长途跋涉的各种艰险，于 8 月 4 日抵达西藏自治区昌都市丁青县，开始了为期一个月的培训交流工作。

8 月 25 日，30 多名幼儿教师前来县中心幼儿园观摩公开课，并在课后进行了研讨。

参加观摩的丁青县幼儿教师表示，公开课非常有启发性，大家明确了科学活动要注重让孩子探究，鼓励大胆猜测操作验证；户外体育活动要注重动作发展难度的层层递进；美术活动要注重激发孩子创造力。支教老师们的游戏化教学形式给观摩教师留下深刻印象。

两地老师交流热烈，对幼儿教育新理念新思想在教育教学实践中的应用进行了探讨，极大提高了丁青县幼儿教师们的专业教学能力。

8 月 26 日，前往丁青县调研考察援藏工作的中国宝武集团总经理、党委副书记胡望明，党委常委、总会计师、董事会秘书朱永红，武钢集团总经理、党委副书记傅新宇以及宝武学院执行副校长傅连春等领导专程看望并慰问了青青教育支教团队。胡望明总经理在听取了支教老师们的汇报后，称赞老师们是"绽放在琼布丁青的格桑花"，充分肯定青青教育的援藏支教工作很有意义。

"一个月的支教，一生最美好时光，将永久珍藏心中！"支教领队查兴桃园长无比动容地说。

戚跃强副园长也感慨："这次支教之行，给我们留下了美好回忆！也留下了我们对丁青孩子、丁青教育同仁的牵挂……"

现在，丁青学前教育老师与武钢幼教中心老师的双向交流已经形成了常态化机制。

从 2017 年到 2020 年，丁青县教育局累计派出三批 47 名幼儿教师到青青教育实习培训，青青教育派出四批 20 名老师到丁青支教。青青教育的老师们和丁青县的幼儿教师们结下了深厚的友谊。

两地老师有一个共同的微信群，微信群的名字叫作"格桑花开"。格桑在藏语中是"幸福"的意思。

是啊，不管是丁青还是青青的幼儿教师们，他们就像盛开在高原的格桑花一样，给人们带来幸福吉祥。

君住长江头，我住长江尾……

中国宝武武钢集团青青教育支教老师和丁青幼儿教师藏汉一家亲，携手为西藏幼儿教育事业做出新贡献。

中国宝武武钢集团在琼布丁青浇开了希望之花，让西藏儿童的明天更美好。

修水脱贫记

◎徐春林

2020年11月3日，受中国作家协会的委派，我到江西修水县下沉，了解当地脱贫攻坚所带来的幸福。

"修水浓青，新条淡绿，翠光交映虚亭。"位于幕阜山腹地、修河上游的修水在黄庭坚的笔下显得恬静淡雅。过去，由于经济发展落后、贫困人口较多，1994年被定为国家贫困县，2002年被列为国家扶贫开发工作重点县，2011年又被列为省定特困片区县。由此也开启了修水县在奔小康路上的"长征"。

一

修水县马坳镇的黄溪村，是修水县典型的"后进村""上访村"，也是"十二五""十三五"国家贫困村。说起过去的黄溪村，村民的眉头紧锁着。2008年10月，黄溪村迟迟没有完成换届选举，原因是村里的基础太薄弱，交通闭塞，产业匮乏，人心散漫，民风彪悍，全村因斗殴、偷窃等行为被判服刑村民有60多人。"日子过得比哪儿都差，村里只有一条弯曲的泥巴小路，孩子们上学泥浆卷在裤腿上。"

去黄溪村的路上，两旁还开着野菊花，在阳光的照耀下，金灿灿的。远处是高低起伏的群山，不时听见羊群咩咩的叫声。时近半下午时，我抵达了黄溪村。一望无际的桑园里，农民正在忙着修枝剪叶。"今年的收入还不错，仅蚕桑这一块的收入就有4万余元。"这大概就是黄溪村民的蚕桑收入，这个收入涉及每家每户。黄溪村每户村民家都有蚕桑、茶叶、果树，收入最低的产业是4万余元，多的达到10多万元。

说到黄溪村的变化，村民们把它归功于一个叫徐万年的人，他是黄溪村支部书记。

"当年是我们强烈要求他回村担任支部书记的，这个书记非他莫属，也只有他才能带领村民致富。"村民对徐万年心里有数，见证了他白手起家、艰苦创业的历程，都为他的勇气、胆识、实干叫好。1976年以前，徐万年担任过村支部书记，由于村里各项工作起色很大，1990年被提拔为副乡长，1996年他主动辞职下海经商，成功创办"万年综合养殖公司"，成为全县名副其实的"猪老大"。2008年养殖公司完成销售额2600万元，纳税60万元。公司先后获全县科技兴农示范户、全市农业产业化龙头企业、全省畜禽养殖500强等称号；徐万年个人连续多年被评为全县"养猪状元"、全市优秀共产党员，2006年当选九江市人大代表，2008年当选全市"光彩之星"、全省金融十佳"守信标兵"。

2008年村"两委"换届前夕，乡亲们一拨一拨地找到徐万年请他参加村支书选举，许多村民自发组织到镇里，还打电话给县委组织部争取组织上的支持，甚至有人"威胁"徐万年："你不回来做支书,我们就把你猪场围墙推倒。"镇里也被村民的热情所感动,镇党委书记亲自出面鼓励徐万年莫辜负群众的期望,黄溪村需要他,乡亲们在等着他……回首自己18年走南闯北,养鱼,养猪,失败过,成功过,一抹酸酸的滋味涌上心头。如今,自己的致富梦想刚刚起步,修水县万年综合养殖公司经营状况略有好转,竹坪农业生态示范园正在紧张建设中。此时的徐万年陷入了深深的思考之中,当与不当的念头时常萦绕在他的脑海里。经过近两个月的上级领导谈话和党员群众鼓励,徐万年的心里豁然开朗:首先,自己是一名共产党员;其次,带领群众致富是自己一直以来的心愿;最后,乡亲们期待黄溪村有一位好的带头人。所以,尽管感到有些为难,尽管担心干不好对不住组织对不起乡亲,但在大伙的真情感召下,徐万年把公司扔给儿子和女婿,毅然决定参加村里的换届选举。2008年11月26日,徐万年全票当选黄溪村党支部书记。选举结果一宣布,现场的党员群众都乐坏了,纷纷自发放起鞭炮,奔走相告:"咱们万年当村书记了……"整个村子沸腾了好几天,村民们比过年还高兴。

徐万年刚上任时全身铆足了劲,向村民立下誓言说:"大家一定要改变思想,只有这样,我们才能在三至五年内把村里变个样。"徐万年的话干干净净,清清爽爽,创造了"修水精神"。

上任后,徐万年从深入分析村情、逐户走访问计入手,挨家挨户征询意见,了解情况,到外地先进村取经。他用经营企业的理念来谋划黄溪村的发展,很快提出了符合黄溪村实际的发展思路,明确了农业产业化、土地园林化、耕作机械化、住房城镇化、农民工人化的"五化"发展模式和家家有资产、户户有股份、人人有就业、年年有分红的"四有"发展目标,并请来专家制定黄溪村5—10年发展规划。他立志把黄溪村建成全县乃至全省一流的社会主义新农村。

2009年春节过后，大多数人挤进了打工的浪潮，但受金融危机影响，黄溪村有200多名农民工没地方去。看到这一情况，徐万年心头很不好受，但很快就有一道阳光倾泻进来。"返乡农民工大多有市场意识和市场经验，有的还掌握了实用技能，为什么不把这些人组织起来一起干呢？"他想到后马上就做，当即接收了17名农民工到自家公司从事生猪养殖，引导36人加入生猪合作社，并专门举办了三期种养技术培训班。为了树立村民的信心，徐万年还出资购置农用车、收割机和其他农机具，牵头组建黄溪村农机专业合作社，解决了20多人的就业。这些返乡农民工初尝甜头，深有感慨地说："今后不用出去打工，在家安居乐业一样能赚钱。"

蚕桑产业是黄溪村的传统产业，受市场低迷影响，种植规模急剧下滑。村"两委"经过反复论证，认定蚕桑仍是适合黄溪村发展的主导产业，徐万年多次给村民算经济账，动员村组干部和党员带头发展蚕桑，全村桑园面积由2008年几近荒芜的50亩扩大到现在连片优质高产桑园800多亩。为破解产业链条短影响蚕农增收的难题，徐万年积极争取省蚕种厂到黄溪村创办制种基地，有效延伸了养蚕、制种、售茧的产业链。村里成立蚕桑生产专业合作社，与省蚕种厂合作推广科技养蚕，开展技术培训，提升茧质和产量，使单张蚕种收入由原来1000多元提高至6000多元。去年全村蚕农收入超过400万元，一些蚕农越干越有劲，有些贫困户别的干不了，一门心思栽桑养蚕，承包桑园十多亩，年养蚕种二三十张，仅这一项年纯收入就达五六万元。

经过几年的发展,黄溪村为盘活土地资源,按照"确权确股不确地"的方式进行成片流转土地,建成"网格化"灌溉渠 5000 米,平整格田面积 1600 亩,新建田间机耕道 16 公里,为全面推行大户承包、规模种植奠定了基础。目前黄溪村基本形成蚕桑、蔬菜、茶叶、花卉苗木四大主导农业产业,全村发展无公害蔬菜 200 亩、茶叶 1500 亩、花卉苗木 300 亩,建成修水县西片区最大的蚕桑基地和花卉苗木基地,"一组一品"产业格局基本形成。

懂经济、善管理的徐万年并不满足于只发展农业产业,他还坚信充分挖掘当地丰富的资源,利用良好的生态优势,工业也可以搞出名堂来。在他的积极运作下,成功引进投资商建成汇津纯净水、金樱子酒业、三和家具、恒茂竹木加工、蚕茧收烘公司等多家企业,年产值达到 8000 万元,300 多名村民在家门口常年实现就业。更为难能可贵的是,村集体通过采取资源入股的形式,黄溪村由原来的"空壳村"摇身成为产业大村、经济强村。

在发展集体经济、带动群众致富的过程中,徐万年始终把贫困群众的脱贫牢牢记在心上。徐万年带领村"两委"干部,引导贫困户由政府"输血"向自身"造血"转变,积极打造富民产业,按照"发展一个产业、加入一个合作社、一家至少一人在村就业、一种以上收益方式"的"四个一"扶贫模式,不断拓宽贫困户增收脱贫渠道。通过盘活贫困户手中土地资源,引导贫困户入股种植 100 余亩花卉苗木,有效解决贫困户有地无劳力、有劳力无土地的窘状;同时鼓励流转大户优先聘用有劳动能力的贫困户从事日常生产工作,使贫困户人均增收达 3000 元左右。通过组建扶贫农业合作社,吸纳 135 户贫困户采取资金资产、土地山林、劳动力等灵活多样的入社或入股方式成为合作社成员,并从中受益。

通过做大做强产业支撑，带动153户贫困家庭从事养蚕或相关产业，从业贫困人数达400余人，蚕桑产业为每户贫困户年均增收2万—3万元。经过多年努力，黄溪村人均可支配收入由2013年的2730元提高到2016年的4800元，增长51%，贫困户人均可支配收入达到了3800元，2016年黄溪村如期退出贫困村。

2019年，500栋连体式别墅建成，村民迁入新居，个个喜笑颜开。中心村里有超市、沼气池、休闲广场、室内篮球场等；村民没有自留地，村里建起了村级菜市场；为了方便村民锻炼，黄溪村打造了3.7公里长的崇河景观带……

以城镇化理念建设中心村，让农村土地更加集中连片。为了发挥土地的经济效益，徐万年把各村小组的集体土地进行"确权确股不确地"形式创新，以组为单位进行土地流转，实行集约化大户承包制。目前全村拥有土地耕作面积1326亩，已完成土地流转面积1150亩。

目前，黄溪村形成蚕桑、蔬菜、茶叶、花卉苗木、有机葡萄五大主导农业产业，先后建立五个专业生产合作社，采用"基地＋股份＋农户＋公司"模式，全村发展种植无公害蔬菜200亩、花卉苗木300亩、茶叶500亩、有机葡萄60亩，年创收1800余万元。2019年，村民人均纯收入突破2万元，贫困户人均纯收入达到8000余元，63户贫困户如期脱贫。2020年10月17日，徐万年荣获全国脱贫攻坚奖创新奖。

如今的黄溪村，土地平旷，屋舍俨然；阡陌交通，鸡犬相闻。其宁静、和谐的氛围与陶渊明笔下的桃花源竟有几分相似。村民觉得生活风光，每到傍晚，在广场上翩翩起舞。

二

早晨，修水隐在雾海中，很美，缥缥缈缈。

湘鄂赣三省交界的幕阜山区，江西修水县4504平方公里，山地面积占了80%；89万人口，其中80%在农村，农村人口又有80%在山区。大山养育了儿女，又制约其发展。

在修水人看来，想要与全省、全市同步建成小康社会，重点在农村，难点在山区，而出路就是按照党中央、国务院和省市的决策部署，实施易地扶贫搬迁。

"修水是江西实施搬迁扶贫较早的地方，也是我省易地扶贫搬迁的起源地。从2001年起，先后经历了投亲靠友、有土集中、移民整体进城进园三个阶段，至2015年累计搬迁8.32万人。"修水县扶贫办二级主任科员梁琦玲说，易地扶贫搬迁是脱贫攻坚"五个一批"中政策性最强、难度最大的一批。为确保山区群众能搬得出、住得好、稳得住、能发展、可致富，修水县还将个人技能培训、发展致富产业、创造就业机会等有机结合起来，通过实施一系列的配套"组合拳"来予以保障。

黛瓦红线条，白屋灰墙裙。

走进修水县黄沙镇汤桥村，群山环绕下的姜家坳易地扶贫搬迁安置点，一排排新楼房整齐划一，高低错落，干净漂亮。健身器、文化墙、自来水、路灯、水泥路……安置点虽然不是很大，但是配套齐全，与城里没有区别。孩子们在广场上嬉戏，大人们在运动器材上健身。

"如果不是有国家的易地扶贫搬迁好政策，我们哪有机会住进这么好的房子？年收入也不会有这么多，现在的日子是一天比一天好了。"万继华是汤桥村建档立卡贫困户。一家6口人原来挤住在深山坳危旧的土坯房里。2016年修水县开始对他们村庄实施易地扶贫搬迁，经过近一年的建设，2017年春节前，他就搬进了宽敞明亮的新房，电视、家具一应俱全。说起易地扶贫搬迁带来的好处，万继华的脸上一直洋溢着笑容。

搬出来是第一步，确保大家生活有保障，过上好日子才是最终目标。

修水县因地制宜，通过产业带动、就业创业扶持，全力做好易地扶贫搬迁后半篇文章，让搬迁群众"有产业、有就业、有家业"。目前已在易地搬迁安置点附近打造产业基地121个，建立扶贫车间20个，已有2746户10370名建档立卡对象通过易地搬迁实现了稳定脱贫。

修水县的良瑞佳园小区是江西最大的整体移民安置小区，近年来有9个边远贫困村的4268户"村民"在这里变"市民"，其中贫困户有344户。溪口镇罗家窝村的徐军相便是其中之一，通过易地扶贫搬迁和就业帮扶，他不仅挪了穷窝，还摘掉了贫困的帽子："以前在深山里，生活很困难，现在进城了，小区周边有幼儿园、学校。我在工厂每个月有2000多元工资，生活跟以前完全不一样了。"

在大椿乡，一辈子住在高山上的卢方根选择了搬迁到山下的中心村安置点。按照县里"权属随人走、搬迁不失利"的政策，搬迁户原属土地、林地承包关系不变并享受各项惠农政策。卢方根仍在原来的山间发展茶园，还加入安置区周边的合作社发展中药材种植，养牛、养羊，实现长效增收，日子越来越有奔头。

在修水，很多搬迁贫困户像卢方根一样与合作社、家庭农场等农村新型经营主体签订了帮扶协议，生活更有保障。

"十三五"以来，修水县在完善整体移民搬迁工作的基础上，坚持"安居与乐业并举，搬迁与脱贫同步"的原则，围绕精准脱贫"一个目标"，依据群众意愿，实行县城园区、中心集镇、中心村"三级梯度"安置，采取安居工程和易地扶贫搬迁"两轮驱动"，做到产业扶贫、基础扶贫、科教扶贫、保障扶贫"四个结合"并取得显著成效。58岁的山民夏国虎通过易地扶贫搬迁从修水县溪口镇榨下村住进了县城的新楼房，这已是他第三次迁房。打记事起，夏国虎家的土房总是大雨大漏、小雨小漏，每年都要修补。逼仄的屋子内，多站一个人都显得拥挤。

20世纪80年代，夏国虎在旧房旁建起一栋新土坯房，杉树皮的屋顶，用竹条加固。当时，村里大多数山民住的土坯房盖的还是稻草，一到刮风下雨，心都是悬着的。夏国虎希望把"挂"在山腰上的家安到山脚，建一栋结结实实的砖房。带着这个梦想，夏国虎只身前往珠海打拼。攒下一些钱后，他回到家，把在脑海中无数次畅想过的房子盖好。

竣工那天，夏国虎失眠了。月朗星稀，他拿着手电筒在新房里上上下下看了又看。搬家前，他专门请人写了一副对联：福星高照勤劳宅，喜气长留俭朴家。

日子久了，墙上的对联逐渐褪色，夏国虎渐渐发现山下虽然交通便利，但地势低洼，晴天晒不到几个小时太阳，遇到持续降雨，出门的路也经常被淹。住新房的喜悦之情逐渐消散，但夏国虎无力再迁房。

变化发生在修水推进易地扶贫搬迁后。赶在2015年春节前，夏国虎作为第一批居民，住进了县城最大的安置社区——良瑞佳园小区，9个村庄、近9500人从山上搬进这里。

夏国虎家120平方米的三居室内干净整洁，夏国虎和家人可以坐在沙发上看着网络电视，抽油烟机、洗衣机、空调等一应俱全。

爱热闹的夏国虎，搬下山后精气神更足了："山上难寻两个人，现在大家都搬到山下住，社区里老年大学热闹得很，日子越过越美。"

三

扶贫扶长远，长远看产业。

修水县种桑养蚕历史悠久，是江西省最大的蚕桑基地县。"迢迢一水绕千山，桑柘阴阴聚落宽"，是宋朝诗人描写当时太阳升镇梁口村蚕桑生产的盛景。

"养蚕还是来钱快，像我们这种家中有老有小，劳动力又不太多的，在家里养蚕，还是非常靠得住的！"征村乡征村村四组养蚕贫困户刘大勇说，"2019年初，自己养的第一批蚕就是从小蚕工厂领出来的，养了14天，就获得3000余元收入。"

对于贫困户，修水全县实施政府稳价保险托底收购蚕茧，市场收购中准价为每公斤28元，方格簇茧加价2元，另外，蚕农还可以享受每公斤8元的保险补贴政策。征村乡蚕桑站站长巫绍荣说，政府统一种植桑树、建造小蚕工厂和养蚕大棚，蚕桑站还定期提供技术指导。像刘大勇这样的贫困户，只要人够勤快，一年可以养6—8批蚕，脱贫致富是非常"把稳"的。

"家有三亩桑，一年两万稳到账"，蚕桑产业是一个当年栽桑当年受益且盛产期达 20 年的朝阳产业，刘大勇他们的脸上绽放出的笑容，仅仅是修水县发展蚕桑产业成果的缩影。目前，修水县桑园面积 9.3 万亩，其中 1688 户贫困户发展桑园面积 6937.91 亩，每户每年可增收 2.3 万元。2019 年全县实现年养种 5 万张，产茧 4.5 万担；完成新扩低改桑园 1.38 万亩；茧丝绸企业实现主营业务收入 5 亿元，完成税收 300 万元。

为提高农户，特别是贫困户的养蚕成功率，修水县利用扶贫资金建设了 11 个小蚕工厂，年可生产成品小蚕 3 万张，满足贫困户小蚕饲养需要。通过实施养蚕大棚政策，把养蚕大棚建在桑园旁，解决了桑叶采摘、运输难题，改变了蚕畜共养交叉感染的不良养蚕环境，从而提高贫困户的产量和效益。如今，贫困户养的大蚕只需要饲养 12 天就可以上蔟。

在"十三五"期间，全县共举办蚕桑技术培训班 200 余场，培训蚕农 16000 余人次，其中贫困户 4000 余人次，发放扶贫政策指南和技术资料 20000 余份。

"不管东西南北风，咬住蚕桑不放松。"为降低蚕农养蚕风险，稳定全县蚕桑产业的健康发展，修水县将政策性养蚕保险纳入县政府为民办实事工程，全额承担保费，实行蚕茧保护价收购，树立蚕农发展蚕桑产业信心，引导蚕农特别是贫困户直接参与产业增收，从而走上能脱贫不返贫的小康之路。

"宁红不到庄，茶叶不开箱。"描述的是修水宁红"茶盖中华、价甲天下"之美誉。

但随着 20 世纪 90 年代中国红茶在国际市场的持续低迷，以及茶厂经营不善、人才流失等原因，修水茶产业经营一度陷入困境。自从精准扶贫工作开展以来,为使茶产业逐渐成为全县一大脱贫支柱产业,从2016年至2019年,修水新增茶园面积25000亩,累计发展菊花种植82000亩,其中带动鼓励贫困户自主发展茶叶面积2240.50亩,新建茶叶基地28个、新建茶苗基地1个、提升茶叶基地10个、拓展茶叶基地2个。由此带动建档立卡贫困户采取自建、入股、就业等形式参与茶产业约8500人次,带动贫困户户均年增收3500元以上。

修水县布甲乡横山村贫困户夏尊兴表示,妻子季节性采茶月工资4600多元,他自己在茶叶车间加工茶叶,月工资4500多元,一家一个月就有9000多元的收入,多亏了政府帮扶,茶产业真是他们贫困户脱贫致富的好产业。

作为帮扶单位,中粮集团自2017年进驻横山村后,就和村"两委"干部明确了通过发展茶叶等产业助推贫困户脱贫的致富思路。通过几年的努力,横山村先后发展500多亩高山有机茶,涵盖所有贫困户,形成种植、加工、销售于一体的发展模式。为进一步助推茶产业发展,2018年中粮集团投资30万元帮助横山村援建扶贫茶叶车间;2019年帮助村里将1900公斤干茶全部销售出去,实现销售收入103万元,村集体获得利润分红20万元,贫困户户均收益2000元以上。

"在这里干活每月有4000多元工资,每年还有公司发的5000多元的协议分红,一年就是5万多元,收入稳定了,终于结了婚。"任世根是黄沙镇生活小区的居民,因为家里经济条件比较差,他们三兄弟一直没结婚。谁不想娶个好媳妇呢?总不能把人家姑娘骗上门来吧!

任世根生活的改变,得益于参加了当地政府开展的"金融+

就业扶贫"项目。他在大椿茶叶有限公司做茶园管护,早上来,晚上回。而像任世根这样需要帮扶的对象,在该公司就有十几人。任世根的收入不少,很快就被同厂务工的姑娘相中了。

大椿茶叶有限公司总经理吴章金说,为助力打赢脱贫攻坚,公司主动履责,在当地政府部门的牵头下,打造了适合本地发展的新平台,主要是采取"龙头企业+合作社+贫困户+金融"的扶贫模式,吸纳有意愿的贫困户参与企业扩大再生产,通过"一带两管三增收"的金融扶贫举措,为贫困户稳定脱贫和持续增收打牢基础。

符合条件的贫困户只要拿身份证等有关证明,不用担保,就可以在信用社贷到 3 万至 5 万元不等的资金,所有的利息均由政府补贴。大椿茶叶有限公司以公司为平台,和贫困户注册成立的茶叶生产合作社合作发展。入股的贫困户一方面通过入股分红,一方面通过就业获得收益,贫困户每年"就业+分红"收入达 1 万元以上。

在脱贫攻坚和奔小康征途中,修水县更加注重长效抓产业发展,坚持以产业为根本支撑,鼓励贫困群众发展茶叶、蚕桑、油茶等周期较长、长期受益的产业,兼顾发展菊花、中药材种植,畜牧养殖等投资少、见效快的产业,实现了长短结合、滚动发展、持续增收。从 2016 年到 2020 年初,全县投入产业扶贫资金 4.46 亿元,逐步形成了以蚕桑、茶叶、油茶等为支柱的主导产业。新建"一领办三参与"产业扶贫示范基地 281 个,创建示范合作社 141 个,带动贫困户 5000 余户;通过产业帮扶,有 13201 户 55303 人通过发展产业增收受益,基本实现了"村村有扶贫产业、户户有增收门路"的目标,村级集体经济"空壳村"基本消除。

2020 年 4 月 26 日,经省级专项评估检查,修水县终于一举摘掉了"贫困帽"。

在修水,每遇见一人,他们都会心一笑。村民们的小日子过得很幸福。"生活有了希望,怎能不高兴呢?"我看见,金黄色的阳光在秋菊的枝头跑来跑去,一种让人说不出的美感暗不下来。

在蒙山听瑶歌

◎吴文奇

我打量着眼前这位穿着瑶族盛装的老人。尽管他眼睛不大但炯炯有神,脸庞瘦削却写满了自信。尤其是他一张口,瑶族山歌应声而出,婉转嘹亮,犹如天籁之音,让我心头一震。

2020年11月3日,作为中国石化作家协会的代表,在石化作协丛松彪副秘书长的带领下,我参加了中国作家协会组织的2020"中国一日·美好小康——中国作家在行动"全国作家联动大型文学主题实践活动,来到了中国石化广西石油分公司的定点扶贫村——广西壮族自治区梧州市蒙山县文圩镇河村。

"张嘴就把山歌唱,把我心思唱给党。党的扶贫政策好,脱贫致富奔小康""中国石化来村里,又修路来又种地。那年大水把村淹,广西石油救了俺""驻村干部真辛苦,为村修了幸福路。带领村民种柑橘,户户脱贫来致富……"老人一边唱一边用手挥舞着,脸上露出开心的笑容,肢体语言散发着强有力的气场。

广西石油的扶贫干部王柱华对我介绍,眼前的瑶族老人名叫黄若海,67岁,曾经是村里的贫困户,不过现在已经脱贫。他是蒙山县山歌协会会长、非遗传承代表人，多次在县市山歌比赛中获得一等奖，被县里授予了山歌"歌王"的称号。我赶忙握住老人的手，他也紧紧抓住了我的手，努力用让我听得懂的方言对我说，感谢党，感谢中国石化，让他一家人渡过了难关。

在黄若海老人的家里，他皱着眉头无奈地对我说，早些年，他家在村里生活得还不错，谁知老伴得了肠癌，在南宁做了两次大手术，前后进行了八次化疗，花了几十万元，欠了一身的债，家庭也由此变成了贫困户。尽管如此，老伴还是在2015年去世了。说到这里，他指指自己空荡荡的房子摇摇头。为了不让老人悲伤，我就问他，那后来是怎么脱的贫？他突然提高了声调，并用手指向了王柱华说，是他们扶贫干部帮助我们种植了砂糖橘。当时，他还不敢种，怕种橘子赔钱，是他们扶贫干部一遍遍做思想工作，最后自己才勉强种了一些。谁知种上砂糖橘后，经济效益非常好，都挣钱了。他们还为村里修了路，使橘子能够快速运出村外卖掉。现在，家里种有30多亩的砂糖橘，不但还清了欠债，帮儿子盖了一座大房子，还买了汽车，又在村口开了个综合商店，投资了十几万元哩。

说到这里，歌王笑了，眉毛似燕子一对翻飞的翅膀，脸上又恢复了满满的自信。随后，歌王领着我们参观了他帮儿子新建的楼房。这座楼房盖得漂亮大气，就在村口的大路旁。楼房一层四间，高三层，淡黄色的瓷砖一贴到顶。一楼是商店，二、三楼是起居室。客厅宽敞明亮，挂着洋气的吊灯，地上铺着浅色光亮的瓷砖，靠墙一排中式实木沙发高档大方。歌王按捺不住脸上的喜色说，你们看看，我是不是生活得很好？现在，我可高兴哩，天天除了唱歌还是唱歌。我的两个儿子也已长大成人，都娶了媳妇，生了孩子。儿子、儿媳妇、孙子都很孝顺，我什么也不用愁，心情高兴，就是要歌唱。他抬手指着窗外远处的大山，继续说，我要把党的好政策，唱遍蒙山县，唱到大山外面去。

老人的情绪也感染着我，我抬眼望着西边不远处那连绵不绝的大瑶山。是啊，这大瑶山的深处，还有多少如黄若海老人一样的贫困户？这小小的蒙山县，还有多少需要脱贫的村庄呢？

蒙山县，是广西壮族自治区梧州市所辖的一个县，辖区有6个镇、3个乡（其中2个瑶族民族乡），总人口22万人。其位于自治区东部大瑶山之东，面积有1279平方公里；四周群山环抱，境内丘陵起伏，秀丽的湄江纵贯其中。蒙山历史悠久，商周时期属百越族中西瓯苍梧部族，秦始皇三十三年属桂林郡，汉元鼎六年属苍梧郡荔浦县，南北朝梁武帝天监元年设金安县、蒙县、常安县，这是蒙山地设县的开始。尽管蒙山历史悠久，但由于地理位置所限，到21世纪，不少山村仍属贫困村。

2001年，中国石化开始到蒙山县进行扶贫工作，至今已帮扶7个村庄、近千个低保贫困户实现了脱贫。在农村，扶贫工作没有那么简单，什么样的情况都能遇到。陪同采访的河村党支部书记陆朝杨对我说，就说那年为村里修路吧，看似一个利村利民的好事，但是，拓宽道路需要占用个别村民少量的田地，村民出于自身考虑，就是不答应。这件事可把当时驻村干部王柱华为难坏了，东家做工作，西家去慰问，磨破了嘴，跑断了腿，费老鼻子劲儿了。不过，当道路修好后，无论是村民行走，还是装运橘子出村，比以往方便多了。村民们实实在在得到了便利，一致要求把中国石化修的这条路起名为"幸福路"。王柱华接着对我讲道，蒙山多雨，特别是一些山村或河边村落，山洪与河水常把道路冲毁，故此，为民修路就成了帮扶工作重要的组成部分。我看到了广西石油在蒙山县帮扶的一组统计数据：在长坪村，2001—2005年，累计投资20万元，修建道路和漫水桥一座，解决了群众行路之难。在汉豪村，2006—2008年，累计投资10万元，修建村中道路。在莲塘村，2009—2010年，累计投资10万元，修建村委办公楼，购置配套办公设备。在河村，派驻第一书记，2011—2015年，累计投资113万元，修建村中道路和桥梁，完善村里水利设施。在能友村和夏宜村，2016—2017年，筹集资金4.8万元，对10户村民进行帮扶，使其实现了脱贫。在能友村，先后派出驻村工作队员刘振梅、王柱华、王洪宁、覃仕勇等人，帮扶凌德光、罗朝辉两户脱贫；2018—2020年，累计投资53万元，修建村中道路，对村办公楼进行维修……

或许以上的统计数据过于枯燥无味，还不足以体现人心最深处的情感。在河村，我还遇到了另一位人生坎坷的村民——一位现已脱贫致富的老人，或许他的经历和言行能够反映当下不少贫困户精神面貌的深刻变化。他名叫黄浩辉，自小家境贫寒，小学便辍学和父母一起干农活。年龄稍大后，就到县城当建筑工人，尽管他和工友们盖起了一座座高楼大厦，但他的家始终是座破旧低矮的土瓦房。后来，父亲因病去世，为看病欠下的花销，使得这个贫寒的家庭雪上加霜。因为家穷，加之性格内向，他一直讨不到老婆。随着年龄增大，他也死了娶媳妇的心，在村委领导的提议下，领养了一个女孩。2004年，黄浩辉不慎被犁田的耙子钩伤了脚跟，治疗了五六年，仍不见好，还留下了无法下蹲的后遗症。治疗脚伤，再次花光了他所有积蓄，还欠了几万元债务。再后来，领养的女儿也出嫁了，但女婿家境也非常一般，没有力量对他进行根本性的帮助。黄浩辉慢慢就成了村里最困难的贫困户。2014年，河村村委把黄浩辉列为国家建档立卡的贫困户，决定在经济上给予救助。当广西石油定点扶贫河村后，下派扶贫干部，与村委领导一起研究致富出路，决定以种植砂糖橘为主要手段，组织村民致富脱贫。他们在河村修筑水泥路，拓宽主干道，使得很多道路直通田间地头。在驻村干部多次做工作，建议种植砂糖橘时，黄浩辉还是不断犹豫，只象征性地种了0.3亩，担心自己不会种，有投入没产出，反而欠债更多。为打消村民疑虑，驻村干部请来了县里农业技术站的专家，免费为大家传授种植技术。渐渐地，黄浩辉看到了希望，砂糖橘种植也从0.3亩增加到目前的4亩多，经济收入大幅增长。到2017年，他不仅还清了所有债务，彻底治疗好了脚伤，还为自己建起了一座两层半的小楼房，成功地脱了贫。陪同与黄浩辉见面的河村党支部陆书记对我说，更难能可贵的是，黄浩辉致富后，主动跟村委提出，要求退出国家低保救助，把名额让给其他更为贫困的家庭。

　　听到此话，高高个子的黄浩辉，黑色的脸庞露出了腼腆的笑容。黄浩辉不善言谈，对于我们一行人的到来，有点儿局促不安，是那种典型木讷的农民。我问他，为什么要"退保"？他憋了半天，喉结蠕动好几下，最后才说了句，现在生活好了，我又盖了新楼房，不需要国家救助了。看着紧张又不好意思的这位老哥，我只好拉着陆书记对他说，那咱们就在你家的新楼房门口拍个照留念吧。他点点头。拍完照，黄浩辉好像有点儿遗憾，迟疑了半天说，拍照少了驻村干部，没有他们就没有我的新楼房。

　　再寂寥的野花，也懂得雨露的恩情。善良的中国农民，是最懂得感恩的。别看他们老实巴交，其实谁对他们好，他们心里明白着呢!"犹有报恩方寸在,不知通塞竟何如",忠厚的浩辉老兄呀,我能理解您现在的心思,我懂得您对驻村干部的感激之情,您自愿"退保"的行为,不就是您对驻村干部、对党和国家炽热的报恩之心吗?

夏宜乡能友村是蒙山县偏远的瑶族山村,有 10 个村民小组,273 户 838 人。其中,帮扶建档立卡贫困户 48 户,贫困人口 215 人,全住在 20 世纪修建的破旧黄泥砖瓦屋里。2013 年,能友村被广西壮族自治区列为重点扶贫村。能友村有个村民叫凌德光,身患残疾,全靠妻子和女儿耕田种地,收入微薄,加上儿子读书,年年入不敷出。2017 年,广西石油驻村扶贫干部王洪宁了解到他的家庭情况后,主动协调村委,优先给他安排一份扶贫公益性岗位,在村委做清洁工。同时,还劝说他的大女儿和村里十几个老乡一同去广东顺德打工,确保了家庭基本生活的开支。2018 年,同一单位的覃仕勇接替了王洪宁,继续驻村扶贫。接过"接力棒"后,覃仕勇对所有贫困户进行重新"号脉",做到对症下药,尤其是针对劳动力欠缺,因病、因残等致贫的采取"一对一"帮扶。得知凌德光家的情况后,覃仕勇建议他养殖生猪进行脱贫致富,并开车带他们夫妻到蒙山县的养猪大户实地参观,学习养猪、瘟疫防控等技术。通过学习,凌德光坚定了养猪致富的信心,用中国石化赞助的扶贫款盖起猪舍养了 20 多头小猪。一年后,他的生猪销售一空,摘掉了多年贫困户的帽子。两年来,他家养了 20 多头猪,净赚了 8 万元。如今,他家猪舍有猪,手头有钱,日子越过越有滋味。

尽管对凌德光家的情况有了些许了解,但与其见面时,还是让我有点儿吃惊。不是吃惊他的残疾,而是吃惊他脸上洋溢着发自肺腑的、自信真诚的笑容。尽管他身高不足一米五，脊柱严重后凸，可在他身上却看不到一点点残疾人的谦卑，脸上满是青春和阳光，一张口便是朗朗的笑声。他双手在胸前急速地比画着对我说，多亏了驻村干部的帮忙，他不仅学到了养猪技术，还摘掉了穷帽子。今年猪崽的价格好，让人干劲十足！他拉着我看他刚刚盖起的三层楼房，工人们正在把楼房的外墙涂成格外醒目的粉红色。问他为什么把自己住的楼房涂成像幼儿园一样的粉红色，他说，看着鲜艳亮堂，他喜欢！又问他今年猪崽的价格，他抑制不住喜悦，激动的双手又在空中急速地比画着，说今年一头猪崽能卖1500元，家里的几头母猪能下十来窝，一窝有十来头，仅卖猪崽纯收入就能超过10万元。真的要感谢驻村干部覃仕勇，没有他哪有我家的今天！讲到此时，旁边的邻居插话说，德光现在有钱了，房子也盖好了，腰杆也硬气了。凌德光听罢，不由自主又哈哈大笑起来。听着凌德光发自内心的爽朗笑声，我相信，那笑声不仅会穿越他的堂屋，还会传遍整个村落，飘过对面的山顶……

　　从凌德光家里出来，我们一行人沉浸在喜悦的情绪中。广西石油负责扶贫工作的潘文平主任对我介绍说，从2004年开始，其单位在全区先后派出126名驻村扶贫干部，因地制宜开展产业扶贫、消费扶贫、就业扶贫、公益扶贫、医疗扶贫等工作，帮扶了50个贫困村，累计投入资金超过1500万元。2019年，其单位参与扶贫村28个，年底累计脱贫摘帽村16个，贫困人口从年初的8359人减少到年底的3145人，平均贫困发生率降为7.21%。2020年9月20日，中国石化在百色和南宁主办了"中国石化·爱心优选"扶贫公益直播活动，运用线上加线下销售模式，助力脱贫攻坚。这次活动，累计销售扶贫产品和特色产品160万元。

温文尔雅的潘主任十分敬业，看得出来他对扶贫工作非常上心。在返程的路上，我们聊了起来，不仅聊扶贫，聊国家的扶贫政策，还聊起了蒙山的历史和目前国内不少农村的现状。蒙山近代史上最出名的历史事件，莫过于"永安封王"。蒙山县城现在还有"太平天国开国封王地"的文化公园。太平天国运动，对广西以及蒙山有着特殊意义和影响。鸦片战争后，清朝国力衰败，巨额赔款以捐税形式转嫁到民众身上，使中国农村出现大批的游民饥民。广大农民饥寒交迫，走投无路，纷纷揭竿起义。太平天国运动，就是这些农民起义中影响最大的一次。因此，对于蒙山乃至广西的扶贫，中国石化格外重视。蒙山的扶贫工作，是中国扶贫的缩影。对于"三农"问题，中国领导人认识得非常清晰，早就提出了"农村稳则天下安，农业兴则基础牢，农民富则国家盛"的论述。我对潘主任讲，"食为人天，农为正本"，让农民尽快富起来是基本国策，我相信国家扶贫政策必然会达到好效果，相信广大驻村干部必然会做好帮扶工作，决胜全面小康，决战脱贫攻坚，必定会取得圆满胜利。不过，对一些农村我还是有担心的，因为不少年轻人都去城里打工，形成了空心村。这些缺少年轻人的农村，少了活力，今后该如何发展？潘主任笑了，说这个你不用担心，国家已经意识到这一问题，出台了不少有利于农村发展的政策，同时，由于扶贫工作到位，也吸引了大量年轻人返村创业，眼前就有这么一个例子。

就这样，在河村村委办公室，32岁的河村党支部副书记黄春光就出现在了我的面前。他高高个子，身材纤瘦而结实，上身穿了一件橘黄色的卫衣，下身穿了一条淡蓝色的牛仔裤，头发密而直，眼睛大而有神，神态憨厚，举止稳重。在我的询问下，黄春光讲起了他的故事。2005年，黄春光17岁初中毕业，随着打工潮到了广州。其间，他学过电焊，也从事过不锈钢制作，但由于文化程度不高，打工十年也没有积攒多少钱。后来，他听说政府和村里扶贫干部号召村民种植砂糖橘，但村民担心种不活树，或橘子难以卖出，尽管政府无偿提供树苗，但还是没有多少村民愿意种植。在村里领导和驻村干部的多次召唤下，2015年，他果断回村，承包了10亩地种植砂糖橘，三年后，产果第一年就收入23万元。在这期间，中国石化又修建了村里的道路，水泥路面铺到了果园，砂糖橘销售出村十分便利。因此，他不断增加承包土地，2020年已达到25亩，预计可实现收入25万元以上。同时，他看到这两年生猪行情好，还养了10头母猪，一年下来收入甚是可观。这几年，他盖了房，结了婚，生了一儿一女，家庭生活幸福美满。今年，他被选拔为村党支部的副书记。我问他，你如今的情况，村里在外打工的年轻人知道不？黄春光得意地笑了，说知道的，在他影响下，村里这两年回来了三四十个年轻人，大家种植砂糖橘把村里的土地全部承包完了。现在，他们还在汉豪乡、陈塘镇承包了不少土地，干劲可足了。

面对眼前这位年轻自信、朝气蓬勃，又在大城市见过世面且有思想、对前途充满美好憧憬的黄春光，我有如穿过隧道后而豁然开朗之感，仿佛看到了广大农村发展的光辉前景，"农村广阔天地大有可为"！

秋天是收获的季节，生命中总会有一些不期而遇的美好，在这个喜悦的季节里与自己热情相遇。在蒙山瑶乡，漫山遍野散布着金黄的稻穗和绿油油的砂糖橘树，随便用一个画框一放，就是一幅优美的油画；轻轻一嗅，稻香、花香、果香便漫过鼻尖，徜徉其间，让人不禁如痴如醉，流连忘返。村民们还把收获的稻谷、大豆、玉米、柿子、辣椒等摆放在房前屋后进行晾晒，处处呈现着一幅华丽的"晒秋图"。

驻村干部王柱华对我说，作为中国石化的扶贫干部，他们坚持精准扶贫、精准脱贫，做到了沉得下去、扑得下去，用心、用情、用力做好帮扶工作，取得了实实在在的效果。据了解，中国石化开展扶贫工作30多年来，聚焦产业扶贫、消费扶贫、就业扶贫，坚持"发展产业，是实现脱贫的根本之策"，先后承担西藏、青海、江西、安徽、湖南、甘肃、新疆等7省区12县的扶贫开发任务，全系统派出1945名扶贫干部，累计投入扶贫资金24亿元，完成了2个对口支援县、6个定点扶贫县以及各直属单位的扶贫任务，交出了一份硕果累累的答卷。

"人事尽而天贶随，连岁秋收皆获美""喜看稻菽千重浪，遍地英雄下夕烟"。对于2020年的秋天，参加中国作家协会组织的这次活动，我会终生难忘。远离城市的喧嚣，到了仙境一般的瑶乡，让自己静下心来，倾听秋语，感悟人情，仔细体会自然的美妙，亲耳聆听农民的心声，亲眼见证中国石化扶贫工作取得的累累硕果。世间真正温煦的美色，熨帖着大地，潜伏在深谷，自己虽不敢对于一天的所见有更多祝祈，但也希望自己笔下的文字有着甘甜醇厚的回味。

对了，还有蒙山瑶族歌王深情演绎的那些山歌："扶贫到村好几年，神州处处换新颜；百业千行齐奋斗，大步小康永向前""精准扶贫好措施，驻村干部帮扶持；落实到村又到户，誓把穷根来拔除""扶贫政策意义深，以民为本得人心；农村种养大发展，能把黄土变成金"……

尽管春风吹拂山河，不需要获得山河的理解；阳光普照大地，也不在乎大地的表情，但山河与大地无疑也会用绿意盎然和光明灿烂，来回馈阳光和春风。我相信，这些山歌不仅会唱响在广西的蒙山县，还会飞越大瑶山的崇山峻岭，回荡在祖国的四面八方。

庄里的事

◎ 郝随穗

文学是观照时代的一种光，这种光的明亮和温暖总会投射到时代的各个角落，而文学之上是这个时代至高的国家意志和国家行动，这场人类史上最为壮阔的脱贫攻坚战，刷新的不仅仅是十四亿人奔小康的人类史无前例的纪录，更是一个国家磅礴气势和辽阔情怀的世纪风采。

2020年11月3日，在中国作家协会组织的"中国一日·美好小康——中国作家在行动"全国作家联动大型文学主题实践活动中，我作为中国化工作家参加此项活动，来到陕西延安文安驿镇的几个村子里，见证和亲历那些曾经被贫穷困扰的几代人，在步入小康社会前夕的喜悦与收获。今天，他们已经准备好了，他们以满满的获得感和幸福感，即将跨入人类史上一个国度整体性步入的小康生活。

11月3日，我看到一面旗帜，旗帜上写着"精准扶贫"

在人类社会中，贫穷是一个延续了数千年的痛，在非洲、在亚洲、在欧洲，在有人的每一个地方，这个痛一直触及着关乎我们生命的敏感点。在漫长的人类文明进程中，脱贫是重要主题，只有脱贫了，人才有可能过上体面和有尊严的生活。

陕西延长石油，在波澜壮阔的脱贫攻坚战中，以其高度的社会责任感和灼灼可见的温暖感在自己的帮扶村与村民同命运共呼吸。2012年，集团公司成立"两联一包"扶贫工作领导小组，落实集团机关、油田公司等11个单位帮扶任务。特别是2015年6月以来，各单位陆续选派扶贫干部进驻帮扶村，其中集团公司与所属6家二级单位组成延川县省级"两联一包"扶贫团，对延川县一镇一街道办7个行政村进行对口帮扶。

这里是陕西延安文安驿镇的上驿村、封家湾村、高家圪图村、马家坪村、禹居村、下驿村、马家店村。这些村子早在几年前就迎来了它们的帮扶单位延长石油及下属的炼化公司、榆能化公司、矿业公司、销售公司、勘探公司、管道公司等7个单位，和来自延长石油各单位的19名帮扶干部。从此，这些单位和这些村子结下了深情厚谊，这些村民和帮扶干部过上了一家人的日子。

旗帜是一个向度，鲜艳的红是一种动力。没有对革命理想和事业无比的忠诚、坚定的信念，表现出不怕牺牲、敢于胜利的无产阶级革命乐观主义精神，就没有长征的胜利；没有像长征一样的一面旗帜的鼓舞和指引，就不会有脱贫攻坚的胜利。

在这场伟大的脱贫攻坚战役中，党是一面旗帜，这面旗帜上写着全国各族人民向往美好生活的理想。在这面旗帜指引的方向中，不管是文安驿镇的七个村子，还是帮扶单位和干部，几年来为了战胜贫穷这个词语所包含的各种困苦，一道同甘共苦、攻坚克难。

11月3日，我听到一声承诺，这声承诺令草木动情

进驻文安驿，扑下身子投进去。延长石油的19名帮扶干部为扶贫工作的一声承诺，他们一去就是几多春秋栉风沐雨，一心一意躬身而为。

在采访中几名扶贫干部都这样说道，扶不起来绝不收兵！

人若动心，草木有情。在扶贫的日子里，他们的名字和贫困户的名字捆绑在一起，他们的情感和智慧几近全部地投注于自己帮扶的村子。平日里的企业工作能手，如今转换角色，干起了与自己日常工作毫不相关的扶贫工作，这个具有历练和考验的工作，让他们在成长中学到了很多，懂得了很多。

扶贫工作伊始，工作组首先确定了"党建引领、文化聚力、产业支撑、精准扶贫"的总体工作思路，以工作融合、责任融合、目标融合的"三个融合"与帮扶村形成任务共担机制，将在石油战线上埋头苦干的工作精神转移到这次脱贫攻坚的工作中。脱贫攻坚是一项系统工程，如同石油开采，需要大量的思考性工作介入。由此，要取得实实在在的扶贫效果，关键要找准路子、构建好的体制机制，抓重点、解难点、把握着力点。延长石油集团坚持从完善制度机制入手，立体化探索建立两项机制，将干部职工群众思想凝聚到脱贫攻坚中来。制定帮扶工作总体方案和年度计

划，坚持每日驻村帮扶、每月工作报告、每季联席会议、每年考核表彰，不定期明察暗访，有力推动帮扶工作科学化、制度化、规范化。积极与省市县扶贫办、省国资委和地方政府对接，建立与参扶单位、地方政府的协调机制，发挥上情下达、下情上报的桥梁纽带作用，实施精准扶贫、产业项目建设月度上报机制，有序推进脱贫攻坚工作。

在脱贫攻坚战役中他们融为一体，面对的敌人是贫穷。当人的力量和智慧聚集在一起的时候，草木也会为之动情。那些被置入扶贫春秋中的草木似乎有了蓬勃生机，多了向上的力量。扶贫就是草木的阳光雨露，就是他们提供的肥沃土壤。

为实现"智志"双扶，提高贫困群众脱贫致富能力，延长石油集团突出种植、养殖技术培训，陆续组织农业技术培训2000余人次。同时，各参扶单位驻村工作队主动将精神文明扶贫与新时代文明实践活动有机结合，帮助建设新时代文明实践活动场地，积极组织开展文艺演出、扭秧歌、拔河等文体活动，定期评比"乡贤""五好家庭""脱贫致富带头人"等典范，潜移默化地改变贫困群众不良习俗和落后观念，立志拔掉穷苦根。

文安驿是一个典型的陕北小镇，群山连绵中一直保存着原生态的乡村情感。故园，这个被多少人牵挂的情感出发地，正在温暖的阳光下创造安详而美好的生活。如今文安驿人可以直起腰板重新定义自己的生活，可以让"穷"这个在特定的环境中包含苦难的代名词，在文安驿镇的7个村子归于历史，归于这个时代的记忆。

11月3日，我来到扶贫产业基地，基地是一条通往富裕的路径

对于 7 个村不少的贫困户来说，能够在帮扶单位的帮助下发展一项产业，提高收入尽快脱贫，那是他们在这个村子生活了数十年的愿望。

有一句话这些年在网上比较流行：贫穷限制了想象。而在文安驿镇的几个村子里，这句话并没有流行开来，因为他们的想象并没有被贫穷所限，在帮扶干部的指导下，他们的想象力和劳动力得到了更大可能的开掘。而事实是我们的想象正在这个新时代特有的感召力和活力中变为现实。

当工作重心被一再确立，激发和呈现的工作动力正以蓬勃的势头汇聚能量，而一发不可收地为文安驿的脱贫攻坚增加了强大的战斗力。"两联一包"的各单位投入的 2917 万元的扶贫资金有序而到，文安驿镇的 7 个帮扶村迅速建成 167 座大棚拱棚、200 亩畜草基地、300 亩黄花基地、120 亩花椒园、160 亩葡萄园、100 亩桃李园、牛羊养殖场地、纯净水厂和千头野玫香猪养殖基地等，形成了"以草定畜、以圈置肥、以花促游、以棚富民、以购代扶"的循环经济和产供销一体帮扶特色，切实提升了贫困户家庭收入，振兴了帮扶村集体经济。截至 2020 年 10 月底，帮扶产业实现销售收入 623 万元，预计年底可达 800 万元以上，使延长石油帮扶产业项目成为贫困群众的"摇钱树"、村集体经济收入的"聚宝盆"。

任何产品都有可能存在滞销的问题，为了彻底解决这一问题，

延长石油"两联一包"扶贫团按照延安市和延川县脱贫攻坚指挥部要求，在集团公司帮扶的上驿村设立了20平方米的消费扶贫专柜，将延长石油"两联一包"各单位的小米、杂粮、猪羊肉、西瓜、小瓜、土豆粉条、茶叶等扶贫产品展列在消费扶贫专柜。目前各单位上柜农产品已有20余种，通过进一步向延长石油各单位宣传，今年10月份设立以来，不到一个月已累计销售农产品53.4万元。

延长石油扶贫挂职延川县副县长的惠涛这样评价文安驿的扶贫工作，他说延长石油在文安驿帮扶6年时间了，先后来了70名干部为延川县的脱贫事业做着贡献。在养猪、养羊、黄花、大棚、花椒等产业建设中，所有村民都是受益者，并依托产业发展，现在7个村288户835人建档立卡的贫困人口年人均收入由原来的2400元提高到20000元，全部实现了脱贫，摘掉了穷帽子！

致富的路径是一条各种产业基地夯实的康庄大道，文安驿人在这条道上迈出的每一步，都是在抵达自己的幸福生活。

11月3日，我走访脱贫户，
他们道出一声亲人，已是泣不成声

在走访的几户脱贫户家中，脱贫户如数家珍地讲出扶贫干部的一个个扶贫故事，他们的情感共同点似乎交集在"胜似亲人"的这句话上，当感激的话语一次次触及我的内心时，我却看到了他们情不自禁地流下的眼泪和泣不成声的样子。

马青亮在文安驿镇上驿村担任第一书记，在这里一干就是5年。2017年年底，当村里人听到马青亮第一书记任期已满，他们找到正在调研"两联一包"工作的延长石油集团相关负责领导，请求马青亮继续留任。领导当场表态，让马青亮继续到村任职。在马青亮的工作笔记中我看到了这样一段："驻村干部要静得下心来，沉得住气；耐得住寂寞，吃得了苦；扎得进群众，干得了事，把扶贫工作确确实实做到群众的心坎上。"

陈志强是榆能化公司派驻的扶贫干部，在5年的扶贫工作中，他把村里当第二个家，大家记不住他的全名，亲切地称他为小陈。脱贫户张新明说起自家这几年生活的大变样，他特别要感谢"小陈"的帮扶。他说前几天大棚里的西红柿生病了，打电话求助小陈，小陈连夜带着药赶过来帮他，两个人一直干到凌晨才忙完。小陈是一名有文化的帮扶干部，村里人常常找他辅导孩子作业、检修电路电器、交话费、查天气等。久而久之，小陈好像成了家里人，只要谁有点儿什么事，就会想到小陈。

"胜似亲人"这种久违的情感在11月3日的各个扶贫点油然而生。村民把对党和政府、对帮扶单位和扶贫干部的真挚情感，以最朴素的方式表达出来，那就是给帮扶干部送一颗南瓜、一把蔬菜等，当帮扶干部全部拒绝接受任何东西后，他们只能在面对我们采访时发自肺腑地说出"胜似亲人"这句饱含着脱贫户深情的话语。

在鲍秀梅家采访时，当聊到包扶干部帮助她时，她多次哽咽地说，以前没有住的房子，吃了上顿没下顿，一天拼命干活挣不到钱，活得实在太难。她怎么也想不到，今天她竟然能住到宽敞的楼房里。国家规定贫困户一年收入不能低于5000元，2019年年底她在镇区的务工费、慰问费、福利分红等一个月竟然拿到7000多元。今天的好日子全靠党的好政策和延长石油的这些扶贫好干部，让她住上新房子，过上好日子。她说扶贫干部马青亮的妻子很早就加了她的微信，经常在微信上嘘寒问暖，并多次带着礼物来她家看望她，比亲人都亲啊！

今天是晚秋初冬的天气，农家小院里秋收回来的玉米棒、高粱穗等整齐地码在院子的一角。阳光淡淡洒下，曾经因丈夫残疾、自己打零工度日的王桂莲家的院子敞亮而干净，我们围坐成一圈跟她聊天。她跟其他脱贫户一样，有过艰难困顿的苦日子，有过努力改变生活现状的信心和动力，可是生活重压下的她总会被现实逼迫到一个死角。精准扶贫工作以来，她的日子一下子豁然开朗，好政策来了，帮扶单位来了，如同亲人的帮扶干部来了。几年下来，她通过种大棚菜已经脱贫。

在高家圪图村采访蔬菜大棚种植户张新民时，他正忙着给西红柿上架绑带，他以前就靠种几亩薄田、外出打零工挣来的不过万元的年收入负担一家6口人的全年生活费，养家糊口都成问题。现在国家政策好了，2015年以来在延长石油集团及其下属榆能化公司的驻村帮扶下，他承包了3座冬暖式大棚、4座全钢架拱棚，现在年收入相当可观了，彻底翻了身，日子过得有滋有味。话到此处，他对站在跟前的陈志强眼眶含泪地说："小陈这样的扶贫干部不是亲人胜似亲人！"

下午来到上驿村袁卫卫的养猪场，他高兴地给我们讲到，8月初刚刚卖掉110头生猪、96头仔猪，销售金额达50余万元。说到养猪场的发展，袁卫卫说，2015年，延长石油集团选派驻村第一书记马青亮跟自己四处看场地、做调研、定品种，分析比对畜禽市场行情，最终商定利用村里一处淤地坝发展养殖。正式建场时，延长石油集团提供了100万元扶贫资金，加上自筹以及贫困户入股的 200 余万元，于 2017 年年底建成 1000 头规模的野玫香猪养殖基地，并对全村 41 户贫困户进行全覆盖式帮扶。面对已成规模的养猪场和利润持续入仓的好势头，他动情地说，自己只读过小学，但记住了一句话：吃水不忘挖井人！自己能有今天的好光景，离不开党的好政策，离不开延长石油的帮扶，离不开这么好的帮扶干部！

上驿村年近 50 岁的袁富忠因为母亲和妻子长年患病，家庭生活过得很艰辛。为防止边缘户重返贫困，延长石油驻村工作队，帮助其维修羊圈，协调提供畜草，打开销路。现在袁富忠的养羊场共养殖 300 多只羊，已经稳定实现脱贫致富。他面露喜色地告诉我，再也不用过外出打工干苦力的日子了，现在多好啊，自己每年仅靠养羊的收入就足够一家人吃喝了。

11 月 3 日的采访中，脱贫户说出的"胜似亲人"这句话频繁地触动着我的内心。这句话是这个时代唤回而成为普通百姓拥有的共同情感。曾一度以为这样的修辞是陈词滥调，是一种情感的假设，可是在采访中我却发现，原来在我们的社会，那样的情感一直真挚地存在，而且在中国大地上这场史无前例、具有划时代意义的精准扶贫工作中盎然地存在着。

三 剑 客

◎ 胡 杰

"其实，在扶贫这件大事上，我们个人的作用是很小的。"我采访的一位第一书记扶扶眼镜，给了我这样一个开场白。

古时候，有个"不知有汉"的夜郎国，奉献成语"夜郎自大"。夜郎国究竟有多偏远？贵州省黔西南布依族苗族自治州北部的普安县，就是古夜郎国的所在地。这个几乎没有平地的普安县，是公安部对口帮扶的国家级贫困县。作为一名公安作家，我因为参加中国作家协会"中国一日·美好小康——中国作家在行动"全国作家联动大型文学主题实践活动，来到了普安。

2020年11月3日一大早，在黔西南州公安局新闻中心的同志陪同下，我前往三位公安部副处长担任"第一书记"的深度贫困村，亲身感身这三个村子的脱贫攻坚情况。路上就听说，三位第一书记，都因为扶贫，有了外号。

"山羊书记"

早晨,车子升上一个高坡,拐过一道弯,停在了路边。一座大山,云雾缭绕,电影大片般猛地呈现在眼前。"看,这就是美人山。山对面,就是我们村了。"原来,已经到了田书记地盘了。

高棉乡棉花村的田智,人称"山羊书记"。去他那儿,当然要看他的黑山羊了。汽车又绕过一个大弯,停在了一处房屋下边。羊粪味儿扑鼻而来,黑山羊养殖场到了。

院子很新,两排建筑:右手工作间,加工饲料之类;左手,上下两层,羊圈在上,羊的粪便可通过木板间的缝隙落到下层。羊粪,也能卖钱。平时,上午九点,羊群会被放出,在头羊的率领下,爬上后面陡峭的山坡吃草,直到下午五点再回来。今天,因为下了点儿小雨,羊圈门还没有打开。生人一进门,百余只黑山羊、麻羊,就挤挤撞撞地躲到一边。黑羊通体透黑,麻羊像黄牛的小弟,都咩咩叫。最里一栏,饲养员穿长围裙,正用块干布给小羊羔擦身体。小羊羔湿漉漉的,还不会站,眼也睁不开。"真巧,第一批母羊,今天终于产小羊了!"田智大喜,顺便封我为贵人。

"山羊书记",因羊得名。可没砂糖橘的成功,他的黑山羊,怕也养不成。

两年前,田智初来,村里的串户路还没有修好。普安多雨,出门,别说鞋底,裤腿上都是泥。遇晴天,一不小心,又会被赏一脚牛屎。棉花村不种棉,家家种苞谷,坡地,土薄,石漠化严重。一亩地打上一千斤,能赚个五百块。村民穷,家当就简单。几块灰砖一碰头,就是个灶台;两边砖头码码高,搭上块床板,就是张床。田智一边走寨串户,一边就在琢磨,想抓个产业。扶贫,得能造血呀。

改革开放初,棉花村曾引进过黄果——一种柑橘品种,当时很受欢迎。可是,几十年后,黄果品种退化,没市场了。有专家推荐了个"金秋砂糖橘",是专利品种,建议在普安试种。田智心热,赛烧红的烙铁;村干部却像块木头,不导热。这些年来,上级派人来棉花村,帮村民种过血橙,还种过一种香料,名曰"沙仁"。可三分种植,七分管护。管护资金跟不上,最后的结果,就是草比苗高。同样失败过的,还有茶树和核桃。老百姓吃过亏,村干部也不想挨骂了。

田智胆小,是因为自己一天地都没种过。第一书记,就得给村上引资金、找项目。看好的项目还是要引进,但细节却不能马虎。选带头人、组合作社、对合作的公司加强监管,样样得盯紧。100亩的橘园就弄了起来,7000株橘苗长得挺好。如今,砂糖橘已挂果。明年,就入盛产期。保守估计,果园一年可以收入50万元。

有了种植产业,田智又在琢磨发展养殖业。以前,村民家倒是养猪、养鸡,但只房前屋后,三五只鸡、一两头猪。当地习惯,猪要养一年以上才杀,也就自家吃肉。黄牛不错。本地人爱吃牛肉,布依族老乡也爱养牛。可是,山是秃山,也太陡。牛在山上吃草,易失足滚下去。所以,没人愿意多养黄牛。

工作中,田智结识了高人——畜牧专家,来棉花村考察的。高人建议,养黑山羊。黑山羊能爬陡坡,周边的荒山,正好可利用。何况,黑山羊肉价还高。看到了小寨砂糖橘的成功,村干部变了,态度积极。田智带人走晴隆、下册亨,跑遍周边县,考察黑山羊养殖,找到能进行高标准布病筛查、抽血化验的合作社。对于买来的种羊,以及养殖场的财务,田智也引入了一家专业公司,依托大数据平台进行管理。一块平地并不好找，位于捧古寨的养殖场地址，也是反复考察后敲定，四选一。2020年9月，公安部治安局领导来棉花村调研，田智就在扶贫清单上列入了黑山羊。修养圈、买种羊，种植黑山羊爱吃的黄竹草，都需要真金白银投入呀。

羊圈下面，是一面荒坡。一群中老年妇女，身穿布依族半长袍，正在种植黄竹草。这地方，种地的，多是她们。"这种草能长两米多高，不仅能当黑山羊的饲料，还能起到防止水土流失的作用呢。"从背篓里捡起一个黄竹草根，一位村干部告诉我。

站在荒坡边，正面是美人山，两边视线辽阔。右手白色的曲线，是条水泥生产路，通往橘园。田智说，这条路一共2.6公里长，由无锡公安部交通管理科学研究所赞助。有了路，沿线有地的农户，也赶紧种起了沃柑、辣椒和西瓜等，不用动员。

从荒坡往左看，那条发亮的直线，是引水管道。在养殖场门前，刚才看见些碗口粗的金属管道。原来，就是引水管。"水是从高铁线附近引过来的。虽是灌溉用水，但也可以养鱼。"田智说。我问他去过水源地没，他说，去过多次。专家检测过，水质能达到直接饮用标准。

离开棉花村之前，田智特意请我们到小寨的橘园里，品尝了第一年挂果的砂糖橘。砂糖橘入口，汁多、肉甜，口感果然极佳，远非超市大路货可比。

"鸡司令"

兴中镇辣子树村第一书记李建华，"乌鸡书记"也。当然，喊他"鸡司令"，他也应。

进养殖场，先走消毒通道，喷雾消毒，仿佛我们都是病毒。司令的地盘大，一个山谷，到处都有鸡舍。李建华爱卖关子，指着路边一简易的棚子，让猜，这是干啥用的？我哪儿猜得到哇。"防老鹰的！"他嘿嘿一笑。原来，这山谷有太多的乌鸡，就把老鹰招来了。老鹰捉小鸡，原来这儿有现实版。不过，老鹰怕人。饲养员搭此棚子，就为仰天长啸，吓走老鹰。普安雨多，站这儿可以避雨；夏天，也避烈日。

惦记小鸡的，还有蟒蛇和野猫。不夸张地说，李建华的养鸡场，把这儿的生物链都调动起来了。

"我这儿养的，可不是一般的乌鸡。黑冠、黑羽、黑皮、黑肉、黑骨，名叫五黑鸡。原先，苗族同胞是拿它当斗鸡的。它的战斗力有多强呢？"李建华又卖关子，猜不出，就接着揭秘，"两只公鸡打架，别的鸡都会在一旁看着。如果一只斗败，其他鸡会群起而攻之。这种鸡，可不是吃素的，而是可以吃肉的。一口一口，它们会把斗败的公鸡给吃掉。最后，就剩下一堆羽毛和骨头！"在这儿的养鸡场，也发生过这样的血腥案例。为了鸡场的和谐与繁荣，必须严格按1∶17的比例，配备公鸡和母鸡。一个鸡棚50只鸡，顶多3只公鸡。

咋就想到养五黑鸡呢？当然有故事。

辣子树村，苗族为主。面积大，人口分散。大朝子寨最高，海拔1960米，汉苗混居，是全县的最高村落；打这儿下到海拔700米的田边寨丫口组，见到这儿的布依族同胞，李建华要开50分钟的车。县上在发展"一红一白"产业。红是普安红茶，白是长毛兔。因为海拔问题，茶树在这儿种不成；又因养长毛兔是技术活儿，村民文化太低，养殖经验在这儿不好推广。

李建华来辣子树时，已是冬天。因为山高，比别处更冷。一日，在兴中镇调研，李建华发现小树上立着一只通体全黑的鸡。树上挂着冰柱，鸡却精神抖擞。问老乡，说是五黑鸡。此鸡原有两个用途，一是祭祀，二是斗鸡。李建华"来了电"，就问人家鸡是从哪儿买来的。要了养鸡场的电话，李建华拉上孙县长，就奔养鸡场去考察。孙县长名叫孙安飞，大个子，一口浙江普通话，笑眯眯的。他是公安部带队扶贫的处长，现在担任县委常委、副县长。两人到了养鸡场，却遇到老板大倒苦水儿。原来，他引进鸡苗，养了上千只五黑鸡、现在砸手上了，有的已经养两年了。

又问他鸡苗从哪儿买的，就找到一位邓老板。邓老板，苗族，原来开矿，当地的名人。2014年，脱贫攻坚战伊始，省农科院专家发现，《本草纲目》上就有五黑鸡的记载。也就是说，五黑鸡有药用价值。不过，现在，五黑鸡已经不纯了。专家开始对五黑鸡提纯，政府出面，建议邓老板支持这项事业。2016年开始，邓老板投资，兴建了一个五黑鸡保种场。可是，鸡苗出笼，销路却不畅。没辙，保种场变成了养殖场。五黑鸡要养小半年才能出栏。一只鸡，成本就得80元，当地人根本吃不起。鸡们就悠然散步，如同度假。两年下来，邓老板已经亏了一两百万元。

李建华、孙安飞试吃了一只鸡，味道果真不一般。边吃边聊，就觉得这种鸡值得一养。为啥呢？首先，鸡苗脱瘟后，成活率能达到95%；而且，它适合山地养。按四个月出栏算，一年能出三栏，周期也短。按北京的行情，这种鸡，卖一只挣30元不成问题。

李建华信心满满，辣子树村的村干部却不以为意。在苗族老乡的眼里，养牛可以建房，养猪可以吃肉，养鸡呢？换几个盐巴钱而已，小儿科嘛。建养鸡场要占林地，需要做通老乡工作。李建华在云南边防总队工作时，曾驻扎临沧，周边就是佤族山寨。对和少数民族打交道，他还挺自信。首先，他做通村主任和一位大学生村官父亲的工作，还说通一位残疾人入伙，三人答应来养鸡。对于占用林地的，还有村里未脱贫的贫困户，也承诺给予额外的分红照顾。养鸡场搞起来，头批养了5000只鸡。2019年年底第一次分红，辣子树村百姓自发穿上了节日的盛装。虽然只干了半年，每家还是分到了900元钱。真金白银，这可是现钱啊！

　　鸡的销路如何？火得不得了。起初，送到公安部，让机关干部们先饱了口福。再后来，孙安飞联系了盒马鲜生、水滴筹，还联系了广东的中医药馆，订单哗哗飞来，这边却供不上货。没有家禽屠宰场，鸡杀不过来，包装也跟不上。可是，背靠公安部这棵大树，办法就总比困难多。公安部铁道警察学院分五年投资1000万元，在兴中镇建起了自动化家禽屠宰场。从屠宰、高温排酸到冷冻、包装，一条龙。今年底，随着冷链车到位，五黑鸡还将与昆明、贵阳的大物流对接，实现区域集散功能。州、县两级政府都觉得，五黑鸡养殖大有可为。为此，州长协调扶贫支农专项资金，并整合普安县扶贫资金，一共1342万元，专门助推普安的五黑鸡养殖。

　　对了，五黑鸡现在不叫这个老土的名字了。叫啥？中华乌金鸡！据说，起名字的人，是贵州农产品供应链协会的李会长。人家还曾给贵州的"老干妈"起过名儿呢。

"萝卜书记"

　　坐高铁，一出普安站，往右侧山上扫上一眼，就会看到"西陇萝卜"四个大字。这就是"萝卜书记"樊阳升的杰作。

　　樊阳升高就的地方，是南湖街道办事处西陇村。听名字，会以为村子就在县城。其实，照样在山里。说起来，高铁、高速公路都打西陇村门前经过，这个村子怎么还会是个深度贫困村呢？得，还是让我坐上樊阳升开的车，去西陇感受一下吧。

　　从县城出发，开车到西陇村，手机导航说，得50多分钟。可樊阳升的车开过去，却明显更久。虽是水泥路，这一两年才修好，但多数路段，只容一辆车单向行驶，不好会车。有一小段路，路基下面的土，已被雨水掏空近半。车开过去，回头一望，吓一跳。

　　开车不那么紧张的时候，樊阳升就讲故事。

　　西陇村是一个彝族与汉族混居的村庄。有人名福永，今年也才37岁，却已生了四个闺女。小女儿才一岁多，他老婆丢下这个家，跑了。两年前，樊阳升初见福永，他头发老长，叫花子一样，脏得没治。四个女儿，他图省事儿，三个给剃了秃瓢。唯一幸免的，是老大，已经上学了。去西陇村不久，听说了福永的情况，樊阳升就专门登门造访。说是四个丫头，却只见到老大、老小。另外那俩呢？福永拿下巴指了指，樊升阳才从床下和桌子底下，找出了老二和老三。见生人，娃儿们泥塑一般木讷，全没小姑娘的叽叽喳喳。福永家近山顶，孤零零，也没个左邻右舍。孩子见人少，本就怕生；再说，女孩子，谁好意思让人看见自己的光头呢？

　　樊阳升自己两个孩子，小的也是个女孩儿。他离开北京时，女儿刚满1岁。看到福永的女儿们，特别是那个3岁的小女儿，他差点儿当场飙泪。这以后，一有空，他就爱去福永家串门。最多的时候，他一周跑过七八次。小恩小惠，老"贿赂"孩子们，孩子们也就喜欢他，听他的话。老大挺机灵，可为啥成绩老在班上排倒数第一呢？他就要求老大，每天回家，语文、数学各复习10分钟；看到这个家乱糟糟，他又要求老大，每天放学回来，要带着妹妹们做10分钟家务，收拾屋子。

对福永，他也不客气。前些年，福永家盖房，剩下些破砖烂瓦，就堆在家门口。别人看着碍事儿，他却早已习惯。樊阳升就给他派活儿，逼他把这堆垃圾清理掉。也不过七八分钟，门前就清清爽爽了。

边听故事，我就猜，该讲到福永种萝卜脱贫了吧。要不，他怎么当的"萝卜书记"呢？谜底却出乎意料。给福永找下的事儿，却是养鸡。

福永家门口，就是一片很大的林地。去年，辣子树养五黑鸡的经验一出来，樊阳升就决定，利用这块林地，也养五黑鸡。"萝卜一年只能种一次，对福永来说，不解近渴。而且，拖着那么多孩子，他又不能走远了。"樊阳升说，养鸡场建起来后，村上两个能干的村民带着福永一起干，挣工资，"平时，每天只需早晚各投一次食，他完全能够胜任。"

说话间，车已经开到了山顶。山顶的左侧，就有一个五黑鸡养殖场。以为福永就在这儿干活儿，很想到他家，看看他那几个闺女。樊阳升却说，福永家离这儿还远呢。现在，他也没再养鸡了。这又是为啥呢？

汽车下了一个坡，停在了西陇萝卜冷库前。冷库新修不久，空着，因为萝卜还没成熟。听说这种西陇萝卜，号称"水果萝卜"，生吃，嘎嘣脆，还甜。萝卜下来时，县城的人，常会托亲友从西陇村捎萝卜吃。以前，因为销售渠道不畅，西陇村萝卜种植没成规模，也没形成啥品牌效应。看准萝卜种植这个产业后，樊阳升据说成了精。包括请来山东潍坊的萝卜种植专家支着儿，背着萝卜去兴义、贵阳推销。连北京新发地批发市场，他也利用探亲时，跑过多次。现在，他的萝卜批发价能卖到 8 毛，是普通白皮萝卜的四倍呢。

一老乡打路边经过，招呼樊书记。樊阳升便提议，带我到这个老乡家萝卜地实地看一看。上了一个很陡的土坡，踏着虚虚的红土，进了萝卜地。樊阳升关照我："你踩叶子不要紧，反正该打掉的。"萝卜地在阴面，虽然没下雨，红土摸起来，却是湿的。特殊地理环境，成就了西陇萝卜的品质。樊阳升说："萝卜是个懒人作物，只要种下去，水都不用浇。但是，摘了往外背，却不容易。想想，我空手走上来，都挺费劲；老乡背着上百斤的背篓往下走，那得多费劲呀！西陇萝卜成本下不来，也是一个问题。"

临分手，还是问起了福永一家人的情况。樊阳升说，今年 6 月 23 日下大雨，冲毁了那个养鸡场的水源。处理掉最后一批鸡之后，养鸡场暂时关闭。福永仍旧像过去一样，在种他的苞谷。

"他的生活，还是过得去的。村里给他申请了低保，有爱心人士又资助了老大和老三。有一回浙江人在贵阳办了台晚会，要请个贫困户家的孩子登台。我好容易做通了福永的工作，让他带着二女儿去了。坐小车，住五星级酒店。女孩子，见过世面，以后会不一样的。"

说着，樊阳升从手机里，调出那四个小姑娘的合影。

"老大现在 11 岁，在镇上小学读书了。现在，她在班上是前五名。"樊阳升指着照片上个头最高的那个小丫头，"你看，她现在笑得多自信！"

田垄前，四个丫头，两个在笑。都有头发了。

那山，那坝，那旗

◎ 谢沁立

2020年11月3日，中国作家协会2020"中国一日·美好小康——中国作家在行动"全国作家联动大型文学主题实践活动同步进行。我作为全国公安文联派出的公安作家，走进了广西柳州市三江侗族自治县（简称三江县），这是国家移民管理局对口支援帮扶的深度贫困县。

从2019年3月至今，国家移民管理局投入大量资金，以各种形式帮助三江县群众脱贫。

扶贫先扶志，扶贫必扶智。教育扶贫，是国家移民管理局扶贫工作中的重中之重。今天，我要去山村小学，看一看孩子们的"支教老师"。

沿着蜿蜒的山间公路，汽车一路上行，画了无数个S形，经过一个又一个村屯，终于到达村尽头海拔600米的最高点，独峒镇知了村知了小学。

30年前，张世杰在这里做代课老师时，它就叫知了小学。30年间，张世杰没有离开学校一步。当年的张老师、今天的张校长不知为知了村培养了多少孩子。让孩子们学好文化走出大山，去往更远的世界，是他一辈子的心愿。

这心愿也充溢在李金东的心中。与张世杰不同的是，李金东与知了村的渊源到今天只有500多天。但就是这500多天，却让这位曾经的武警边防军人、今天的移民管理警察，对知了小学的孩子们爱得那么深沉、那么炽烈。

李金东是柳州出入境边防检查站的党委书记、站长。国家移民管理局2018年4月2日挂牌成立，公安边防部队官兵集体转改为移民管理警察。按照党中央部署和公安部安排，2019年2月，还处于转改整合期的国家移民管理局毅然承担了定点帮扶三江县脱贫攻坚的重担，局机关和广西、江苏、山东、浙江、上海、广州、珠海、深圳、厦门等9个边检总站对口帮扶63个贫困村，并在三江县组建扶贫工作组，聘请有丰富农村工作经验的老同志担任顾问。李金东担任工作组组长。

三江县地处湘桂黔交界的十万大山深处，贫困到什么程度呢？李金东带领7名工作组民警分别深入村中走访调研。

15天，行程8000多公里，当足迹踏遍全部村委会和百余个贫困户的家后，他们摸清了全县危房改造、务工就业、结对帮扶等10项扶贫任务底数。截至2019年年初，全县还有10310户43969人未脱贫，贫困发生率高达12.65%，是全国贫困发生率的7.4倍。

46岁的李金东是山东汉子，在柳州工作生活了十多年，他怎么也想象不到，距离柳州市200公里的三江县竟如此贫穷。改变这里的面貌，让群众脱贫，这是人生给他的一次挑战和使命。而能在全国脱贫攻坚战中尽自己的一份力量，也是他的一份荣耀。

李金东和民警石伍华走进学校大门。知了村2700名村民，只有这一所小学。正是课间休息，校园里两座相对的三层教学楼之间，孩子们跑着、跳着、叫喊着。有的孩子渴了，跑到一旁的洗手池前，打开水龙头，歪着头对嘴就喝。

　　张世杰作为贫困地区的山村小学校长，他了解国家的脱贫攻坚战，更急需有人来帮学校一把。

　　帮孩子就是帮助祖国的未来。

　　李金东将帮扶工作方案上报，立即获得通过。

　　随后的日子，一边教学、一边观察的张世杰看着学校的变化。15天，建好了学校图书阅览室，4700本新图书摆上书架。30天，厕所修好，孩子们说从没见过这么干净的厕所。饮水机也很快装好。给孩子们购买的崭新运动鞋、校服、书包一一送到。5位老师需要的教学用品也同时就位。

　　张世杰惊讶得张大嘴巴，好几天乐得合不拢嘴，美美地从办公室墙上摘下芦笙，吹了一段《北京的金山上》。

　　张世杰该满足了吧？没有，他还有个大难题。

　　说吧，我听听，能解决的，一定解决。李金东的话掷地有声。

　　学校师资力量薄弱，英语、体育、音乐老师都缺，我希望孩子们学习数理化的同时，还能够学到更多知识，多些人生的修养。

　　学校正式提出要求，扶贫工作组分析调研，发现并非一所小学有此需求，各村的小学都急需这些课程的老师。闭塞和艰苦，让不少当地老师望而却步，全县农村小学师资缺口近200人，很多学生直到小学毕业时，还背不全26个英文字母。扶贫工作组与县教育部门沟通，拟订方案，上报国家移民管理局，举全局之力，想办法解决。

2020年2月，国家移民管理局向全国各边检总站发出通知，决定从民警中选拔人员到三江县担任支教老师，选拔条件非常苛刻。

报名、挑选、考核，确定人员，在三江县教育局的聘任下，有127名民警先后赴三江县48所贫困村小学开展驻村支教，担起了讲授英语、体育、美术等多门课程的教学任务。

11月3日清晨，知了小学校园里举行升旗仪式。国歌声中，3名升旗手和4名护旗手，穿着整齐的升旗服装，正步走到旗杆下，一招一式训练有素。他们唱着国歌，庄重地注视着五星红旗冉冉升起。操场上，137名孩子齐刷刷地将右手举起敬礼。40名学前班的孩子，小一点儿的不过四五岁，也懂事地站直身体，抬头看着国旗升起。孩子们的旁边，两名民警庄严地向国旗敬礼。

这两名民警就是在知了小学支教的民警徐垲鑫和覃朗。

徐垲鑫，32岁，是友谊关出入境边防检查站民警。他在学校负责体育课和其他辅助课程的教学。

无论站立还是坐下，徐垲鑫都是身姿挺拔。他曾在云南怒江执勤，也曾在西藏日喀则边防站站岗。2020年5月，他和覃朗到学校报到的第一天，进行了标准的升旗仪式，孩子们看得目不转睛，有几个调皮的孩子悄悄对张校长说，我长大了也想当警察，像升旗的警察一样。

徐垲鑫要为知了小学的孩子组建国旗班，提高孩子们的爱国意识。他在四五年级学生中挑选。经过两个星期的观察，他选了3名学习认真的学生杨枫、夏志豪、杨东来担当升旗手，至于4名护旗手，徐垲鑫把目光投向了几个"小调皮"。六年级的张勇和五年级的杨吉振，都很聪明，但是贪玩；还有两个孩子是留守儿童，父母不在身边，上学经常迟到。徐垲鑫希望用升旗仪式的训练来感化和改变他们。

徐垲鑫在部队带过兵，却没想到带学生远比带兵更难。开始时，孩子们动作懒散，又因为徐垲鑫平日随和，孩子们一点儿也不怕他。训练时，张勇练着练着就开了小差。

徐垲鑫把他叫到一边说："如果不想当护旗手，以后就不用再来训练。"

"我不。"张勇梗起脖子说。

"想当护旗手，就要把自己想成一名战士。战士就得有战士的样子。国旗是祖国的象征，守护国旗的人一定要非常优秀才行。"

张勇用力地点点头。

为了增强国旗班的集体荣誉感和凝聚力，徐垲鑫趁着张勇家盖房的机会，带着国旗班的孩子们去帮他家搬砖、清扫。几次集体活动下来，当上护旗手的张勇和以前的他判若两人。不上课的时候，徐垲鑫走到哪里，张勇和几位护旗手就黏着他跟到哪里，脸上的笑容是那么灿烂。

覃朗，30岁，来自平孟出入境边防检查站。这位壮族小伙子爱笑，孩子们特别喜欢他。覃朗是我国第五批赴利比里亚维和防暴队队员，在利比里亚荷枪实弹地巡逻，枪林弹雨中，他无时无刻不思念家乡安宁的生活。他比其他人更理解和平的意义。他爱学校，爱孩子，恨不得把自己知道的知识全部传授给他们。

覃朗操着一口流利的英语，教授四五年级的英语课。

他今天的第三节课是四年级的教学。四年级只有一个班，30多名学生。教室里坐得满满当当。覃朗打开课本，用英语告诉大家翻到第25页，带领大家朗读，然后，让孩子们重复。

第四排的一个女生忽然举手，覃老师示意她站起来，问什么事情。

女生说了一句话。

覃朗说，对不起，老师听不懂侗语，你能说普通话吗？

老师，我的铅笔折了。小女生脆生生地说了一句普通话。

覃朗笑了，从讲桌上拿起一支笔，走到课桌前递给她。

下课铃响。学生们哗啦起身冲出教室。覃朗夹着课本走下楼，他要穿过小操场到对面小楼的办公室。操场上立即有学生去拉他的手，一个拉住，又一个拉住，覃朗转起圈来。几个低年级的孩子，还抱住他的大腿，嘻嘻笑着。他也笑着，和孩子们一样开心。

同一天上午，90公里外的富禄乡归述小学。

早晨7点30分，驻校校长吴玉华的宿舍门就被三年级的班长陈柳恒敲开了。

陈柳恒的家住在学校附近，每天来得很早。他背着大书包，眼睛亮亮的。他举起手中的一个小布袋，里面是几块煮熟的红薯。他说，校长，把这个给音乐老师吃。

吴校长弯下腰，接过布袋。她对孩子说，陈柳恒，音乐老师是林老师。

哦，我们就叫他音乐老师。

陈柳恒眼中的音乐老师林金赵此刻已经在校园里巡查。学校8点30分早读，林金赵今天轮值，上课前，他要把各班巡查一遍，检查食堂、卫生间的卫生状况。林金赵47岁，是广州边检总站南沙站政治处副主任。多年的政治工作，他一直和文字材料打交道，能在工作履历中添加支教老师的经历是他的梦想。林金赵之所以入选，是因为他会多种乐器，尤其擅长古埙，此外，他的书法和绘画也都颇有造诣，所以，他在学校负责 10 个班的音乐、美术书法、体育课。

8 点 28 分，他发现五年级教室里有两个座位是空的，他告诉班主任张老师，打电话询问家长孩子为什么没有到校。10 分钟后，班主任反馈，一位同学的爸爸回电，孩子早晨有些不舒服，请一天假。

这时，大门口"砰砰"有人敲门。这是另一位迟到的同学。他住在离学校最远的一个村屯，需要走 40 分钟山路，路上边走边玩，不小心崴了脚，但还是坚持走到学校。林金赵赶紧把他扶到办公室。脱下脚上的凉鞋，孩子没有穿袜子，脚上沾满了泥土。林老师用纸巾把孩子的脚擦干净，见他的脚没有外伤，这才放心，扶他去了班里。

11 点 20 分，林老师给三年级上陶笛课。孩子们每人一把橘黄色的陶笛。陶笛由南京市秦淮区古埙制作非遗传承人郑安邦先生捐赠的。这节 35 分钟的课，孩子们学会了把持陶笛时松开右手小指发出音节。

教室里，孩子们用陶笛吹出了旋律。

另一间教室里，23 岁的支教老师罗明开，听着同学们将 20 个单词一一背出，成就感溢满心间。

为了让贪玩的孩子安心在教室学习，他可是煞费苦心。"逃课大王"滚温行带着贾九谈总是逃课。前几天课间休息时，他们跳墙出去，被罗明开发现，他一个飞身，"嗖"地越过墙，把俩孩子惊呆了，老师的动作简直帅得一塌糊涂。他们哪里知道，罗老师曾是大学生士兵，擒拿格斗样样行。两人被罗老师带回学校。这一回，一向温和的罗老师生气了，真想罚他们做俯卧撑。看着两个孩子怯怯地低着头,双手不知所措地摩挲着裤子,罗明开真是又爱又恨。他说,我跳得可比你们高多了,你们想像老师一样吗?

想!

如果想像老师一样当警察,就得好好学习,就得刻苦训练,考核成功了才行。逃课能学习好吗?

不能。

你们今天错了吗?

我错了。滚温行留着可爱的锅盖头,使劲儿点点头。

你呢?

我和他一样,也错了。

好吧,你们不许再犯错误啦。

今天背诵单词,这两个小家伙全部过关,罗老师很是欣慰。

11月3日下午,同乐苗族乡归东小学校园里,来自珠海边检总站的支教民警马群、杨煌,正在分别监考五六年级孩子们英语第三单元的考试。在支教老师的指导下,孩子们从ABC学起,半年时间里,他们已经掌握了不少单词,喜爱上了英语课。

马群是港珠澳大桥边检站的民警。此刻,他在这山村小学教室低矮的课桌旁,俯下身来,教孩子学知识,讲山外的故事。他在孩子们幼小的心灵中,刻下了美好的印记。

杨煌来自台山边检站,与马群的严肃不同,他很爱笑,看上去比孩子们大不了几岁,马群说他是"七年级班长"。

孩子们喜欢去杨老师办公桌前问问题,因为他们知道杨老师办公桌左边的抽屉里总放着糖果,他们一边问问题,一边悄悄拉开抽屉,捏一颗糖放在嘴里。杨煌心里悄悄乐着,那是他去县城特地给孩子们买来解馋的。

上课时严肃，下课后和孩子们在操场上打篮球，山村小学宁静的生活，也让马群和杨煌重新体味了生活的意义。

同一天，三江县2454平方公里的土地上，在48所小学校里，都有国家移民管理局支教民警的身影，龙奋小学有来自上海总站的魏晓虎、高峻龙、李忠，八协小学有来自江苏总站的容炀、许艳璐，勇伟小学有来自浙江总站的丁丽美、陈建超，孟田小学有来自厦门总站的陈由方、郑炜立，白毛小学有来自山东总站的马英、董亚男，高邑小学有来自深圳总站的谷文明、王俊峰……

2020年11月3日这一天，三江县有些阴冷。大山深处的小学校里，侗族的孩子在朗读，苗族的孩子在唱歌，孩子们依旧喜欢穿着凉鞋在操场上奔跑。

这一天，国家移民管理局捐献的第二批2750顶头盔运抵三江县，准备发给村民。

这一天，同乐乡的村民上山采摘成熟的钩藤，八协村的竹节虫基地还在孕育虫宝宝，"七彩微田园"里依然生机盎然。

这一天，县教育局的统计显示，这学期因为有了支教民警的帮助，全县7724名小学生的英语平均成绩提升了25分。

这一天，是共和国的普通一天，却因为那些来自山外穿着"警察蓝"的叔叔阿姨带来的温暖，而给孩子们的梦想插上了翅膀，让他们的未来变得五彩斑斓。

歇枝金凤唱梧桐

◎张　奎

听到梧桐村这个名字，你一定会想起"栽下梧桐树，引得凤凰来"的妙语佳句。

若是3年前来到这里，梧桐树上的凤凰不仅见不着，就是地上的鸡，也都看不到几只。可是，如今去到那里，从山东汶上县引来的芦花鸡，却成山中金凤，引吭高歌不尽，嬉戏追闹无穷。

用138元买上一只，热炖炉前，取清酒一壶，细听驻村扶贫第一书记白新亮讲其中故事，就会在畅观瑞雪飞花、酣醉万壑松风的情境中，欣叹不绝，赞许十分。

那是2017年9月，从重庆市工商局派到村上担任驻村扶贫第一书记的白新亮来到梧桐村。他说刚听到梧桐村这个名字，心头暗自喜乐，认为这一定是个好地方。即使村民没有自己想象的那般殷富，起码也不至于太过贫穷，要不哪有这么好听的名字叫出来？

可是，在村支书郎定高带他走遍6个村民小组后，就对这个面积8.1平方公里，海拔在600~1200米之间，且住着940户

2887人的村子，突然就产生出另外的认识来。这个山高坡陡地无平的地方，不仅村民没富得流油，而且村集体经济也空无分文，与98个贫困户相比，不相上下。他不知道自己这个驻村第一书记该从何处下手去开展工作。当看到其他村子产业发展得轰轰烈烈，扶贫项目频频落地，扶贫效果日渐呈现，并非功利心作怪，而是引领全村脱贫致富的压力，让他心头急切，眉梢紧锁。

面对坐落在茶马古道上且有着红色革命基因传承的村子，若不在扶贫工作中带领人民群众迈上小康之路，自己当如何给第一书记这个身份交代？在2020年决战决胜脱贫攻坚战的关键时刻，若还拉着迈向小康步伐的后腿，又将如何对得起组织的重托？又有何面目回去见"江东父老"呢？

就在"喊天天不应，叫地地不灵"的辗转反侧中，还是梧桐村这个好听的名字给他带来了灵感——村为梧桐，当栖金凤！

何不就养鸡呢？借用吉瑞之名，养出来的鸡也许能成山中金凤，以应验梧桐村这个深含期盼寓意的好名字。

白新亮兴奋起来、欢畅起来！可是，当他把这个想法向村"两委"干部提出来的时候，大家觉得没多少新意，莫不认为是一个常坐办公室的人不接地气的一时冲动。如养鸡能发财致富，梧桐村的村民早就干起来了，还能要他来提醒？白新亮说仅靠单打独斗小打小闹玩玩耍耍去养鸡，绝对不可能成气候。这里有个经济学上的规模效应问题，要干就干大的。要引进大老板来上规模、上档次地干，要大额投入资金建立项目平台，实行产业化、集群化、规模化和现代化。这么一连串高大上的构想，可把大家惊呆了。那么大的大老板上哪里去找？那么大的投入资金从哪里来？那么大的遥不可及的高档次平台怎么上？面对这么多问题，大家在心头暗自冒泡，认为他多半是空口说白话！

见大家心生疑虑，白新亮说一切事情由他去操办，只是在把老板找来进行项目落地时，希望大家积极支持就是了。

既然第一书记把话说在这个份儿上，反正村里无能为力掏出半分钱，受损失与否全然与村里不相干。那就送个顺水人情，口头应付去支持，让他把这场八字还没一撇的戏唱起来再说。

初冬时节的时候，村上来了一位名叫牟桔丰的养鸡老板，此老板看上去30多岁，军人出身，白新亮介绍说他是重庆市万州区顶益剑丰农业开发有限公司老板。他那个企业养的鸡可不一般，是从山东汶上县引来的芦花鸡。

这芦花鸡是啥子鸡呢？大家忙在网上搜起来："芦花鸡原产于山东汶上县的汶河两岸，因羽毛似芦花而得名。该鸡耐粗饲，抗病力强，产蛋较多，肉质好，深受人们喜爱。汶上县芦花鸡几乎面临灭绝，被喻为比大熊猫还珍贵的物种，因而饲养经济价值较高。并且在当今崇尚健康、讲究保健的人们眼里，芦花鸡是保健食品，具有滋阴补肾、生血益气的强身健脑之功效。"

咿呀嘿！这芦花鸡真还是个稀罕之物，既好养，经济价值又高，兴许是件有搞头的事。村"两委"当即表态，同意牟桔丰老板来村上把这个芦花鸡养起来！

这个牟桔丰老板是在创业路上经历过风雨的人。2011年12月，从军8年的牟桔丰转业回家。在部队大熔炉摸爬滚打锤炼多年的他，政治素质过硬，工作作风踏实，是一个多次受到各级嘉奖的"好兵"。如今回地方要找份工作，当是抢手的优秀人才。当时就有几家企业向他伸出橄榄枝，欲高薪聘请他做管理工作。可牟桔丰有自己的考虑，他想自主择业，想在更广阔的天地放飞梦想，实现拼搏的人生价值。他不但谢绝了这些企业的聘请，不进城市去"挤地盘"，而是把自主创业的方向选定在农村这片广阔天地。

2012年3月，牟桔丰经过项目选定，成立了重庆市万州区顶益剑丰农业开发有限公司，在李河镇小城村流转土地800亩，办起了规模化养鸡场。头三年，牟桔丰的养鸡场取得较好的经济效益，成为当地自主创业带头致富的能人，媒体多次报道过他的先进事迹。

在公司发展顺风顺水的时候，牟桔丰决定扩大投资规模，进一步做大做强养鸡场。然而，天有不测风云，2016年初，由于一些地方禽流感蔓延，所有养殖场严格采取疫情防控措施。虽然牟桔丰的养殖场没受疫情感染，但他毫不含糊，带头坚决落实疫情防控。那时，整个市场几乎没有了鸡的影子，即使偶有少量供货，价格一下子从每斤5.5元下跌至0.8元；鸡蛋从每斤3.4元下跌到1.8元。在这个十分艰难的情况下，牟桔丰饲养的3万只鸡，若按当时价格经销出去，就会亏损60多万元。若是继续养着，每天一只鸡得吃4两玉米，再加混合饲料，每只每天得花成本0.5元。在卖也亏、喂也亏的进退两难中，一场禽流感疫情，就让牟桔丰眼睁睁亏掉110多万元，只差一步就把他击倒了。

疫情过后，痛定思痛；危难时刻，绝处求生。牟桔丰站在昔日鸡群满棚、如今荒废沉寂的鸡场想，要是有一种鸡在类似非常时期不需要喂粮食那该多好！在一个偶然的场合，一位朋友告诉牟桔丰，说山东有一种芦花鸡只需天然放养，若出现眼下这个意想不到的情况，完全可以放在山上不用喂粮食。牟桔丰顿时眼睛一亮，上网一搜，果然如朋友所说。于是，他赶紧就去"芦花鸡之乡"的山东汶上县进行考察。

经过实地调研,牟桔丰引进来200只芦花鸡,采取用饲料和散放两种方式隔养。3个月后,喂饲料的芦花鸡并不比散放的芦花鸡个头大,散放的芦花鸡一点儿不比喂饲料的芦花鸡长得瘦;并且在食用上,散放芦花鸡与喂饲料芦花鸡的品质有天壤之别。慕名而来的食客,把散放的芦花鸡一抢而空,并且价格也稳得住。

就在牟桔丰决定大力发展芦花鸡时,真是"屋漏偏逢连夜雨":按政策要求,对不符合环保要求的鸡场必须撤除。牟桔丰的鸡场大部分也在撤除之列。随着这一"撤除",牟桔丰一下又损失掉200多万元!在倾家荡产的欲哭无泪中,牟桔丰真有"一个跟头摔下去,永远都别想站起来"的感觉。牟桔丰没有讲价还价和对政府采取软拖硬抗,作为军人出身的他,服从了政府政策,更何况自己还是一位共产党员。他一咬牙关,按政府规定,及时把不符合环保要求的那部分鸡场撤除了。

面对致富路上经历的风雨,牟桔丰半点儿都没向困难低头,而是在想如何向政府申报产业项目立项,继续把养鸡场规模扩大起来。

或许是应验了"当一个人全神贯注做一件事时,上帝就会来帮他"的这句话,突然家里就来了一位不速之客——重庆市工商局派到龙驹镇梧桐村担任驻村扶贫第一书记的白新亮。白新亮对养鸡能人牟桔丰早有耳闻,他找上门来就是想把牟桔丰引进到梧桐村去发展芦花鸡养殖这个扶贫产业项目。

发誓东山再起的牟桔丰二话不说,就随白新亮来到梧桐村。当听说引进来的老板是养芦花鸡的,大家没对他这个尚还有些腼腆的年轻小伙子高看几眼,而是对芦花鸡这个品种感到有些好奇。

通过了解情况后，村"两委"干部都口头表态欢迎牟桔丰老板来把芦花鸡养起来。

　　仅凭口头表态，牟桔丰是不会来干的。过去由于对政策把握不准，对环保生态缺乏科学论证，在山林流转、厂棚建设用地、扶贫政策措施帮扶、群众利益等诸多方面，都只是说在嘴上。没按精细化要求实施的项目，一旦发展见效，没有固化的利益纠纷，就会出现害"红眼病"的过河拆桥。再加上某些方面与政策要求相违背，在应对困局和纠偏中，出现上百万元的经济损失及其所有面临的问题，都得自己一肩扛。"一朝被蛇咬，十年怕井绳。"牟桔丰却要求村里做出可行的实施方案后再说。

　　闻此情况，分管扶贫的龙驹镇党委副书记郭代伯带队来了，同第一书记白新亮、驻村工作队队员及村"两委"干部就做起方案来。他们所持的宗旨是：坚决要把这个项目引进来，使之立得稳、做得大、效益高、带动致富能力强。

　　为提高工作效率，大家连日连夜把方案做了出来。一是新成立重庆铭森晟祥农牧科技有限公司，采取"公司+村集体+农户（全体贫困户）"模式运作；将重庆市工商局投入的10万元作为村集体的入股资金，公司每销售一只鸡，就固定给村上2元增加集体经济收入；公司每年向村集体保底分红不低于5000元。二是明确土地林地流转方式，由村上具体协调村民成片连林进行流转，以保证放养空间。对愿意用土地入股的村民，按折价土地进行入股。对不愿意入股的，按每亩150元给付流转费，间隔三年每亩再递增50元。并逐户签订合同，先说断后不乱。三是为放大对村民和贫困户养鸡增收的辐射带动效应，企业帮助尚未脱贫的贫困户采用"托管代养"模式，每人代养50只，代养鸡苗由扶贫帮扶责任人出资，企业每年给贫困户每人保底分红900元。此外，还对98个建卡贫困户及其他特困群众收获的玉米，以高于市场价10%进行收购做饲料。四是创新推出消费领养、社会认养、区域联养、分户散养和托管代养的"五养新模式"，以推动脱贫攻坚可持续越线的引领效果。有了这份方案，牟桔丰心里才吃下定心丸，决定把项目转移落地到这里来。

要想事办成，政府来开门。要想能致富，项目来引路。按照方案实施，前期390亩林地顺利流转到位。重庆市工商局为集体经济注入的10万元资金入账，先期的5个鸡舍很快就建了起来。

2018年8月，林下养殖的首批3000只芦花鸡开始上市销售。到年底，陆续饲养出栏上市销售5000余只，两次共实现销售收入90余万元。

到公司按合约分红的时间了。2019年1月11日下午，梧桐村服务中心人头攒动，随着驻村扶贫第一书记白新亮宣布芦花鸡生态养殖项目半年分红开始，服务中心响起热烈的掌声。牟桔丰老板拿出准备好的现金，点名签字进行分红。除村民和贫困户共分得9000元外，村集体也分得6018元。一度空化贫困的集体经济，终于也有了第一笔收入。村上再有什么急需解决的事项，村干部虽不敢说财大气粗，起码也可以挺直腰杆拍板自行实施了。老百姓的自豪感和归属感也不断增强。

在分红结束后的总结中，镇党委书记张凤政讲道："脱贫攻坚不是搞花架子，而是要让人民群众脱贫致富奔小康，让空化沉寂的集体经济苏醒过来。从梧桐村发展芦花鸡项目的实践中看，只要我们善于思考，敢于在自己身边发现机会，我们就能做出项目，并且还能做大，成为经济效益增长的主力支柱。"

"一花独放不是春，百花齐放春满园。"通过这个支柱产业的发展，不仅让村上98个贫困户全部脱贫，而且还把产业带动效应辐射到岭上、花坪、老雄等十多个村，以及镇外的后山镇、李河镇、走马镇和云阳县的路阳镇、丰都县的三建乡。片区联养发放扶贫芦花鸡鸡苗3万余只，共带动千余户困难群众增收脱贫。如梧桐村3组的贫困户张定美，就是通过分户散养芦花鸡脱贫致富的典范。张定美的父母年事已高，父亲做过脑部手术，母亲中风留下后遗症，张定美本人外地务工时腰部受过重伤，完全不可进行重体力劳动。针对这个贫困户，2019年3月，农行万州分行对其发放5万元小额扶贫贷款支持养鸡。先期养殖的500只芦花鸡通过消费扶贫和公司回购，就获利2万余元。主动申请脱贫后，张定美还被评为2019年龙驹镇脱贫先锋。2020年初，张定美扩大到2000只的芦花鸡养殖规模，脱贫致富奔小康的路越走越宽广。为此，脱贫致富的事迹还上了2020年4月16日《人民日报》的头版。

鉴于芦花鸡对脱贫攻坚的突出引领效果，由龙驹镇人民政府牵头，带领村上和企业与山东汶上县达成鲁渝扶贫战略合作协议，决定授权重庆铭森晟祥农牧科技有限公司，把梧桐村的芦花鸡养殖基地办成覆盖整个西南地区的种苗孵化中心，为大西部脱贫攻坚工程做出更大贡献。2019年5月，经镇村两级向重庆市立项申报，获批建立龙驹镇国家级汶上芦花鸡繁育保种场西南基地项目。项目总投资1600万元，分两期建设，一期工程投资830万元，于2019年10月正式投产。2020年二期项目建成后，梧桐村芦花鸡生态养殖出栏量将由年3万只增至年10万只，芦花鸡鸡苗达到500万只，一举就让过去这个穷得叮当响的贫困村，成为产值上亿元的亿元村。该项目还充分结合梧桐村的"三变"改革，持续壮大村集体经济，目前已实现集体经济预分红14.5万余元。梧桐村不仅因芦花鸡荣获重庆市"一村一品"特色示范村，还被确定为龙驹镇十大脱贫攻坚重点项目和鲁渝东西部扶贫协作示范产业。

好事多磨。正当项目全面推进的时候，一场新冠肺炎疫情暴发，养殖的芦花鸡面临销售困难。好在散养的芦花鸡无须花费更大成本，在疫情降级解封的2020年4月下旬，通过万州电视台和农行万州分行启动消费扶贫，运用腾讯、网易等媒体平台进行网上现场直播带货，梧桐村实现芦花鸡销售6000多只，收入70余万元。企业和村民愁销紧锁的眉头，才畅怀舒展开来。

除了芦花鸡这个被列为重庆市的星火工程项目，白新亮还先后引进投资6000余万元，建成1200亩药材种植基地、20亩珍稀菌类大棚、30个德康生猪养殖单元等产业项目。在助推整体产业链年创总产值持续超亿元的基础上，让村集体经济每年取得稳定收益超30万元。

在促进梧桐村产业项目有效发展的过程中，白新亮还把扶"贫"与扶"志"扶"智"充分结合，创建村扶贫讲习所、农家书屋、"吾同助·助梧桐"微信群和"筑梦梧桐"微信公众号，发起"红盾助学""吾同助·助梧桐"共建美丽乡村等行动。与重庆三峡学院合作实施龙驹镇首个"科技小院"项目，建成集科技创新、示范推广和人才培养基地，对136名贫困学生和优秀学生进行资助激励。与此同时，他还为民生解疾苦，实施易地搬迁10户41人、D级危房改造19户51人、拓宽硬化公路8.8公里，新建村组连接路11公里、人行便道11.5公里、修建人畜饮水池26个，改善了村上农户安全居住、出行和人畜饮水困难的问题。

2020年9月，经国家扶贫验收组验收，梧桐村达到了整体脱贫要求。面貌焕然一新的美丽乡村，从《梧桐村赋》这篇文章中，就可看到梧桐树展开的斑斓图画和生机蓬勃的绚丽风景。

其赋曰：

渝东门户，接壤荆楚。茶马古道，雄关咽喉。依王二包起势，据齐岳山开屏。立体画图，自千米高处悬幅；蜿蜒溪河，倚五百海拔通衢。四季分明，物产丰富。三山合围，朝暮烟云。风光无限旖旎是也。

岭生梧桐，枝栖鸾凤。盖双鹰寨上，情爱传说动心牵愚；莅扬家院中，先烈聚首回味动容。是故：文化底蕴深厚，千年农耕留芳迹；红色基因生辉，万世英名铸峥嵘。长路斑驳，企盼依稀。厚土耕耘，向往富足。幸乘脱贫东风，齐心举力，产业带动共富百姓奔小康；喜迎攻坚，诸方作为，项目助推同步千村迎大同。

是故：施为科技，勾画现代农业。创新模式，整合资源，流转土地三变改革见成效。养有芦花鸡唱高冈，更有专业合作社猪肥牛壮遍地羊。种有青脆李缀繁星，还有联合体药珍菌鲜瓜满棚。

车路村村通，步道户户连。人勤春早，田园缤纷铺锦绣；地灵物丰，日月灿烂开画图。正当是："凤凰鸣矣，于彼高冈。梧桐生矣，于彼朝阳。"故得诗以赞：

乡村美景呈兴隆，风光不与旧时同。
小康大梦诞奇景，满目琳琅展葱茏。